Wir sehen uns am Haff

Von Martin Bensen

Buch:

Unablässiges Stampfen aus der Wohnung über ihm lässt dem Schriftsteller Fabian keine Ruhe. Nach seinem literarischen Überraschungserfolg steckt der Enddreißiger in einer Krise. Sein Verlag sitzt ihm im Nacken. In seiner Verzweiflung will Fabian die alte Nachbarin zur Rede stellen. Als unerwartet Stille einkehrt und ihm oben überraschend eine junge Frau öffnet, steht er an der Schwelle zu einem neuen Leben. Eine rätselhafte Entdeckung weckt die Neugier der Beiden und führt sie zurück in die Zeit von Krieg und Flucht – und einer großen Liebe. Gemeinsam begeben sich die Zwei auf eine ungewisse Reise. Je näher sie dem alten Geheimnis kommen, desto schicksalhafter verbinden sich Vergangenheit und Gegenwart, die alte Heimat Ostpreußen mit der neuen in Deutschland. Und während Fabian wieder zu schreiben beginnt, scheint sich die große Geschichte zu wiederholen ...

Autor:

Martin Bensen, 1962 in Ahaus/Westfalen geboren, ist Journalist. Seit 1989 lebt und arbeitet er in Stuttgart.

Hinweis:

Die Figuren und die Handlung dieses Romans sind frei erfunden. Etwaige Ähnlichkeiten mit tatsächlichen Begebenheiten sowie lebenden oder verstorbenen Personen, auch namentlich, wären rein zufällig. Gleichwohl sind die fiktiven Personen und Szenen in einen historischen Kontext von realen Ereignissen, Orten und Personen eingebunden. Der Roman erhebt durch seinen grundsätzlich fiktionalen, belletristischen Charakter keinen Anspruch auf faktisch-historische und wissenschaftliche Genauigkeit und Vollständigkeit.

Martin Bensen

Wir sehen uns am Haff

Roman

Bibliografische Information der Deutschen Nationalbibliothek: Die Deutsche Nationalbibliothek verzeichnet diese Publikation in der Deutschen Nationalbibliografie; detaillierte bibliografische Daten sind im Internet über dnb.dnb.de abrufbar.

3. Auflage, Mai 2025
© 2022 Martin Bensen
Cover/Foto: Martin Bensen
Verlag: BoD · Books on Demand GmbH,
Überseering 33, 22297 Hamburg, bod@bod.de
Druck: Libri Plureos GmbH, Friedensallee 273,
22763 Hamburg

ISBN: 978-3-7568-8369-1

Doch sollte mich der Schicksalswind
In fremde Fernen führen,
Ich bleib', mein Ermland, stets dein Kind
Dir soll mein Lob gebühren.

Aus „Mein Ermland" von Richard Helwig, 1897

Vierviertltakt | *März 2018*

Es geht einfach nicht. Wütend klappe ich mein Notebook zu. Von oben stampft es wieder ohne Unterlass. So schaffe ich keine einzige Zeile. Wenn ich doch überhaupt schon eine hätte. Einen Anfang. Das wäre schon mal ein … genau. Ich bin ein Nervenbündel. Seit Tagen. Wochen. Jedenfalls, seit sie dort oben stampft.

Bumm – bumm – bumm – bumm. Wie ein Marsch, Vierviertltakt, gleichförmig, energisch, endlos. Gut und gerne fünf Kilometer legt die alte Dame in der Wohnung über mir an einem gewöhnlichen Tag zurück, mindestens. An manchen Stellen, vermutlich denen ohne Teppich, klingt der Marsch heller und klarer, aber nicht hart; wahrscheinlich trägt sie Hausschuhe, die zwar dämpfen, aber das Stampfen selbst nicht abfedern. Wie eine Bass-Drum mit Wolldecke.

Bumm – bumm – bumm – bumm. Ich denke an einen Spielmannszug mit Tambourmajor, den Stab schwingend, voranschreitend – klingende Namen, Wörter aus meiner Kindheit. Schützenfest. Parade-Marsch.

Stille. Vielleicht isst sie gerade was. Lange wird es nicht dauern, dann beginnt der Marsch von vorne. Der lange Marsch des Lebens, ein Dasein im Vierviertltakt. Sollte ich vielleicht darüber schreiben? Langweilig.

Bumm – bumm – bumm – bumm. Essen vorbei. Jetzt geht es ans Aufräumen. In ihrer Küche klingen die Schritte am weitesten entfernt. Allerdings höre ich von dort das Klappen der Schranktüren. Seltsam, die Mauern und Decken des Altbaus sind massiv, das hatte mir der Makler mehrmals versichert und zum Beweis sogar aus einem anderen Raum gegen die Wand geklopft. Wie laut mag es also dort oben sein? Hört sie vielleicht schlecht? Oder will sie ganz einfach *lautgeben*, sich bemerkbar machen, sich ihrer selbst vergewissern? *Hallo, ich lebe noch!* Oh ja, in Küchenpsychologie bin ich ein wahres Ass ...

Nur sonntags beliebt die Dame zu ruhen, manchmal sogar den ganzen Tag. Dann höre ich nur gelegentlich ein Quietschen wie von alten Bettfedern. Aber dazu muss ich schon meine Ohren spitzen. Sie ist eine Stubenhockerin – auch so ein Wort aus meiner Kindheit, als wir noch in einem kleinen Dorf bei Münster lebten und mein Vater zwar schon den Buchladen in der Innenstadt besaß, meine Großeltern aber noch die große Wohnung darüber bewohnten, weil sie Münsteraner durch und durch waren, *Stadtmenschen* und eben keine *Bauern*. Als solche fühlten wir uns nie, das Landleben gefiel uns allen, wenn auch mir eher die beschauliche Ruhe, die ich beim Lesen zunehmend dickerer Bücher genoss. Während mein drei Jahre jüngerer Bruder und die Nachbarskinder draußen Fußball spielten oder Wiesen und Waldstücke durchstreiften, saß ich bei schönstem Sommerwetter im abgedunkelten Zimmer und verschlang ein Buch nach dem anderen. Da war ich zehn, ein Stubenhocker, der ferne Abenteuer liebte. Abenteuer, die es auf heimischen Feldern und Wiesen eher nicht gab, dafür in Romanen und, nun ja, auch im Fernsehen. Damals begann ich schon, eigene Geschichten zu schreiben, durfte dazu die elektrische Schreibmaschine meines Vaters benutzen, fantasierte mir erst tastensuchend, dann immer flinker tippend eine eigene Welt zusammen, bannte Geschichten auf unzählige Bögen Papier, die ich in meiner Schreibtischschublade verschloss. Obwohl meine Eltern von Büchern lebten, missfiel ihnen, dass ich immer drinnen blieb. Ob ich nicht wenigstens im Garten lesen wolle, fragte meine Mutter durchaus nachdrücklich, frische Luft täte mir gut. Und etwas Bewegung auch, sekundierte mein Vater, der früher im Fußballverein gewesen war und der alles andere als ein Bücherwurm, sondern ein agiler Geschäftsmann und wahres Sport-Ass war. Ich dagegen eine sportliche Niete, Verlierer schon vor dem Spiel, immer der Letzte bei der Wahl der Mannschaften. Fußball hasste ich besonders und dafür gab es Gründe: Selbst wenn ich durch einen glücklichen Zufall mit dem Ball allein vorm gegnerischen Tor stand, vermasselte ich alles und trat, statt gegen den Ball, ins Gras. Ein Vollversager. Träge war ich eigentlich nicht, ich bewegte mich gerne. In meiner Erinnerung waren meine Knie ständig wund. Auch mein Kopf hat einige Narben von Fahrradstürzen zurückbehalten. Im Grunde war ich nur ein *Stubenhocker*, solange es Lesestoff gab.

Von *Hocken* kann auch bei der alten Dame keine Rede sein, eher ist sie eine ruhelose Tigerin in ihrem Käfig. Einmal in der Woche bricht sie aus. Sie will eigentlich nicht, aber sie muss. Dann geht sie einkaufen. Der *Konsum* (Betonung auf der ersten Silbe) sei gleich um die Ecke, hatte sie mir kurz nach meinem Einzug gesagt, dort bekomme man alles Nötige. Viel scheint sie nicht zu brauchen, schließlich müsse ja alles geschleppt werden und sie werde auch nicht jünger. *Ach, junger Mann, man läuft im Alter so schlecht.* Erst recht mit dem *Rentnervolvo,* so nennt sie ihre Einkaufstasche auf Rollen, die sie in beladenem Zustand kaum die Treppen hinaufbekommt. Einen Aufzug gibt es in unserem Haus nicht. Aber Hilfe will die alte Frau auch nicht. Und einen Lieferdienst lehnt sie ab. Wer wisse schon, was da für Leute ins Haus kommen, nicht alle seien so sympathische Herren wie ich, heutzutage kämen da nur noch Asiaten und Araber, gegen die habe sie zwar nichts, aber wenn man sich mit ihnen überhaupt nicht verständigen könne, wisse man auch nicht, was sie im Schilde führen, da gehe sie lieber selber, so lange, wie es eben geht. Schön langsam, sie habe ja Zeit. Schließlich sei es ja durchaus ein Segen, so zentral zu wohnen ...

Bumm – bumm – bumm – bumm. Weiter, immer weiter. Jetzt direkt über mir. Ich werde noch wahnsinnig. Wollte ich nicht endlich zu einer Baufirma fahren und mich über Geräuschdämmung informieren? Vielleicht schiebe ich meinen Vorsatz auch deshalb immer wieder vor mir her, weil ich – mehr als drei Jahre später – immer noch dankbar bin, eine solche Wohnung gefunden zu haben, so zentral, noch dazu in einer der angesagtesten Straßen Leipzigs, der Karl-Liebknecht-Straße, der *Karli,* wie sie die Leipziger nennen. Auch habe ich mir meinen Arbeitsplatz extra am Fenster eingerichtet, um die Geräusche der Stadt hören zu können, die Bahn, das Hupen, das Klingeln von Fahrrädern, die Straßenreinigung und Lieferanten. Doch nur wenig davon dringt zu mir hinauf, die Fenster sind dreifach verglast und sie zu öffnen ist keine Lösung, denn dann ist es zu laut und die Abgase stinken bis zu mir hoch. Auch die Aussicht verspricht keine Ablenkung: eine durchgehende, grau-braune Fassade, ein Gebäude aus der Gründerzeit wie meines, mit schmutzig-blinden Fenstern, die nie geöffnet werden. Dagegen kam mir das städtische Leben in Münster vor wie ein Museumsdorf.

Heute wirkt es wie ein Wunder auf mich, dass ich es hier in Leipzig, mit all den neuen Eindrücken, den ungewohnten Geräuschen und wohl auch dem Stampfen von oben, geschafft habe, meinen ersten Roman fertigzustellen.

Damals schrieb ich wie im Fieber, nahm meine Außenwelt über Wochen kaum wahr, vernachlässigte mich selbst und war drauf und dran, mich zu verlieren. Ich hatte einen unglaublichen Lauf: Die Worte fielen mir nur so zu, meine Figuren schienen selbstständig zu agieren, es war, als wäre ich in Trance und jemand flüsterte mir die Worte ins Ohr, leise, liebevoll, wie meine ganze Geschichte, die die Menschen mitreißen sollte.

Als ich vor fast drei Jahren, im Juni 2015, die letzten vier Buchstaben in den Computer tippte, war ich entkräftet, abgemagert, regelrecht verwahrlost – und zugleich voller Hoffnung, dass das Buch – mein erster richtiger Roman – auch veröffentlicht werden würde. Das hielt mich wach. Mein Bruder war mein erster Leser, wenn auch kein Lektor. Er hatte erstaunlich wenige Anmerkungen, sprach mir im Gegenteil Mut zu und bestärkte mich darin, das Buch den Verlagen anzubieten. Ich erntete heftigen Widerspruch, als ich zunächst einen anderen Weg wählte. *Self-Publishing* hieß das Zauberwort. Ich hatte gelesen, dass eine direkte Publikation auf einschlägigen Internet-Plattformen vielversprechender sei, denn auch Lektoren seien dazu übergegangen, den Markt auf moderne Weise *abzuscannen*. Von *Bots* war die Rede, von *KI*, leider auch davon, dass Roboter bald genauso kreativ dichten könnten wie Menschen. Wohin dann mit all den Talenten, wohin überhaupt mit all den Menschen, deren Zahl stetig zunahm und die schon zu großen Teilen abgehängt sind? Das Internet war inzwischen meine einzige Informationsquelle, aber es machte mir zunehmend Angst, zumal ich mittlerweile selbst Existenzsorgen bekam. Wenn stimmte, was ich las, dann ließen sich die Verlage oder vielmehr ihre intelligenten Algorithmen bei mir viel Zeit. Oder mein Werk überzeugte sie nicht. Hätte ich meinen Text pimpen sollen? Mit Wörtern wie *Sex* oder *Erotik* spicken? Schon der Titel war ja wenig originell und vielversprechend – *Jener Sommer (Eine unmögliche Liebe)* –, Fabian Müller ein nicht gerade einmaliger oder geheimnisvoller Autorenname und mit dem Klappentext hatte ich mich ungewöhnlich schwergetan. Ich glaubte schon nicht mehr an einen Erfolg oder wenigstens an eine Reaktion, schlug mich bereits mit Gelegenheitsjobs wie Nachhilfeunterricht und Werbetexten durch, dachte sogar ernsthaft daran, wieder im Schuldienst anzuheuern.

Wie süßer Engelsklang dann kurz vor Weihnachten die Stimme am Telefon, ich war schon fast zur Tür raus, als mein Handy, das ich so oft vergaß, auf dem kleinen Küchentisch klingelte. Sie wolle sich gerne mit mir treffen, sagte die Frau mit der sympathischen Stimme, gleich nach den Feiertagen, ob ich es einrichten könne. Und ich möge bitte keine andere Zusage treffen, denn ihr Verlag sei sehr interessiert an einer Zusammenarbeit. Wow! Fabian Müller im Glück. Ich brauche einen Künstlernamen.

Dunkelmodus | *2015/2018*

Weihnachten 2015 wurde das schönste Fest seit Langem. Ich verbrachte es erstmals nicht bei meinem Bruder in Münster, sondern ganz allein in Leipzig, lag bis weit in den Nachmittag in meinem neuen Bett, das ich genauso genoss wie die sündhaft teuren Häppchen und Getränke, die ich mir noch kurz vor Ladenschluss besorgt hatte. Die gute Nachricht musste schließlich gefeiert werden, nur schade, dass ich niemanden zum Zuprosten hatte. Sobald es dämmerte, verließ ich das Haus, durchstreifte die andächtig stille, festlich beleuchtete Altstadt, hörte Orgelklänge aus der Nikolaikirche, die ich stets voller Ehrfurcht passierte, aber tatsächlich nur einmal betreten hatte, und freute mich über die friedvolle Stimmung. Auch der Augustusplatz lag wieder still da, die Buden waren verschwunden, nur die Straßenbahnen zuckelten wie immer geschäftig um die Ecke. Abends öffnete das festlich erleuchtete Gewandhaus seine Türen für Konzertbesucher aus nah und fern. Ein kultiviertes Publikum hatte die rechten Schreihälse abgelöst, von ihnen war schon in der Adventszeit wenig zu sehen gewesen, in diesen Tagen fehlten sie zum Glück ganz. Vielleicht spürten selbst sie, dass ihre Parolen nicht zu Weihnachten passten, weil das Fest immerhin für all das steht, was sie vermissen lassen: Nächstenliebe, Mitmenschlichkeit, Toleranz.

Die Realität prallte erbarmungslos auf meine träumerische Schaffensphase. Die rechten Umtriebe, die Flüchtlingspolitik dieses unheilvollen Jahres – ich rieb mir die Augen über die Brutalität, zu der sich Teile der Gesellschaft binnen Monaten ganz offen bekannten. Die rechte Hetze bereitete mir Kummer; ich hatte Sorge, dass sie die bürgerliche Mitte schleichend infiziert wie schon einmal in Deutschland. Ich dachte sogar daran, wieder nach Münster zurückzuziehen, in unsere große Wohnung, die mein Bruder jetzt ganz alleine bewohnte. Der riet mir umso vehementer davon ab, um meiner selbst willen. Ich fand das unfair, denn er lebte schließlich in einer Trutzburg der Toleranz, einem der letzten aufrechten Bollwerke gegen rechtsextreme Umtriebe. Ich solle mal schön dableiben und weiter Bücher schreiben, Leipzig bekomme mir doch offensichtlich sehr gut, er glaube an mich und mein Buch, der Roman sei ganz fantastisch geworden, und 2016 werde das Jahr meines Durchbruchs. Er sollte recht behalten.

Bumm – bumm – bumm – bumm. Herrgott! Ich kann mich nicht konzentrieren. In einem Anflug von Wahnsinn habe ich schon versucht, mein Tippen dem Takt ihrer Schritte anzupassen. Wenn ich nur wüsste, *was* ich tippen sollte. *Horror Vacui!* Im digitalen Zeitalter ist er kein schwarzes Loch, das einen verschlingt, vielleicht ein Bildschirm im Dunkelmodus, den ich nicht mag, in meinem Fall also eine leere, weiße Wüste, in der man verhungert oder verdurstet - oder beides zugleich. Einsam blinkt der Cursor auf der leeren Fläche; seit Tagen blinkt er. Wie Hohn zwinkert er mir zu. Gerade pulsiert er sogar im

Rhythmus der Schritte dort oben, Himmel noch mal! In meiner Not habe ich versucht, nachts zu arbeiten. Als Student konnte ich das ganz gut, musste es eine Weile sogar, denn direkt vor meinem Wohnheimfenster waren eines Morgens Bagger angerückt, Auftakt für einen Drill ganz anderer Art, ein Semester lang schrie sich der Polier die Seele aus dem Leib, von sieben Uhr früh bis nachmittags um fünf. Damals war die Nacht mein Freund. Doch jetzt, fünfzehn Jahre später, streikt mein Körper schon nach Mitternacht. Dabei halte ich mich fit, mache regelmäßig lange Spaziergänge, esse gesund, viel gesünder als früher. Und trinke nur noch in Maßen. Ich habe es noch mit ruhigen Cafés und der Unibibliothek versucht, doch auch sie sind kein Hort der Kreativität. Ich brauchte ein Zuhause, ein Refugium, mein eigenes Reich, meinen eigenen Rhythmus. Aber nicht den meiner Nachbarin, zum Teufel!

Nachts schrecke ich aus unruhigen Träumen auf, bringe aber selbst dann, wenn ich hellwach bin und es oben noch lange ruhig bleibt, keine Silbe zustande. Dabei weiß ich sogar schon, um was sich mein neuer Roman drehen soll: Anknüpfend an mein romantisches Erstlingswerk will ich endlich richtig über die Liebe schreiben, über nichts als die Liebe selbst – die reine Liebe zwischen zwei Menschen. Vielleicht aber ist es genau das, wozu mein Herz gerade nicht imstande ist. Vielleicht ist es überhaupt unmöglich. Vielleicht ist die Abwesenheit echter Liebe der Punkt, der mir alles Nachdenken über Personen, Orte und einen Plot versagt.

Plot – Plot – Plot – Plot. In meinem Kopf dröhnt es. Am Ende schafft sie doch noch, was vielleicht ihr stiller Wunsch ist: dass ich bei ihr klingle und … Ja, was eigentlich? Bisher habe ich nicht gewagt, zu ihr hochzugehen, unsere wenigen Begegnungen hatten sich stets auf zufällige Treppenhausgespräche beschränkt, die in letzter Zeit ganz ausgeblieben sind. Die wenigen waren nicht besonders eindrücklich, Alltägliches aus einem grauen Alltag. Bis auf eine Bemerkung, die aus der Seele kam: Sie sei schon recht einsam, wolle nach dem Tod ihres Mannes vor einigen Jahren aber niemanden mehr kennenlernen. Sie habe noch eine Großnichte, die sei ihr ans Herz gewachsen, aber die habe ihr eigenes Leben.

Das Alter meiner Nachbarin kann ich nicht einschätzen; irgendwie wirkt sie alterslos. Gewiss, sie ist keine junge Frau mehr, hat etwas von einer Grande Dame, einer Filmdiva, gepflegt und mondän. Sie schminkt sich noch, auf eine selbstbewusste, geschmackvolle Art, mit zartem Rouge, was ihre hohen Wangenknochen betont, ihrem schlanken, wohlgeformten Gesicht Frische verleiht. Anders als die meisten älteren Frauen widersteht sie der Neigung zum praktischen Kurzhaarschnitt; ihr weißes Haar mag ihr bis zur Mitte des Rückens reichen, aber so weit, es offen zu tragen, geht sie dann doch nicht. Ihr Hinterkopf ziert ein imposanter Dutt, den eine edel schimmernde Haarklammer hält, was sie wie eine Gräfin aussehen lässt. Ich stelle mir vor, wie sie ihr Haar abends vor dem Zubettgehen löst und gedankenverloren bürstet, vor ihrer Schminkkommode sitzend und mit unverwandtem Blick in den Spiegel, in dem sie sich vielleicht wieder als junge Frau sieht.

Frauen wie sie sind mir auch in Münster begegnet, sie wirkten auf mich immer wie *Anti-Mütter*. Eine Mama, auch meine, sieht einfach anders aus, vertrauter, zugänglicher, weicher. Damen wie meine Leipziger Nachbarin empfinde ich dagegen als unnahbar und genau das macht sie in meinen Augen attraktiv, selbst in hohem Alter. Wenn sie sich dann auch noch kokett geben, einem jüngeren Mann schmeicheln, gespielt schüchtern und gewürzt mit einer Prise Humor, ist es um mich geschehen. Dann sehe ich plötzlich die junge Frau, das Mädchen in ihnen, als würde ihre schöne Seele sie wieder aufrichten und ihre Haut glätten. Doch die Dame über mir scheint Gesellschaft zu fliehen. Vielleicht ist sie vom Leben enttäuscht oder sie kommt nicht über den Tod ihres Mannes hinweg. Anders als es ihre immer noch attraktive und würdevolle Erscheinung vermuten lässt, klagte sie in einem fort, wenn ich ihr begegnete. Über ihr Alter, über Verlust, über die Welt, in der sie sich offenbar nicht mehr zurechtfindet. Wer brauche sie denn noch? *Nein, nein, es ist alles nicht mehr das*; sie wolle lieber allein sein - und eigentlich auch wieder nicht.

Die wenigen Freunde aus gemeinsamen Zeiten scheint sie jedenfalls nach der Reihe vergrault zu haben. Und das durchaus im Streit. Einige Male hörte ich sie telefonieren. Die Laute drangen durch die Decke zu mir, allerdings keine verständlichen Worte. Es war die Art und Weise: Mit aufgebrachter Stimme sprach sie, marschierte dabei hin und her, wie jetzt gerade, nur noch energischer, ihr Monolog steigerte sich zu einem wahren Crescendo, begleitet von heftigem Türenschlagen und einigen extra lauten Stampfern, die ausgerechnet an ihrem Höhepunkt aus dem Takt gerieten.

Wenn man ihr eines nicht absprechen konnte, war es Temperament. Wie leidenschaftlich mochte diese Frau in jungen Jahren gewesen sein? In meiner Erinnerung hat meine Hängelampe über dem Esstisch leicht geschwankt, aber vielleicht ist das nur ein wahnhaftes Bild meiner Vorstellung. Nein, mein Entschluss steht, ich werde nicht nach dem Rechten fragen. Nicht solange sie stampft. Erst wenn es da oben einmal tagelang kein Trampeln gibt, werde ich mir Gedanken machen, die ungewohnte Stille wird mir dann sicher keine Ruhe lassen. Wie paradox das klingt! Ich werde schließlich die Treppe hochgehen, erst zaghaft klingeln, dann zunehmend lauter anklopfen und endlich wohl die Polizei verständigen.

Im Grunde kann ich froh sein über das Stampfen von oben. Es ist Alltag, die Taktung des Tages und der Woche, wie das Ticken und Schlagen der alten Standuhr meiner Eltern. Sicherheit und Geborgenheit. Solange es oben stampft, ist alles in Ordnung. Ich muss nichts tun. Niemand verlangt etwas von mir. Selbst im Ernstfall nicht, denn ich bin ja nicht der einzige Bewohner. Allerdings wäre ich dann ein genauso lausiger Nachbar wie alle anderen in diesem Haus. Man geht sich aus dem Weg. Die Anonymität der Großstadt macht auch vor der Hausgemeinschaft nicht halt. Wobei *Gemeinschaft* das falsche Wort ist, man macht sich nicht gemein, macht schon gar nichts gemeinsam. Hier wohnen nur Singles, Einzelkämpfer wie ich, namenlose Satelliten, die um etwas kreisen, das sich Leben oder *Dasein* nennt. Manchmal zweifle ich, ob die anderen Bewohner wirklich da sind. Wie Schatten sind sie, körperlose Wesen: Bis auf die Dame über mir höre ich nie jemanden auf der

Treppe oder unten an der Haustür oder an den quietschenden Metallbriefkästen hantieren. Auch der Postbote scheint immer nur bei mir zu klingeln. Hat in den Schlitzen der anderen Bewohner eigentlich jemals ein Brief oder auch nur ein Prospekt gesteckt?

Ich habe schnell verstanden, wann die Dame über mir sich dann doch aus ihrer Wohnung wagt. Zwar ist dabei kein Muster, kein bestimmter Plan erkennbar, aber immer, wenn es so weit ist, vernehme ich deutlich die veränderten Schritte ihrer Ausgehschuhe, die trotz der angeblichen Gehschwäche der Dame Pfennigabsätze zu haben scheinen. Bei den Begegnungen zuvor hatte ich nicht darauf geachtet, wie ich überhaupt nie auf die Schuhe anderer Leute achte, aber die Geräusche sind eindeutig, sie bohren sich geradezu in meine Gehörgänge. Wie Hammerschläge knallen die Absätze auf das alte Parkett, das so widerstandsfähig gar nicht sein kann, um nicht wenigstens im Türbereich eklatanten Schaden zu nehmen. Die münzgroßen Einschläge würde ich erst im Ernstfall zu Gesicht bekommen, dann, wenn die Polizei die Wohnung aufbrechen ließe, wenn es allerdings Wichtigeres zu beachten gäbe als ein ruiniertes Parkett. Immerhin hat auch das harte Tackern sein Gutes, es alarmiert mich rechtzeitig, um der Dame aus dem Weg gehen zu können. Wie offenbar alle Bewohner einander.

Vielleicht wäre es auch an mir gewesen, mich der Hausgemeinschaft, wenigstens aber meinen direkten Nachbarn vorzustellen, also der alten Dame. Sie ist mir zuvorgekommen: Kurz nach meinem Einzug hatte es geklingelt, ich hatte gerade geduscht, und als ich öffnete, fand ich nur noch einen Teller mit einem selbst gebackenen Sandkuchen vor. Die beigelegte Notiz in eleganter Handschrift verriet mir, dass er von meiner Nachbarin stammte, sie wünschte mir einen guten Appetit. Mit leisem Bedauern zerkrümelte ich das trockene Gebäck über der Toilette, spülte ein paarmal beherzt ab und wartete einige Tage ab, bevor ich den Teller spätabends mit einer einfachen Danke-Notiz vor die Tür der Besitzerin stellte. Meine feige Aktion tat mir durchaus leid, aber Zuwendungen dieser Art waren mir schon immer suspekt. Außerdem mag ich keinen Kuchen. Ich hütete mich davor, ihn einfach in den Müll zu werfen, denn ich befürchtete, dass die Alte ihn inspizieren könnte.

Donnerhall | *März 2018*

Menschen mit viel Zeit traue ich alles zu und meiner Nachbarin im besonderen sogar Spitzelei. Das hier ist Leipzig,
und obwohl sich die Stadt auf einzigartige und mutige
Weise in die Geschichtsbücher geschrieben hat, bin ich
auch fast drei Jahrzehnte später nicht sicher, welche zweifel-
haften Hinterlassenschaften des alten Stasi-Apparats noch
hinter Gemäuern und in manchen Köpfen lauern. Ich mag
die Stadt, sie ist mir ja zur Wahlheimat geworden, mir, der
ich bis vor wenigen Jahren nie über Münster und das
Münsterland hinausgekommen war. Ich mag auch die
Leipziger selbst und doch ertappte ich mich bis vor Kurzem
dabei, wie ich auf der Straße, in der Bahn oder in der
Kneipe jeden Älteren unter ihnen verstohlen ansah, mir
überlegte, ob dieser oder jener Jemand wohl Spitzel gewesen
waren oder einfach nur angepasst (wie ich es wahrscheinlich
auch gewesen wäre) oder vielleicht doch in einer mehr oder
weniger stillen Opposition. Letzteres traute ich den wenigsten zu und wusste doch genau, dass das alles nur Mutmaßungen und Vorurteile waren – schlimmer noch: Ich
schloss vom Äußeren, dem Alter eines Menschen auf seinen
Charakter und seine Gesinnung. Mit der Zeit ermüdeten
mich solche Mutmaßungen, sie verloren sich im Trott und
unter dem Eindruck neuer politischer Entwicklungen – bis

vor zwei Wochen, als ich mich auf die peinlichste Weise blamierte.

Ich saß mit meinem Bruder in einem einfachen, bürgerlichen Lokal, wie immer hatte er sich echtes »DDR-Essen« gewünscht, schließlich sei er ja nicht so oft im »Osten« und habe auch nur ein, zwei Stunden Zeit, bevor er zum »Get Together« in die Moritzbastei müsse, wo es zwar ein Buffet, aber nichts Authentisches gebe – seine Worte sind mir noch im Ohr. Florian ist nur selten zu Besuch in Leipzig, eigentlich nur während der Buchmesse, die immer noch so wichtig für die Medienbranche ist, dass es sich lohnt, die Neuerscheinungen des Frühjahrs vor Ort zu begutachten und mit Autoren und Verlegern ins Gespräch zu kommen. Zu netzwerken. Florian – von allen Vertrauten, auch von mir, nur Flo genannt – ist Buchhändler in Münster, er leitet das Geschäft unserer Eltern. Weniger, weil er, wie ich, Bücher liebt, sondern weil er, anders als ich, ein guter Geschäftsmann ist, ein würdiger Nachfolger meines Vaters. Neben meiner Lektorin ist er nicht nur mein größter Förderer, sondern auch ein unnachgiebiger Forderer. Noch ehe das Würzfleisch auf den Tisch kam, legte er los. Er hatte das Bier in einem Zug geleert, rülpste laut, was das ältere Paar am Nebentisch aber nicht zu beeindrucken schien. In seine säuerliche Fahne mischten sich schon die ersten Vorwürfe, sie tasteten sich heiser vor, gewannen an Stimme und Schärfe, bis sie schließlich in einem zur Theke gewandten Ruf nach einem weiteren Bier mündeten.

Ich hatte nicht richtig zugehört. Musste ich auch nicht. Was sollte ich denn auch sagen? Ich wusste doch selbst am besten, was Sache war. Ich war heillos in Verzug, kämpfte mit einer ausgewachsenen Schreibblockade. Kein besonders seltenes Phänomen, wie mir das Internet verriet, erst recht nicht nach dem ersten Werk, zumal einem, das Erwartungen auf mehr geweckt hatte. Der Verlag wollte Nachschub, die Verkaufszahlen meines Überraschungserfolges stagnierten seit einer Weile, jetzt war frische Ware gefragt. Mehr noch: Sie hätte schon im Lektorat sein müssen. Aber war ich eine Maschine? So einfach ging das nicht, das wussten natürlich auch meine verzweifelten Animateure. Anfangs waren sie noch mitfühlend gewesen, hatten es mit Motivation versucht, mit gutem Zureden, sogar eine Therapie ins Spiel gebracht, nein, keine pathologische, eine Art Training für Autoren sei das, für solche, die schreiben könnten, aber vielleicht neue Impulse bräuchten. Das Stampfen der Nachbarin taten sie als Vermeidungsstrategie ab. Ich hasste sie beide für ihr Unverständnis, sie hatten ja keine Ahnung! Aber hatte ich eine?

Nicht nur, dass ich den Vorhaltungen meines Bruders ausgesetzt war, machte mir zu schaffen, sondern auch die Tatsache, dass das Paar am Nebentisch unser Gespräch offensichtlich belauschte. Diese duckmäuserische Haltung! Die beiden etwa Siebzigjährigen entsprachen so genau meiner – zugegeben eher aus Filmen bezogenen – Vorstellung des blassen, unauffälligen IM. Dazu passte, dass das Paar sich nicht gegenübersaß, sondern, nach Art vieler älterer Menschen, nebeneinander, mit dem Rücken zur Wand und dem Blick auf das ganze Lokal – und auf mich. Dabei sahen die beiden mich gar nicht an. *Und das war der Trick! Na wartet, ich kenne euch,* dachte ich, während mein Bruder unverdrossen auf mich einredete und ich das Paar aus den Augenwinkeln fixierte. *Dieser scheinbar teilnahmslose, einander sogar vergnügt zugewandte Blick, er soll Desinteresse heucheln und sein Opfer so in Sicherheit wiegen; dabei sind die geschulten Ohren bis zum Anschlag gespitzt. Selbst wenn ich so tue, als bemerkte ich euch nicht, als wäre ich vertieft in mein Gespräch, seht ihr niemals zu mir rüber, nicht wahr? Jetzt lächelt ihr euch wieder an! Na, findet ihr das lustig? Habt ihr genügend Futter für euren Bericht? Einmal IM, immer IM, was? IHR VERDAMMTEN STASI-SPITZEL!*

»Ähm – was?« Mein Bruder starrte mich mit offenem Mund an. Den letzten Gedanken hatte ich wohl laut ausgesprochen und dabei das Paar wütend angesehen, das jetzt überrascht zu mir her blickte. Nicht nur mein Bruder war verstummt, im ganzen Lokal herrschte betretenes Schweigen. Erschrocken senkte ich meinen Blick, duckte mich instinktiv. Sonst nie um eine Ausrede verlegen, war mein Kopf nun völlig leer, die Welt um mich herum verengte sich, mir wurde schwarz vor Augen.

»Was ist mir dir? Hey, Fabi, du bist ja kalkweiß, ist dir schlecht?«

»Nein, ich …«

Im nächsten Moment hörte ich das Splittern von Glas, wagte aber nicht hinzusehen. Aus dem Augenwinkel nahm ich wahr, wie der ältere Herr sich von seiner Bank erhob, mit beiden Fäusten aufstützend um den Tisch herum hinkte, auf mich zu. Ich verbarg meine Augen hinter den Händen, wollte nur noch unsichtbar sein, da legte sich eine Hand auf meine Schulter. Es nützte nichts, ich musste

25

mich der Situation stellen, also schaute ich zu ihm hoch. Der Mann hatte ein gutmütiges, aber von tiefen Furchen durchzogenes Gesicht. Er sah mich aus geröteten, feucht glitzernden Augen an.

»Junger Mann ...« Seine Stimme war leise und brüchig. Noch war es vollkommen still im Lokal. Der Kellner, ein dicklicher Mann mit kurz geschorenem Haar, stand jetzt ebenfalls an unserem Tisch, er stützte den Alten unter dem Ellbogen und schien dabei zu schnauben. Langsam kamen meine Gedanken wieder in Gang. Ich würde mich entschuldigen, in aller Form würde ich das tun, jetzt sofort. Und dann bloß raus, weg von hier! Doch die Hand drückte meine Schulter noch etwas fester nach unten. Sein altes Gesicht schien sich zu straffen, Zornesröte ließ es plötzlich jünger erscheinen. Neben ihm schnaubte der Kellner, hakte sich jetzt regelrecht bei ihm ein. Der freie Arm des Alten schnellte nach oben. Für einen Moment dachte ich, er wollte mich schlagen, vielleicht wünschte ich mir das sogar. Doch seine Hand blieb oben, nicht drohend, eher wie ein Signal, dass er keine Widerworte dulden würde.

»Sie ... Sie Subjekt! Was erlauben Sie sich? Kommen hierher und wissen NICHTS!« Er schüttelte heftig den Kopf, seine Stimme klang jetzt fester. Auch das Schnauben des Kellners war lauter geworden. Im Lokal machte sich Unruhe breit. Mir wurde mulmig. Meinem Bruder ging es offensichtlich genauso, er schwieg betreten, nestelte an dem albernen Einstecktuch seines Sakkos, griff aber nicht ein, sondern starrte den Alten an.

»Ihr habt doch gar nichts gemacht. Die Wende – das waren wir!« Jetzt ließ er seine Hand nach unten sinken, ballte sie zur Faust, schlug sie an seine Brust. Zweimal, dreimal.

»Wir waren das, jawohl! Ihr ... Ihr habt doch nur dagesessen und blöde geglotzt. Habt euch die Augen gerieben. Aber nicht lange, nein. Ganz schnell waren wir wieder die dummen Ossis. Ihr habt uns doch nur verarscht. Abgezockt! Jawohl, abgezockt habt ihr uns!« Die Hand auf meiner Schulter krampfte sich zusammen, es tat weh. Dann löste sich der Klammergriff abrupt. »Und dafür hab ich mein Leben aufs Spiel gesetzt.«

Der Kellner stützte den Alten, der jetzt am ganzen Körper bebte, mit beiden Händen. Das Schnauben war in ein beruhigendes Flüstern übergegangen. Mit wütend funkelnden Augen führte er seinen Gast Richtung Garderobe. Die Frau, die nur halbherzig und vom Tisch aus versucht hatte, ihren Mann zu beschwichtigen, huschte am Tisch vorbei und folgte ihnen mit schnellen Schritten. Ohne weitere Umstände verließ das Paar das Lokal. Der Kellner aber knallte die Rechnung auf den Tisch und forderte uns auf, das Lokal zu verlassen – und zwar *unverzüglich*. Da war es wieder, das magische Wort. Es hallte noch nach, als wir längst draußen standen. Das Wort, das DDR-Staatssekretär Günter Schabowski in jener denkwürdigen Pressekonferenz am Abend des 9. November 1989 ausgesprochen hatte. Ein Wort wie Donnerhall, das auf einen Schlag alles veränderte.

Draußen wedelte mein Bruder mit der Hand vor meinen Augen. »Hallo, es ist vorbei!« Er grinste und schüttelte theatralisch seinen Kopf. »Alter! Mit dir wird's echt nicht langweilig.« Flo sah auf die Uhr. »Trotzdem muss ich jetzt los, du weißt ja.«

Er umarmte mich flüchtig und eilte zum nahen Taxistand. Im Gehen hielt er seine Hand hoch, Daumen und kleiner Finger gespreizt. Wir telefonieren, sollte das heißen. Natürlich würden wir das.

Begegnung | *März 2018*

Die ganze Welt liegt quer. Missmutig stehe ich vor dem Haus. Es ist schon fast dunkel. Ich lege den Kopf in den Nacken, sehe zum Fenster meiner Wohnung hoch, als erwartete ich jeden Moment, dass dort jemand Licht macht. Dabei liebe ich die blaue Stunde, warte sie ab, bevor ich die Schreibtischlampe einschalte, jedenfalls, wenn der Himmel nicht wolkenverhangen ist. Doch manchmal stehe ich auch an grauen Tagen noch lange im Zwielicht dort oben, einem Schatten gleich, blicke hinunter, sehe mich unten auf der Straße stehen, mich anstarren, so wie jetzt gerade den Schemen hinter den Scheiben, die vom Widerschein der Straßenlaternen und der Lichter im Haus gegenüber gelblich schimmern. Ich bin oben und unten, ich spiegele mich, alles spiegelt sich wider, wieder und wieder, hundertfach, tausendfach, Reflexe wie Brillanten, immer spitzer, immer feiner, wie Nadeln. Ein heftiges Stechen erfasst mein rechtes Auge. Das ist neu. Bisher kenne ich nur das nervöse Zucken, ein Flattern meines Lids, das immer wiederkommt, das ich so deutlich spüre und doch im Spiegel nicht sehe und über dessen Ursachen ich mir keine Illusionen mache. Hektisch reibe ich mir das Auge, drücke den kühlen Handballen darauf, was mir gleich Linderung verschafft. Da öffnet sich die Haustür.

Für einen Moment erstarren wir beide, das Mädchen auf der Schwelle, die schwere Eingangstür mit beiden Händen haltend, und ich, die Hand noch am Auge, die ich langsam sinken lasse, als tauchte ich in einen Zustand der Hypnose. Selbst im trüben Licht der Straße erkenne ich deutlich ihre Augen. Sie wirken magisch, als leuchteten sie aus sich heraus, denn das Gesicht und der ganze Körper der Frau ist wie ein Schattenriss vor dem helleren Licht des Hausflures. Die Gestalt ist nicht allzu groß, auch nicht gerade schlank, sondern eher kompakt. Und während die junge Frau sich langsam dreht, die Tür mit ihrem Körper ein Stück weit nach innen drückt, sehe ich sie im Profil, ihren molligen Oberkörper, die kurzen, stämmigen Beine, den Kopf mit den knapp schulterlangen, dunklen Haaren, den sie jetzt neigt, während sie schnaubt, was ihrer Haarsträhne gilt, die sie aus den Augen blasen will, was mädchenhaft wirkt. Ich löse mich aus der Erstarrung, trete einen Schritt vor. Die junge Frau beginnt zu lächeln, erst schief, dann offen und freundlich. Sie hat einen schönen Mund. Ihr ganzes Gesicht ist schön. Ich erkenne immer mehr Details. Vielleicht wirkt sie nur so gedrungen, weil sie eine dicke Daunenjacke trägt. So wie flauschige Hühnerküken, deren Federflaum sie aufplustert, die sich in der Hand aber eher knöchern und fragil anfühlen.

Das Licht im Flur erlischt. Ich springe vor, will an den Schalter, sie ist schneller und so drücke ich statt den Knopf ihre Hand. Ein lautes Klacken ertönt, während das Licht angeht, uns anstrahlt, als wären wir in einer Szene auf der Bühne. Ihr Gesicht ist ganz nah, sie sieht mich überrascht an, in ihren Augen liegt Scheu, doch ihre Mundwinkel deuten Spott an.

»Heller wird's nicht. Oder haben Sie Kleber an Ihrer Hand?«

»Oh sorry. Ich ...« Hektisch ziehe ich meine Hand weg, trete einen Schritt zurück.

Sie grinst. »Ich dachte, Sie wollten rein. Oder wohnen Sie gar nicht hier?«

»Doch, doch, aber ...« Jetzt trete ich einen Schritt zurück. Tatsächlich habe ich nicht damit gerechnet, in diesem Haus je einen anderen Menschen als die alte Dame anzutreffen. Und selbst die habe ich eine Ewigkeit nicht gesehen – nur gehört. Aber eigentlich beschäftigt mich etwas anderes: Situationen wie diese häufen sich in letzter Zeit. Gerade die sehr jungen Frauen verunsichern mich. Nun gut, ich bin nicht mehr der Jüngste, aber ich fühle mich auch noch nicht alt. Nur dann, wenn mich diese blutjungen Geschöpfe so ansehen - abschätzig, grinsend, abweisend. In der Reihenfolge. Das bin ich nicht gewohnt, jedenfalls noch nicht lange. Und ich will mich auch nicht daran gewöhnen. *Wenn ich es darauf anlege, kriege ich die Frau, die ich will. Nun gut, nicht jede, aber schon ... nun ja ...*

»Was'n nu? Rein oder raus?« Sie sieht jetzt etwas verärgert aus. Nein, sie ist nicht mehr so jung, wie sie anfangs wirkte, auf keinen Fall Generation Z, eher Y – Millennial. *Was reimst du dir hier eigentlich zusammen? Jetzt mach doch endlich! Tu was! Bist du jetzt komplett bescheuert?*

»Na dann. Hat mich gefreut. Nicht.« Kopfschüttelnd löst sie sich von der Tür und entfernt sich mit schnellen Schritten. Ihre Absätze knallen laut auf das Pflaster, sind selbst dann noch zu hören, als sich eine Straßenbahn nähert. Vielleicht hallen sie auch nur in meinem Kopf nach. Wie die Schritte von oben, von der alten Frau in der Wohnung über mir. Die Tür ist längst ins Schloss gefallen. Alltagsgeräusche hüllen mich ein, nicht mehr so pulsierend wie tagsüber, eher so, als seien sie jetzt milde gestimmt, passend zum Ausklang des Tages. Eines weiteren Katastrophentages.

Es ist spät geworden und ich bin froh, nicht mehr irgendwo hängen geblieben zu sein. Dieser Tag schrie förmlich nach Besäufnis, so wie eigentlich jeder in letzter Zeit. Aber was hätte das gebracht? Außer, dass sich meine Frustration noch mieser angefühlt hätte, eklig wie die Kotze, die ich an irgendeiner Häuserecke hinterlassen hätte, ehe ich zu Hause angekommen wäre, mich nur noch auf mein Bett fallen gelassen hätte, nur um wieder früh vom Stampfen oben geweckt zu werden und zu leiden, weil es sich wie Hammerschläge auf meinen verkaterten Schädel angefühlt hätte. Ein weiterer verlorener Tag ohne jede Chance auf nur einen geraden Satz auf der leeren Seite. Dabei liegen die Geschichten vor der Haustür – buchstäblich. Blödsinn! *Wie tief bist du gesunken, Fabian?* Wenn ich ehrlich bin, war das unfreiwillige Zusammentreffen mit der jungen Frau auch nicht mehr als ein abgedroschenes Motiv. Eine Begegnung wie im Schundroman, zu müde selbst für die billigste Sitcom.

Wie in Zeitlupe krame ich nach meinem Schlüssel und während er sich im Schloss herumdreht und ich mich gegen die schwere Tür werfe, fällt mir doch noch etwas Ungewöhnliches auf. Wie mühelos diese kleine, pummelige Frau die massive Tür aufstemmte, wie seltsam unproportioniert der Körper wirkte und dazu dieses Gesicht. Und erst der Mund. Ich muss ihn angestarrt haben wie ein Idiot. Wie würde er sich beim Küssen anfühlen, würden ihre schönen Augen dabei in meine schauen? Oder würde sie sie schließen, genussvoll, ganz auf die Berührung der Lippen, unserer Zungen konzentriert, den Moment auskostend, weil er kaum schöner wiederkehrt – weil der erste Kuss immer der schönste ist. Ob ich sie wiedersehe? Offenbar hat sie ja etwas mit dem Haus zu tun. Eine neue Bewohnerin? Das hätte ich bemerkt, so oft wie ich aus dem Fenster sehe, um wenigstens etwas Welt zu haben, abseits vom Stampfen, der Stille des Hauses dazwischen – der Windstille in mir, in meinem Kopf. Was tun gegen die Einsamkeit? Eine Frau kennenlernen, eine wie die vorhin? Vielleicht kann sie mich kurieren, meine Blockade lösen und zu meiner Muse werden oder zu viel mehr. Vielleicht würde ich endlich zu meiner großen Liebe finden. Ach, du Schwärmer! So platt auf der Suche nach dem großen Gefühl? Aber warum nicht? Bei solchen Begegnungen gerät mein Herz in Schwingung; wenn ich jetzt noch zum Erzählen zurückfinde, wird alles gut werden. Und wenn wieder dieses Stampfen ertönt, wäre es zu zweit erträglicher? Oder hörten wir es vielleicht gar nicht mehr?

Liebesangelegenheiten | *Februar 2017*

Mein Roman ist ein Bestseller, keiner der ganz großen, aber ein schöner Überraschungserfolg. Er sichert mir bis heute mein Einkommen. Und auch wenn das Thema so alt ist wie die Menschheit, scheine ich mit meiner Liebesgeschichte doch einen Nerv getroffen zu haben. Fabian Müller, ein Meister großer Gefühle – in der Fantasie, nicht im wirklichen Leben. Eine grandiose Ersatzhandlung in Form einer ebenso schönen wie tragischen Geschichte, mit einer Sprache, die selbst meine Lektorin, immerhin eine Literaturexpertin, begeistert. Doch besonders beliebt ist mein Roman bei einer ganz bestimmten Klientel, über die meine Lektorin zwar milde lächelt, die mein Bruder aber sehr gerne in seinem Laden hat. So etwa an einem Freitagabend im Februar 2017, als mich die Lesereise für meinen ersten Roman in die westfälische Heimat führte.

Die Lesung in Münster war nicht nur ein echtes Heimspiel, sie trug Züge eines Boygroup-Konzerts. Der nicht gerade kleine Verkaufsraum war bis zum letzten Platz gefüllt, und als ich aus der winzigen Teeküche an den Lesetisch trat, fiel mir fast mein Brillenetui aus der Hand. Hilfe suchend schaute ich nach Flo, fand ihn lässig am Türrahmen lehnend, mit einem aufmunterndem Siegerlächeln im Gesicht, ein blonder Strahlemann, wie Robert Redford in seinen besten Jahren, Cordsakko, Schal – den allerdings fand ich genauso affig wie das Einstecktuch in seinen Business-Anzügen. Doch für den Moment hatte ich andere Sorgen.

Mit rotem Kopf nahm ich Platz, griff mit zittriger Hand nach meinem mit Haftmarkern gespickten Buch und versteckte mich hinter meiner Lesebrille. Vor mir saßen ausnahmslos junge Frauen, eine schöner als die andere. Das Alter der meisten schätzte ich auf 20, höchstens 25. Wo hatte Flo die nur alle aufgetrieben – etwa aus einem germanistischen Seminar? Oder aus einer Modeschule? Zugetraut hätte ich ihm beides ... Das Siegerlächeln wich auch dann nicht aus seinem Gesicht, als ich das letzte Exemplar signiert und Flo die allerletzte Schönheit zur Tür hinausgeleitet hatte, wie immer charmant und lässig flirtend – so war er, mein gut aussehender Bruder. Er schloss die Ladentür ab, eilte auf mich zu und gab mir einen Kuss auf den Mund.

»Was für eine geile Show! Alter!« Er hielt die Hand zum Abklatschen hoch, ich schlug müde ein. »Junge, du legst sie alle flach. Hast du das gesehen? Sie hingen an deinen Lippen. Wer weiß, wie viele sie nur zu gern geküsst hätten. Alter!«

»Ja, *Alter*.« Seine aufgedrehte Art ging mir auf die Nerven. So mochte ich ihn nicht, also gab ich bewusst den Miesepeter. »Was willst du mir eigentlich sagen? Was soll dieses affige Junggehabe? Und was wollen diese Girlies mit einem alten Knacker wie mir? Hast du die extra für mich angeheuert?«

Mein Bruder umfasste meine Schultern, sah mich beschwörend an. »Du kapierst wohl gar nichts, oder?

35

Hier!« Er holte ein paar zerknitterte Papierschnipsel aus seiner Hosentasche und hielt sie mir vor die Nase. »Da, guck! Deine Beute! Diese Telefonnummern sind ganz sicher nicht für mich.«

Auf den Fetzen erkannte ich Zahlen, Handynummern, Namen, auch ein Herzchen.

»Da, nimm sie ruhig! Vielleicht ist ja eine dabei, die endlich deine Gnade findet. Oder willst du ewig Junggeselle bleiben, du Öhi?«

»Lass stecken! Was ich dir sage: Die sind doch alle viel zu jung. Und außerdem: Wer ist denn der Schwerenöter von uns beiden? Was hast *du* denn gerade am Laufen, hm?«

Flo grinste, warf die Zettel auf die Ladentheke und öffnete die seitliche Tür zum Hausflur.

»Komm, jetzt gehen wir einen saufen. Das muss gefeiert werden! Oder bist du dafür jetzt auch schon zu *alt*?«

Wie immer wurde es eine lange Nacht – und wie immer, wenn ich mit meinem Bruder unterwegs war, blieben wir nicht lange allein. Noch beim Aufwachen war ich es nicht. Sie lag still neben mir und sah mich aus großen, mandelbraunen Augen an. Instinktiv wich ich zurück, wäre beinahe aus dem Bett gefallen. Sie grinste schief, gab mir einen flüchtigen Kuss auf meine Wange und erhob sich aus dem Bett Richtung Bad. Natürlich war sie nackt – so wie ich. Mein Kopf schmerzte und ich hatte berechtigte Zweifel, ob mit dieser dunkelhaarigen Schönen, deren Name ich nicht mehr wusste, überhaupt was gelaufen war. Ekel stieg in mir hoch, Ekel vor mir selbst.

Was war denn nur in mich gefahren? Ich war keine zwanzig mehr, mein Körper zeigte mir sehr deutlich den Verfall eines Mannes mit Anlauf auf die Vierzig: das schüttere, inzwischen mehr graue als blonde Haar, die zunehmend prägnanteren keilförmigen Falten zwischen Nase und Mund, das kleine Bäuchlein und die von ersten Krampfadern verunstalteten Storchenbeine. Wie peinlich war das denn bitteschön? Und warum hatte ich es wieder nicht geschafft, zu widerstehen und einem so jungen und hoffnungsvollen Geschöpf meine fortschreitende Unansehnlichkeit zu ersparen? Gewiss, ich war niemandem Rechenschaft schuldig, erst recht nicht meinem Bruder, der mich nur zu gern verkuppeln wollte. Seit Jahren tat er das, bislang ohne Erfolg. Seine Wahl, ob für ihn selbst oder für mich, fiel immer wieder auf die falschen Frauen, die meisten waren viel zu jung und leider auch viel zu naiv. Vielleicht lag es daran, dass er selber nicht bindungsfähig war, zwei Ehen waren grandios gescheitert, auch in finanzieller Hinsicht. Zum Glück hatte er keine Kinder in die Welt gesetzt und nicht minder nützlich war, dass er inzwischen den Buchladen nebst der darüber liegenden Wohnung besaß, das Erbe unserer Eltern. Er hatte mich nach ihrem unerwarteten Tod ausgezahlt, sich »geopfert«, wie er oft und gerne betonte, und war in Münster geblieben. Andererseits wusste ich genau, dass er sich pudelwohl fühlte in unserer Heimat, wo er alte Freundschaften pflegte und stets neue hinzugewann. Flo ließ nichts anbrennen, auch nicht an diesem Wochenende, an dem er lange nicht aus seinem Schlafzimmer kommen würde. Ich wartete auch nicht darauf. Ohne mich zu verabschieden, fuhr ich nach Leipzig zurück, mein Nachtschwarm begleitete mich noch zum Bahnhof. Dort trennten sich unsere Wege mit einer einfachen, flüchtigen Umarmung.

Im Zug nach Leipzig hatte ich genügend Zeit, über das Wochenende, mehr aber über mich und mein Leben nachzudenken. Und über Flo. Ich liebe meinen Bruder, nach dem tragischen Tod unserer Eltern, sind wir noch enger zusammengewachsen. Und obwohl ich bald aus Münster weggezogen war, hingen wir aneinander wie nie zuvor. Wir waren uns immer ähnlich gewesen, drei Jahre trennten uns immerhin und die machten auch in unserem Alter noch einen Unterschied. Ich bin bis heute der Reifere von uns beiden, der Vernünftige, dafür oft grüblerisch und verzagt, mit der Welt und mit mir selbst nie im Reinen. Mich können Dinge aufregen, in politischen Fragen bin ich rechthaberisch, manchmal regelrecht streitsüchtig. Aber auch wenn es manchmal so schien: Flo ist nicht oberflächlicher als ich; er weiß das Leben nur besser zu nehmen, leichter, lässiger. Oft fallen ihm die Dinge von selbst in den Schoß, ihm, dem Charmeur, dem Partylöwen, dem Beau – er war immer schon der Schönere von uns beiden. Und der Eloquentere. Er wusste, wie man Menschen für sich einnahm. Flo war allseits beliebt, ein Gewinnertyp – auf fatale Weise jedoch ein ewiger Verlierer in Liebesangelegenheiten. Wie ich.

Liebesangelegenheiten – was für ein seltsames Wort. Contradictio in adiecto. *Liebe* ist keine *Angelegenheit*. Liebe ist alles oder nichts. Es gibt kein zweites Wort dafür, keine Vereinfachung. Die Liebe ist wie die Wahrheit, sie existiert, auch wenn wir sie leugnen oder sogar bekämpfen, sie ist alles, was ich ersehne: die reine, die *wahre* Liebe. Mein Bruder kann damit nichts anfangen, für ihn beschränkt sich Liebe auf den körperlichen Akt. Auch ich schätze dessen Hochgenuss, das Walten des nackten Triebs und manchmal rührt der Sex, das Verschmelzen mit einer Frau sogar meine Seele. Aber eben nur kurz, *Liebe machen* ist nichts von Dauer, nichts, nach dem man sich so sehr sehnt und verzehrt, wie die wahre Liebe. Für Flo ist eine Frau *geil oder gar nicht*. Ach, Flo, möchte ich ihm manchmal zurufen, hoffentlich fällst du nicht mal in ein tiefes Loch, denn du wirst auch nicht jünger, und auf Dauer hilft es nicht, sich mit immer Jüngeren zu umgeben. Aber ich weiß ja, dass er an diesem Punkt uneinsichtig ist und mich bestenfalls auslachen würde.

Einmal, noch während meiner Referendarzeit an der Gesamtschule, hatte ich eine vielversprechende Beziehung mit einer Kollegin. Flo sah uns zufällig an der Lambertikirche, hielt sich aber im Hintergrund, nur um mich abends – wir wohnten beide noch im Haus unserer Eltern – schon in der Diele zu stellen. Er habe uns gesehen. Wo ich denn diese Granate aufgetan hätte? Wie sie denn so sei? Und da sagte ich das unbedachte Wort. *Nett* sei sie.

»Was heißt denn *nett*? Ist sie geil oder nicht?« Und damit ließ er mich stehen und verschwand mit einem spöttischen Grinsen kopfschüttelnd in seinem Zimmer.

Jedenfalls nicht *geil* genug, fand ich später. Vielleicht dachte sie das Gleiche über mich; was immer sie von mir hielt: Liebe war das nicht, abgesehen von ihrer körperlichen Bedeutung. Unsere Treffen mündeten regelmäßig in Sex, meistens bei ihr. Wir bumsten auf eine seltsam ambitionierte Weise, als ob es eine Art Wettkampf wäre, ein auf körperliche Höchstleistung getrimmter Akt, was meinen Orgasmus immerhin verzögerte. Doch zwei-, dreimal wurde ich unvermittelt schlaff. Dann schlich ich mich wie ein Verlierer aus ihrer Wohnung, ihren enttäuschten Blick noch lange vor Augen. Ihr Körper war makellos, durchtrainiert, wenn sie sich schminkte, verwandelte sie sich in ein Model, und tatsächlich verdiente sie sich neben ihrem Lehrberuf etwas Geld mit Fotoshootings. Kurzum: Sie war perfekt. Und langweilig. Ihr teures Parfum – »aus London« – stach mir in die Nase, es störte meinen Genuss, legte sich schwülstig-schwer auf alles, es stieß mich ab, verdarb mir jede Sinnenfreude, selbst das gemeinsame Essen bei meinem Lieblingsitaliener. Wenn ich es mir recht überlegte, störte mich einfach alles an ihr, allen neidischen wie wohlmeinenden Bekundungen meiner Umgebung zum Trotz. Einmal mehr machte ich die Erfahrung, dass sich Liebe zwischen zwei Menschen nicht erzwingen lässt – und weder erlernen, noch trainieren. Sie ist immer schon da, kann stärker und schwächer werden, aber ohne den Zauber des Anfangs, diesen unerklärlichen, magischen Funken, wird sie niemals entstehen. So verstanden hatte ich noch nie geliebt. Auch die vielen anderen Frauen nicht, die kamen und gingen.

Die letzte meiner notorischen Trennungen fiel beinahe auf den Tag genau mit dem schicksalhaften Tod unserer Eltern im Oktober 2014 zusammen. Sie waren auf der Rückfahrt von der Frankfurter Buchmesse; mein Vater hatte es sich mal wieder nicht nehmen lassen, mit dem eigenen Auto zu fahren statt entspannt mit dem Zug. Er war ein Macher, wollte die Dinge eben selber steuern. Meiner Mutter sollte es recht sein, sie tat alles, was *der Papa* wollte. An einer Autobahnbrücke passierte es, der Stein war riesig gewesen, lang und schwer, er traf die Windschutzscheibe auf ihrer ganzen Breite, bei Tempo 130, wie immer hatte sich mein Vater an die vorgeschriebene Geschwindigkeitsbegrenzung gehalten. In nur einem Wimpernschlag war alles vorbei: Die Rettungskräfte sagten, unsere Eltern seien auf der Stelle tot gewesen – sie hätten keine Chance gehabt, aber eben auch keinen Schmerz. All das tröstete uns nicht. Auch nicht, dass der Steinewerfer, ein psychisch gestörter Sonderling, nur einen Tag später gefasst wurde. Er kam in die geschlossene Psychiatrie.

Für meinen Anteil aus dem Buchladen nebst der darüber liegenden zweistöckigen Wohnung nahm Flo einen Kredit auf. Ich wollte das eigentlich nicht, doch er bestand darauf. Jovial wie immer lachte er meine Zweifel weg. Das sei günstiger als die alten, renditestarken Geldanlagen zu kündigen. Tatsächlich ging auch der Buchladen sehr gut, mein Bruder hatte nach seinem BWL-Studium schon etliche Jahre im Geschäft gearbeitet und mit seinem Verkaufsgeschick den Umsatz Jahr für Jahr gesteigert. Unser Buchladen war zwar nicht die Nummer eins in Münster, aber er hatte eine treue, stetig wachsende Kundschaft. Und dennoch war er zu klein für zwei Geschäftsführer. So quittierte ich den Schuldienst und verließ Münster. Ich hatte genug von der Stadt, wollte einen Neuanfang. Schon seit Jahren schrieb ich nebenher Erzählungen; jetzt war es Zeit für einen Roman. Von dem ausgezahlten Geld kaufte ich mir Anfang 2015 die Altbauwohnung in Leipzig. Sie war ein

Glückstreffer: frisch renoviert, aber noch nicht gentrifiziert und für Westverhältnisse ein echtes Schnäppchen. Das übrige Geld würde locker zwei Jahre reichen, wenn ich sparsam lebte, was mir nicht schwerfiel. Unsere Eltern hatten immer darauf geachtet, dass wir bei allem, was wir hatten und taten, Maß hielten. Mein wahrer Luxus war Zeit. Zeit für mein Buchprojekt. Alles richtig gemacht, sagte mein Bruder immer wieder. Ich wusste, dass er mir mein neues Leben nicht neidete. Flo spornte mich an, er glaubte immer an mich als Schriftsteller. Nicht aus Bruderliebe und nicht ohne Hintergedanken. Er ist eben Geschäftsmann. Deshalb versteht er auch jetzt, bei meinem neuen Buchprojekt, keinen Spaß.

Bumm – bumm – bumm – bumm. Wann hatte ich das Stampfen zum ersten Mal bewusst gehört? Wenn ich ehrlich bin, drang es erst in mein Bewusstsein, als ich bereits eine Woche vor dem leeren Word-Dokument saß und es satt hatte, mich mit dem Internet abzulenken. *Alter!* Ich höre die Stimme meines Bruders in meinem Kopf. Hat Flo mir nicht geraten, in Leipzig zu bleiben? Wie kann ich ihm nur begreiflich machen, dass es Gründe für meine Schreibblockade gibt? Natürlich ist der ewige Marsch nicht die Ursache, nicht einmal ansatzweise. Das Problem bin ich selbst. Ich habe gerade nicht nur kein Selbstvertrauen, ich glaube mir auch nicht. Wie soll einer wie ich ein Buch über die wahre Liebe schreiben? Einer, der nicht lieben kann. Meine Seele ist nicht bereit, mein Kopf und alle Vernunft keine Hilfe. Bei meinem ersten Roman war ich mir ganz sicher gewesen, mit mir selbst im Reinen. Da glaubte ich mir noch, meinen Figuren, ihrer Geschichte, die ich so gerne selbst erlebt hätte. Jetzt aber, wo sie geschrieben ist, von Tausenden Herzen gelesen, in Hunderten feuchten Träumen nachempfunden, muss es eine neue sein. Und sie muss größer sein. Viel größer. Sie muss die Liebe selbst sein. Ohne Kitsch und Künstlichkeit, aber sinnlich und packend. Wie kann ich eine so große Erwartung erfüllen? *Alter!* Nein, Flo, genau so nicht.

Isa | *Januar 2016*

Ich fieberte dem Treffen mit der Lektorin entgegen. Dass mein erster Roman tatsächlich entdeckt worden war und ein Verlag, noch dazu ein ziemlich großer, das Buch veröffentlichen würde, konnte ich immer noch nicht recht glauben. Zwischendurch zweifelte ich immer wieder, ob es wirklich dazu kommen würde, ob ich mich vielleicht verhört oder die Lektorin missverstanden hatte und sie das vereinbarte Meeting eher als unverbindlich betrachtete.

Wir wollten uns in einem Szene-Café in der Südvorstadt treffen, also nur ein paar Hundert Meter weiter auf meiner Karli. Ich kannte das Lokal, von dort aus war es nicht mehr weit bis Connewitz, dem Stadtteil, der als Autonomen-Hochburg von sich Reden macht, zumindest bei den bürgerlichen Menschen der Stadt. Ich mochte das teils *(n)ostalgische*, teils moderne, renovierte Flair meiner Straße, die Geräusche der Straßenbahnen, die vielen Kneipen und Cafés, deren Gäste sommertags in großen Trauben draußen saßen, nicht selten umnebelt von harzigem Rauch und erfüllt von ausgelassener Stimmung, die kleinen, oft unauffälligen Geschäfte, speziell den Plattenladen mit der alten Schaufensterauslage, den vergilbten DDR-LPs – ein Biotop, das noch den antikapitalistischen Geist verströmte, ähnlich wie die einstige links-alternative Szene im Westen, die dort aber in den gelackten Achtzigern und erst recht nach der Wende in verschiedene Ausprägungen von Esoterik abdriftete oder in saturierter Bürgerlichkeit aufging wie schon die Achtundsechziger zuvor.

Nach den Feiertagen und dem turbulenten Jahreswechsel 2015/2016 beschäftigten Politik und Medien die verstörenden Ereignisse am Kölner Hauptbahnhof. Auch die Leipziger schauten in den Westen, denn diesmal waren die berüchtigten Connewitz-Krawalle an Silvester ausgeblieben. Äußerlich war die Stadt schnell wieder zum Alltag übergegangen – einem grauen, frostigen Alltag. Hier und da mischte sich noch das Knattern der Zweitakter in das Rauschen des Verkehrs. Auch den Braunkohlegeruch vergangener Tage vermeinte ich hier und da noch wahrzunehmen; seltsamerweise ist er mir überhaupt nicht unangenehm, obwohl ich weiß, dass er zu DDR-Zeiten ein wahrer Gestank war, der sich schwer und giftig über alles legte und selbst die Kleidung durchdrang. Straßenbahnen rumpelten an mir vorbei, die zwei Stationen bis zum Café, ging ich aber lieber zu Fuß.

Als ich es betrat, war ich überrascht: Selbst an diesem frühen Vormittag war jeder Platz besetzt, überwiegend von jungen Leuten, wahrscheinlich Studenten, es war stickig und warm. Und laut. Irgendwie hatte ich erwartet, dass mein Erscheinen eine plötzliche Stille auslösen würde, so wie in einem Western, wenn ein Fremder den Saloon betritt, oder doch wenigstens eine vereinzelte Reaktion. Doch die jungen Leute beachteten mich nicht, gleich neben mir ging lautes Gelächter los, das nichts mit mir zu tun hatte. Wie immer, wenn ich an einen Ort mit vielen

Menschen kam, wo mich eine ganz bestimmte Person erwartete, erfasste mich eine merkwürdige Hektik, die mein Blickfeld zu einem Tunnel verengte. Aus lauter Panik, die mir bekannte Person nicht gleich zu entdecken, mich vor ihr gewissermaßen lächerlich zu machen, obwohl sie womöglich sogar winkt, übersehe ich diese dann tatsächlich. Die heutige Verabredung würde ich sowieso nur an der Stimme erkennen. Meine Fantasie hatte ein vages Bild von ihrem möglichen Aussehen zusammengebaut, das mich mit Sicherheit auf die falsche Fährte führen würde. Aber wer sagte überhaupt, dass mich meine Verabredung schon erwartete? Ich war zu früh dran. Also versuchte ich, mich zu beruhigen, wickelte mir den langen Schal vom Hals und zwang mich, langsam und konzentriert das Lokal zu betrachten. In der hintersten Ecke stand ein kleiner Tisch mit zwei leeren Stühlen.

Ich blickte wieder zur Theke, hinter der eine junge Frau mit pechschwarz gefärbter Punkfrisur, Nasenring und gepiercten Ohren Orangen auspresste. Ihr Kollege bediente gerade eine größere Gruppe am Fenster, jonglierte ein Tablett mit Latte-Macchiato- und Chai-Latte-Gläsern. Ob ich hier wohl einen normalen Kaffee bekommen würde? Die Orangenpresserin sah mich fragend an.

»Einen normalen ... Quatsch, sorry, ist der Tisch da hinten noch frei?«

Zwischen ihren schwarzgeschminkten Lippen kam eine rosafarbene Blase heraus. Als sie zerplatzte, schmatzte die Frau ein paarmal, leckte sich mit ihrer Zunge, auf der ein silberner Ring mit einer Perle aufblitzte, die Lippen und griente mich an.

»Der ist reserviert. Für Isa. Bist du mit ihr verabredet?«

»Ich denke ja. Isabel heißt sie. Isabel Pschibi ... Pschibisch ...« Während ich noch unbeholfen stotterte, grinste mich die Punkerin mit breitem Mund kauend an, zog dann mit einem kräftigen Ruck den Hebel der Orangenpresse nach unten. Ich fluchte innerlich, wie oft hatte ich mir den Namen eingetrichtert, ihn dutzende Male laut ausgesprochen, nachdem ich ihn schon am Telefon nicht verstanden, auf der Verlagsseite aber schnell gefunden hatte.

»Przybyszanski!«, rief der Kellner mir entgegen, ein junger Mann mit Bart, der sein blondes Kopfhaar zu einem Dutt gebunden hatte. Er stellte sein Tablett auf die Spüle und reckte sich etwas zu mir rüber. »Wie der polnische Schriftsteller, noch nie von ihm jehört?«

Ich schüttelte den Kopf und nahm mir ein weiteres Mal vor, endlich mehr internationale Literatur zu lesen.

»Sollteste aba, Isa ist sojar ne entfernte Verwandte, keen Wunda, frauentechnisch ließ ihr berühmter Stammhalter ja nüscht anbrennen, wa?« Dafür erntete der Blonde einen tadelnden Blick von seiner Kollegin. »Spaß beiseite, lohnt sich in je'em Fall zu lesen, wir nehmen ihn jrade im Seminar durch. Is'n Jroßa.«

»Wer ist ein Großer?« Die Stimme in meinem Rücken erkannte ich sofort. Ich drehte mich um und verknallte mich auf der Stelle.

Ich erkannte mich selber nicht wieder: Galant nahm ich ihr den Mantel ab und hängte ihn mit meinem zusammen an die Garderobe, eilte voraus an unseren Tisch, rückte ihr den Stuhl an der Wand hin und setzte mich auf den anderen. Mit dem Rücken zum Geschehen konnte ich mich ganz auf die Frau konzentrieren, die hier Isa genannt wurde und deren Nachnamen ich auch jetzt noch nicht aussprechen konnte. Sie lächelte mich an und betrachtete mich schweigend. Ihr Blick wanderte von meinem zurückweichenden Haaransatz über meine Augen, auf denen er kurz verweilte, an meiner etwas zu langen, aber geraden Nase entlang zu meinem Mund, auf dem er schließlich hängen blieb. Gefiel ihr, was sie sah? Sie war jedenfalls mein Typ. Isa wirkte südländisch auf mich. Ihr glattes, knapp schulterlanges, dunkles Haar war von silbrigen Fäden durchzogen, was sie reif, aber nicht alt erscheinen ließ, ihre leicht sommersprossige, urlaubsgebräunte Stirn wirkte zugleich offen und intellektuell, die freundlich geschwungenen Brauen beschirmten mandelförmige Augen mit einer tiefbraunen Iris, in der es grünlich schimmerte wie von winzigen, funkelnden Smaragden. Sie hatte hohe Wangenknochen, die ihrem Gesicht eine slawische Note gaben. Unter der geraden Nase befand sich ein sinnlicher, großer Mund mit weichen Lippen, die sie nur dezent geschminkt hatte und jetzt mit ihrer Zungenspitze befeuchtete. Isa war schlicht, aber geschmackvoll und ganz sicher auch teuer gekleidet. Ich kam mir in meinem verwaschenen Strickpulli und der schwarzen Jeans plötzlich schäbig vor. Ging man so zu einem Bewerbungsgespräch?

»Schön, dass das so schnell geklappt hat.« Sie nahm das Latte-Macchiato-Glas, das ihr der Kellner mit einem Augenzwinkern hingestellt hatte, in beide Hände, trank einen kleinen Schluck und leckte sich den Milchschaum von den Lippen, dabei sah sie mich auf eine Art an, die mich elektrisierte. Ich war unfähig meine Kaffeetasse zu nehmen, ganz sicher hätte ich gezittert und die Hälfte verschüttet. Ich nickte mehrmals stumm, kam mir vor wie ein Wackeldackel auf der Heckablage eines Münsterländer Bauern-Mercedes. Wie peinlich, nun sag endlich was! Ich räusperte mich, meine Stimme krächzte trotzdem.

»Danke, dass Sie Zeit für mich haben.« Mehr bekam ich nicht heraus.

Sie legte ihre Hand neben meine, an meinem Handgelenk glitzerte die alte, goldene Uhr, die ich von meinem Vater geerbt habe und die – wie ich manchmal selbstironisch sage - auch das Wertvollste an mir ist. Isa schien sie zur registrieren, heftete ihren Blick aber an meinen.

»Bitte, wollen wir nicht *Du* sagen? Ich hasse Förmlichkeiten. Erst recht zwischen Menschen, die so etwas Wunderbares verbindet wie Literatur.« Sie lächelte, berührte meine Hand, zog ihre aber schnell wieder zurück, als fühlte sie sich ertappt. »Dein Roman ist ... wie soll ich sagen ... Es wäre vermessen zu sagen, dass ich ihn entdeckt hätte. Nein, das Gegenteil ist der Fall: Er hat mich gefunden!«

»Wollen Sie damit sagen ...«

»Willst *du*! Wir wollten *du* sagen. Hör zu, das ist mir sehr wichtig: Als Lektorin bin ich immer in Gefahr, zu abgebrüht zu werden, vielleicht bin ich das auch schon. Deswegen ist es umso erstaunlicher, dass ich bei dir ... bei deinem Roman ... Ich kann es gar nicht genau sagen, was mir allerdings wirklich selten passiert. Eigentlich nur, wenn ich mich verliebe.« Sie senkte ihren Blick, nahm das halb volle Glas wieder in beide Hände und trank es in einem Zug leer.

Ihre Worte erreichten meinen Verstand mit Verzöge-
rung. Hatte sie das gerade wirklich gesagt? Sie setzte ihr
Glas ab, leckte sich wieder die Lippen. Was hatte sie vor?
Wollte sie mich anmachen?

»Oh bitte, nein, nein! Nicht falsch verstehen. Ich habe
mich in dein Buch verliebt. Was dachtest du denn?« Sie
zwinkerte mir zu, ihr Blick sollte unschuldig wirken. Wie
ein freches Mädchen kam sie mir vor. Dabei schätzte ich sie
etwa auf mein Alter, Mitte bis Ende dreißig. Um ihren
Mund kräuselten sich Lachfalten, ihre Mundwinkel waren
leicht nach oben gebogen. Was für eine faszinierende Frau!
So intellektuell sie sein mochte, so sinnlich gab sie sich jetzt.
Und auch wenn ich mich womöglich irrte, fühlte ich mich
davon herausgefordert. Mit einem Ruck beugte ich mich
vor, bereit, ihren Flirt zu erwidern.

»Soso, in mein Buch, aha. Kann man sich denn in einen
Text verlieben?« Ich lächelte sie offen an und sah ihr dabei
tief in die Augen, in denen ich jetzt ein unsicheres Flackern
bemerkte.

Sie wich meinem Blick aus, umfasste ihr leeres Glas und
schien nachzudenken. Ihr Gesicht bekam einen strengen
Zug. »Natürlich geht das. Ich gehöre zwar noch zu der
Wissenschaftler-Generation, die Texte historisch-kritisch
betrachtet, der reale Autor und sein Leben tritt hinter dem
Erzähler zurück, dessen Text sich gewissermaßen von der
lebenden Person emanzipiert, eine eigene Bedeutung im
historischen Kontext bekommt und natürlich in dem des
jeweiligen Lesers ...« Sie brach unvermittelt ab. Ihre Augen
glühten.

Was für ein Zeitsprung! Ich fühlte mich unmittelbar in die Vergangenheit versetzt, musste an meine Staatsarbeit denken. Was hätte ich damals in Münster dafür gegeben, eine solche Partnerin zu haben. Stattdessen hatte mich ausgerechnet in meiner heikelsten Prüfungsphase meine damalige Freundin verlassen, die mir zwar nicht fachlich, aber doch menschlich hätte beistehen können.

»Ich finde«, startete ich einen weiteren Versuch, »Texte müssen eine ganz eigene, sinnliche Dimension haben. Über die Sprache, magische, poetische Worte. Sind sie nicht so erst in der Lage, unmittelbar unser Herz zu erreichen? Die Romantik ...«

»Komm mir jetzt bitte nicht mit der Romantik! Eine ganz und gar rückständige Epoche. Und Wasser auf die Mühlen dumpfer Deutschtümelei, nicht wahr?« Ihre Stimme bekam einen scharfen Beiklang, ihr Gesicht verzerrte sich zu einem säuerlichen Lächeln und machte sie um zehn Jahre älter.

Ich erschrak, fühlte mich unverstanden, geschulmeistert. Sie bemerkte es, griff nach meiner Hand. »Lieber, es tut mir leid. Manchmal geht der alte Gaul aus Zeiten meiner Doktorarbeit mit mir durch. Summa cum laude, aber um welchen Preis! Danach war ich ein halbes Jahr krank. Heute würde man von einem Burnout sprechen. Und wenn ich ehrlich bin, würde ich einige Thesen inzwischen nicht mehr vertreten. Leider ist die Publikation immer noch ein Standardwerk der Germanistik.«

Sie zeigte mir, wo der Hammer hing. Meine Faszination für sie war merklich abgekühlt. Ich zog meine Hand zurück, was sie mit einem traurigen Lächeln quittierte.

Fachlich war ich dieser Frau nicht gewachsen, was also wollte sie von mir?

»Lass uns lieber über deinen Text reden.« Sie schien meine Gedanken erraten zu haben, was allerdings nicht allzu schwer war, wahrscheinlich wirkte ich wie ein beleidigtes Kind. »Ich nehme an, du glaubst mir nicht, wenn ich dir sage, dass er mich berührt hat. Ich konnte nicht aufhören zu lesen. Da, guck!« Sie zog den Ärmel ihres Jacketts hoch. »Ich kriege jetzt noch Gänsehaut, wenn ich daran denke. Du schreibst so gefühlvoll und gleichzeitig so packend, ich konnte das Buch wie gesagt nicht aus der Hand legen. Und ja, ich habe mir extra das Printexemplar besorgt, da bin ich altmodisch.« Sie sah mich erwartungsvoll an.

Ich wusste nicht, was ich sagen sollte. Ihre Hand wagte einen neuen Vorstoß, diesmal legte sie sich behutsam über meine, strich sanft über meinen Handrücken, während Isabel, Isa, mir tief in die Augen sah.

»Wollen wir zu mir?«, fragte sie unvermittelt. Ihre Stimme hatte etwas Verlangendes, fast Forderndes. »Dann können wir in aller Ruhe über alles weitere reden. Den Vertrag habe ich, ehrlich gesagt, auch gar nicht dabei. Du hast doch hoffentlich noch Zeit?«

»Okay ...« Ich dehnte das Wort und wich ihrem Blick aus. Diese Frau bekam vermutlich alles und jeden. Und offenbar gefiel ihr nicht nur mein Roman. Machte sie das mit jedem Klienten?

Sie wohnte nur ein paar Straßen weiter, in der Nähe des Clara-Zetkin-Parks, im sogenannten Musikviertel, das durch seine ruhige Lage und repräsentativen Altbauten bestach. Ihre Wohnung war um einiges größer und teurer als meine, sie war spärlich, aber mit viel Geschmack eingerichtet, wahrscheinlich von einem Innenarchitekten. Im Gegensatz zu den Discountermöbeln bei mir zu Hause verkleideten hier massive, deckenhohe Bücherregale die Wände, ich kam mir vor wie in einer Bibliothek und ich hatte keine Zweifel, dass Isa die Bücher, die meisten ohne Schmuckeinbände, alle gelesen hatte. Blickfang der fast durchgehend ohne Türen verbundenen und jeweils in einer anderen Farbe getünchten Räume war das bordeauxrote Zimmer im hinteren Teil. Es war der größte Raum und zugleich einer, der bis auf ein großes, cremefarbenes Bett kein einziges Möbelstück besaß. An der Wand hing ein großformatiger, dezent gerahmter Kunstdruck hinter Glas, ein Bild von Egon Schiele, wie ich am Stil erkannte, das ich aber bisher nicht kannte: zwei Frauen, eine nahezu unbekleidet, die andere in einem senffarbenen Sommerkleid, seltsam verschränkt übereinander liegend, die Köpfe in entgegengesetzten Richtungen, die Nackte oben quer über dem Bein der anderen, ihre Brüste mit rot leuchtenden Nippeln, Hals und Kopf nach hinten gereckt, ein schönes, lasziv blickendes Gesicht mit rotem Schmollmund, mit dem rechten, muskulösen, fast männlichen Arm den Körper der Bekleideten umfangend, besitzergreifend wie das kräftige, über dem Arm der Gespielin verschränkte Bein, die Bekleidete schlaff, mit einem Gesicht, das seltsam emotionslos, fast holzschnittartig und eigentlich auch hässlich auf mich wirkte.

»Großartig, nicht wahr? Ich liebe die Wiener Moderne. Eine Wahnsinnsepoche. Und so wichtig bis heute! *Weibliches Liebespaar* heißt diese *Gouache* von Schiele. Die inszenierte Liebesbeziehung – und ihr Scheitern. Das Ich, das sein Pendant verliert. Die femme fragile, unrettbar. Besser wäre vielleicht *Frauenakt mit Puppe.*«

Wie dumm von mir, jetzt machte meine Beobachtung natürlich Sinn. Isa reichte mir ein Sektglas mit einer fast goldenen, perlenden Flüssigkeit. »Was passt besser als ein Cremant. Auf gute Zusammenarbeit!«

Sie stieß mit mir an, der glockenhelle Klang zog sich in die Länge, während sie das Glas neigte, mischte sich mit dem Prickeln der Kohlensäure und erstarb an ihren Lippen. Sie behielt den Schluck eine Weile im Mund, umspielte ihn mit ihrer Zunge, bevor sie ihn mit einem leisen Schlucken sanft hinabließ. Ihr Blick wanderte zwischen dem Bild über dem Bett und mir hin und her. Eine weitere Hitzewelle erfasste mich, ich stürzte den Sekt in einem Zug herunter, was sie mit einem Lächeln bedachte.

»Komm.« Sie umfasste meinen Ellbogen und führte mich einen Raum nach vorne, in ihr Wohnzimmer. Drei Wände waren komplett von Bücherregalen verdeckt, die Fensterseite bildete ein zweiwinkliger Erker mit hohen, schmalen Glasscheiben, dort stand ein Biedermeier-Schreibtisch aus Nussbaum, davor in bewusstem Stilbruch ein Freischwinger-Stuhl, der nach Bauhaus aussah. Mitten im Raum befanden sich zwei moderne, cremefarbene Ledersofas über Eck sowie ein quadratischer Glastisch mit einem Chromgestell. Sie bat mich, Platz zu nehmen, setzte sich neben mich, als wären wir schon Vertraute. Auf dem Tisch lag ein mehrseitiges Papier. Sie deutete darauf.

»Dein Vertrag, nimm ihn gerne mit nach Hause und lies ihn dort in Ruhe durch. Es ist ein Exklusivvertrag, das heißt, du musst deine Publisher-Plattform verlassen. Aber das sollte ja kein Problem sein. Natürlich bekommst du eine neue ISBN. Sie wird sehr viel wertvoller sein, denn dein Roman kriegt die ganze Wucht unseres Marketings. Unsere Designerin hat sich schon Gedanken gemacht und ich finde, sie hat den Geist deines Buches kongenial erfasst. Das wird ein Spaß!«

»Klingt super, da bin ich ja mal gespannt. Und du bist wirklich sicher?« Ich nahm noch einen Schluck Sekt, sie hatte die Gläser mitgenommen und wieder aufgefüllt.

»Hundert Pro! Das wird ein Kassenschlager, glaub mir. Und ich weiß auch schon, wer deine Leserinnen sein werden.«

»Leser*innen*?«

»Was denkst denn *du*? Du wirst sie alle bezaubern.« Jetzt war sie es, die das Glas in einem Zug leerte. Als sie es absetzte, rückte sie ein Stück näher. Wie eine Katze schien sie sich an mich schmiegen zu wollen, sie spielte mit mir, ich war ihre Beute. Ihre Pupillen waren geweitet, sodass ihre Iris kaum noch zu erkennen war, ihre Lippen öffneten sich, sie glitzerten feucht. Eine ganz ähnliche Szene hatte ich in meinem Buch beschrieben, mit einem Mal fühlte ich mich in meinen eigenen Roman versetzt. Ab jetzt geschah alles genauso, wie ich es erdacht und was ich mir im Grunde auch immer erträumt hatte. Ich ließ mich fallen.

Peggy | *April 2018*

Bumm – bumm – bumm – bumm. Das Stampfen reißt mich aus meinen Gedanken. Wieso habe ich es vorhin nicht gehört? Hat die Dame oben stillgehalten? Oder bin ich in meinen Erinnerungen so gefangen gewesen, dass ich es einfach überhört habe. Ist das der Schlüssel? Muss ich mich nur genügend entrücken, in mein Innerstes gehen?

Bumm – bumm – bumm – bumm. Es klingt anders als sonst, dumpfer und weiter entfernt. Ist es mein Herz? Ich senke den Kopf, lege meine rechte Hand auf die linke Brustseite, versuche, das Klopfen zu spüren. Es schlägt schneller als das Geräusch, das ich höre. Es scheint auch nicht von oben zu kommen, sondern von draußen. Ich stehe auf, gehe um meinen Schreibtisch herum zum Fenster. Unten auf der Straße steht ein aufgemotztes Auto mit laufendem Motor, aus seinem Inneren wummern Beats, der Fahrer schreit etwas zu einem Mann mit Baseball-Kappe und imposantem Vollbart. Ich höre das Klingeln der Straßenbahn, die sich von rechts nähert und jetzt abbremsen muss. Das Klingeln hält an, drängelnd, wütend. Der Autofahrer lacht, gibt ein paarmal im Leerlauf Gas; es scheppert und knallt aus dem Auspuff; die Männer winken sich zu und das Auto rast mit quietschenden Reifen davon. In dem Maße, wie sich die Beats entfernen, nimmt das Rumpeln der Straßenbahn zu, bis auch das langsam abebbt, wie der Ausklang eines Musikstücks. Eine merkwürdige Stille macht sich breit, während ich noch am Fenster verharre. Auf dem Gehweg gegenüber gehen vier Jungen nebeneinander wie die Orgelpfeifen, der eine hochgewachsen, ein zweiter klein und gedrungen, die zwei dazwischen mittelgroß und von normaler Statur. Ich schätze die Vier auf etwa zwölf, dreizehn Jahre. Wie in Zeitlupe gehen sie, passend zur Stille dort draußen, ihre Schultern hängen nach vorne, aber anders als ihre Körperhaltung vermuten ließe, hat keiner von ihnen ein Smartphone in der Hand. Dafür trägt jeder von ihnen eine Chipstüte, der kleine Dicke eine besonders große. Ihre Handbewegungen sind beinahe synchron, wie sie mit der einen Hand die Tüte anheben und der anderen eine Handvoll herausziehen, sie zum Mund führen und mechanisch kauen, während sie alle stur nach vorne sehen, wie eine eingeschworene Bande, die keine großen Worte mehr braucht, um sich ihrer selbst zu versichern, ihr gemeinsames Ziel fest im Blick. Schüler in der Mittagspause; gesundes Essen gibt es vielleicht am Abend zu Hause, vielleicht aber auch nicht.

Schreib! Jetzt! Dein! Buch! Soso, nun brülle ich mich also schon selber an, sogar meine Gedanken sind laut. Wie gut hätte das Kommando jetzt zum Stampfen über mir gepasst. Aber wie merkwürdig: In der Wohnung über mir bleibt es still.

Als ich am nächsten Tag immer noch keinen Laut von oben vernehme, werde ich unruhig. Ist der alten Dame etwas zugestoßen? Sofort drängt sich mir ein Bild auf: Sie liegt bewusstlos auf dem Dielenboden, vielleicht wacht sie zwischendurch auf, will sich dann kriechend fortbewegen, kann es aber nicht wegen der Schmerzen, das Telefon ist unerreichbar für sie, nicht einmal um Hilfe kann sie schreien, weil ihr alles wehtut und sie alsbald wieder in Ohnmacht fällt. Schon bin ich bei der Tür, doch noch ehe ich sie öffne, komme ich mir lächerlich vor. *Nur weil du einen Tag etwas nicht hörst, das du vorher auch nie gehört hast. Ja mag sein, andererseits ...* Schließlich greife ich mir den Schlüsselbund und wage es. Bevor ich bei der alten Dame klingle, horche ich an ihrer Tür, ich presse sogar mein Ohr auf das Holz. Nach einer gefühlten Minute völliger Stille drücke ich den Klingelknopf. Drinnen schnarrt es so durchdringend, dass das Geräusch Tote wecken könnte, aber was denke ich da? Ein paar Sekunden später höre ich tatsächlich ein Geräusch von innen, eine Art Schaben, aber keine Schritte. Als ich anklopfen und nach der alten Frau rufen will, geht unvermittelt die Tür auf.

Vor mir steht eine junge Frau, die ich kenne. Für einen Moment bin ich sprachlos. Es ist die Frau, die mir am Hauseingang begegnet ist. Nur einmal, vorher nie und nachher nicht wieder. Jetzt steht sie hier, als wohnte sie hier. Was hat sie mit meiner Nachbarin zu tun? Ist sie eine Verwandte? Wo ist die alte Dame überhaupt?

»Entschuldigen Sie, ich ...«

»Ja?« Die junge Frau sieht mich mit leerem Blick an. Kein Erkennen darin, kein Fragen.

»Wir sind uns schon begegnet, oder? Sie haben mir die Tür geöffnet, wissen Sie noch? Ich war ...«

»Ja. Und?« Warum ist sie nur so seltsam verhalten?

»Das könnte ich Sie fragen. Ich habe Sie hier nur einmal gesehen. Was machen Sie bei meiner Nachbarin? Wo ist sie? Geht es ihr gut?«

»Nein, ihr geht es nicht gut.« Ihre Stimme klingt monoton, phlegmatisch. Die junge Frau blickt zu Boden, ruhig, fast teilnahmslos. Dabei drückt sie die Tür wieder ein Stück weit zu. Unwillkürlich schiebe ich meinen Fuß über die Schwelle, was die junge Frau überhaupt nicht zu beeindrucken scheint.

»Was ist mit ihr? Kann ich helfen?«

»Nein.« Die Tür berührt meinen Fuß. »Sie ist im Krankenhaus.«

»Oh ... Das tut mir sehr leid.« Ich bin überrascht. »Wenn ich irgendetwas ...«

Die junge Frau vermeidet es, mich anzusehen. Aber plötzlich öffnet sie die Tür ganz und tritt zur Seite. Das soll wohl heißen, dass ich eintreten darf. Weil ich noch etwas durcheinander bin, putze ich meine Hausschuhe auf der Fußmatte ab, sehe dabei die Macken im Parkett; wie ich es vermutet habe, sind sie kreisrund, wie hineingestanzt, unter der Garderobe entdecke ich knallrote Damenschuhe. Die roten Pumps der jungen Frau, das Geräusch der Absätze auf dem Gehweg. Kam das Stampfen gar nicht von der alten Dame, sondern von dieser Frau? Warum bin ich ihr dann aber nicht viel öfter begegnet? Hinter mir fällt die Tür mit einem leisen Klicken ins Schloss, die junge Frau schleicht an mir vorbei und verschwindet im zweiten, von der Diele abzweigenden Zimmer. Ich folge ihr und betrete einen hell erleuchteten Raum. Obwohl es helllichter Tag ist, sind alle Lampen an: ein riesiger Kronleuchter mit unzähligen, kerzenförmigen Birnen, deren Licht sich tausendfach in kleinen, fein geschliffenen Kristallen bricht und dem Raum so eine unwirkliche, märchenhafte Atmosphäre verleiht. An den honiggelben Wänden befinden sich etliche weitere Lampen im selben Stil. Sie hängen zwischen deckenhohen Vitrinen, die aus weiß-goldenen Rahmen und Glasböden bestehen und in denen wiederum Hunderte, ausschließlich gläserne Objekte aller Art funkeln. Der ganze Raum wirkt wie ein Glaspalast, den Farben nach erinnert er mich an das geheimnisvolle Bernsteinzimmer – oder meine Vorstellung davon.

Ich muss lange mit offenem Mund dagestanden haben, ein leises Räuspern lässt mich aufmerken. Die junge Frau steht vor einem großen Glastisch. Darauf verteilt sind Aktenordner und Fotos. Vorsichtig trete ich näher, unsicher. Es sind unzählige Bilder; die meisten der ausgebreiteten Papierabzüge sind farbig, aber es gibt auch etliche Schwarz-Weiß-Fotos. Sie wirken knittrig, als hätten sie einiges mitgemacht. Ein lackglänzender Kasten aus karamellfarbenem Holz steht ein Stück abseits, er ist geöffnet und lässt mich an eine gerade aufgebrochene Schatztruhe denken. Unter den alten Abzügen sticht ein Foto hervor. Es ist von oben aufgenommen und zeigt eine Frau in einem Sommerkleid, sie liegt ausgestreckt auf einer Wiese, ich sehe Klatschmohn und Kornblumen, das Gras ist hoch und umgibt ihren Körper wie ein Nest. Obwohl das Bild nur zweifarbig ist, sehe ich es wie in Farbe; fast scheint es, als bewege sich die Szene; der Wind spielt in den reifen Grasähren, schaukelt sie sanft hin und her, streichelt das goldblonde Haar der Frau. Es ist lang und bedeckt in weichen Wellen einen

Großteil ihres Oberkörpers. Jetzt sehe ich, wie ihr Kleid – in meiner Vorstellung ist es ein dunkelgrünes – unterhalb der Brust leicht eingerissen ist. Vielleicht hat es ihr der Fotograf, ihr Liebhaber, im Rausch der Gefühle herunterreißen wollen. Es ist, als ob sie mich direkt anschaut, ihre Augen sind blau, ganz sicher sind sie das, Augen, die sich wegträumen können, doch in diesem Moment mich, ihren Betrachter halb belustigt, halb lüstern ansehen. Den linken Arm lasziv hinter ihrem Kopf verschränkt, flirtet sie mit mir, dem Betrachter. Ihre beinahe vollständig entblößten Beine liegen leicht angewinkelt übereinander auf der Seite, ihre rechte Hand hält den Stoff ihres Kleides vor ihren Schritt. Eine schöne Frau, züchtig und aufreizend zugleich, ganz offensichtlich dem Fotografen zugetan, dessen Schatten am unteren Bildrand zu sehen ist.

Ich bin fasziniert und merke erst jetzt, dass die junge Frau nicht das Foto, sondern mich betrachtet. Ein feines Lächeln umspielt ihren Mund, den ich schon bei unserer ersten Begegnung schön fand. Er ähnelt dem der Frau auf dem Bild, auch ihre Augen. Alles andere nicht. Mein erster Eindruck hat mich nicht getäuscht: Die junge Frau ist eher klein und etwas pummelig; sie trägt ihre dunkelbraunen Haare kürzer – eine unscheinbare Frau, etwa Ende zwanzig. Ihr Gesicht ist wirklich hübsch, wer weiß, wie viel hübscher, wenn sie sich schminken würde. Einzig ihr Mund sticht hervor, die vollen, schön geschwungenen Lippen, Zähne wie weiße Perlen, die sie jetzt das erste Mal für einen kurzen Moment des Lächelns zeigt. Sie lehnt sich über den Tisch und greift nach dem Foto. Wehmütig starrt sie auf das Bild; ihre Hände beginnen, leicht zu zittern, lassen das

Bild wieder los. Als ich die Träne auf ihrer Wange sehe, kann ich nicht anders: Der Parkettboden knarzt, Gläser klirren leise, dann bin ich bei ihr und streiche ihr etwas unbeholfen über den Oberarm. Sie rührt sich nicht, aber ihr ganzer Körper bebt leicht. Dann rennt sie aus dem Zimmer. Die Frau auf dem Foto wirkt jetzt ernster als vorhin.

Entdeckung | *April 2018*

Ich finde die junge Frau im Nachbarzimmer auf einem knallroten Biedermeier-Sofa. Sie sitzt in der rechten Ecke, die angewinkelten Knie mit beiden Armen umschlossen und das Gesicht darin vergraben, wie ein verschnürtes Paket. Mit einem Mal kommt sie mir vor wie eine Tochter, die ich in einem anderen Leben vielleicht gehabt hätte. Ohne zu fragen setze ich mich in die andere Ecke des Sofas. Wir schweigen. Von draußen dringen dumpfe Straßengeräusche zu uns. Sie machen die Stille erträglicher. Die Frau wippt ganz leicht vor und zurück. Ich möchte sie gerne trösten, weiß aber nicht wie. Also versuche ich es mit einer Frage.

»Diese Frau auf dem Foto ... Sie ist die Frau, die hier wohnt, nicht wahr?«

Stille. Dann zaghaftes Flüstern.

»Nein ... Ja ...«

Sie hebt den Kopf und sieht mit verheulten Augen zu mir herüber.

»Ja, meine Großtante, meine Großeltern sind schon lange tot. Sie hat sie alle überlebt. Aber jetzt stirbt sie auch ...« Die Worte ersticken in Schluchzen.

»Das tut mir leid.« Ich erinnere mich, dass die alte Dame von ihrer Großnichte gesprochen hatte, mehrmals sogar. Warum bin ich nicht gleich darauf gekommen. Andererseits habe ich ihre Großnichte nie zuvor gesehen. Das heißt: nur einmal, neulich an der Haustür. »Entschuldigen Sie, ich wusste nicht ...«

»Was wussten Sie nicht? Dass sie meine Großtante ist?« Sie schluckt, wischt sich eine Träne von der Wange. »Warum sollten Sie? In diesem dämlichen Haus kümmert sich doch keiner um den anderen! Sie hat nur noch mich.«

»Hat sie keine anderen Kinder, Enkel? Was ist mit Ihnen, wo sind Ihre Eltern?« Ich versuche, einfühlsam zu klingen.

»Ach, das ist kompliziert.« Ihre Stimme ist schon wieder versöhnlicher, sie putzt sich die Nase. »Sagen wir so: Sie ist die Einzige, die ich liebe – und ich die Einzige, die sie liebt. Mit meinen Eltern bin ich fertig. Die können sich gerne zu Tode saufen.« Trotzige, bittere Worte. Ich schäme mich. Wie ein Idiot habe ich sie an der Haustür angeschmelzt, habe sie bedrängt wie ein Stenz, zugegeben etwas unfreiwillig.

»Darf ich Sie das fragen: Was ist mit ihrer Großtante, warum muss sie ... sterben?«

Sie sieht mich traurig an, schüttelt nur den Kopf. Vielleicht will sie jetzt lieber allein sein.

»Entschuldigen Sie.« Ich mache Anstalten, vom Sofa aufzustehen. »Das geht mich eigentlich auch nichts an ...«

»Doch, das tut es!« Sie schreit mich an; überrascht bleibe ich sitzen. Sie sieht wütend aus, doch sie beruhigt sich schnell. »Sie hätten ja mal nach ihr sehen können. Nach uns. In den letzten Wochen ging es total bergab mit ihr. Es war so schlimm, dass ich so oft wie möglich bei ihr war. Die letzten Tage hab ich bei ihr gewohnt, hab sie rund um die Uhr versorgt, an ihrem Bett gesessen und auf diesem Sofa hier gepennt. Konnte kaum noch raus, nur für das Nötigste. Neulich musste ich einfach raus. Ich dachte, ich ersticke. Und da ...«

»Sind wir uns begegnet, richtig?«

»Ja ...« Ein Lächeln huscht über ihr Gesicht. »Wie Sie aussahen! In dem Moment dachte ich, dass ich nicht die einzige bin, der es scheiße geht.« Ihr Lächeln verschwindet, sie schluchzt laut auf. »Jetzt sitze ich da und weiß nicht mehr weiter. Eigentlich sollte ich bei ihr im Krankenhaus sein, doch die Ärzte haben sie ins Koma versetzt. Sie haben gesagt, ich soll nach Hause gehen, man kann weiter nichts tun, sie melden sich, wenn ... Keine Ahnung ...«

Diese kleine, mollige Frau wirkt mit einem Mal so verloren, so schutzbedürftig, dass es mir in der Seele wehtut. Wie verzweifelt sie wohl war? Das Stampfen, das laute Telefongespräch ... Ich war so mit mir selbst beschäftigt, dass ich nicht gemerkt habe, was für eine Tragödie sich direkt über mir abspielte.

»Kann ich ... Kann ich irgendwie helfen?«, frage ich und gestikuliere unbeholfen mit den Händen.

»Ich weiß es nicht ...«, sagt sie mit tonloser Stimme und starrt mit leerem Blick vor sich hin. Dann geht ein Ruck durch ihren Körper. Sie dreht ihren Kopf, sieht mir direkt ins Gesicht und streckt ihre Hand aus. »Peggy.«

Ich nehme ihre Hand, erinnere mich an die weiche, warme Haut, die kleine Hand am Lichtschalter.

»Fabian. Freut mich. Ich meine ...«

»Schon gut. Ich kenne Sie.«

»Na klar, ich hab sicher einen tollen Eindruck auf Sie gemacht, oder?«

»Auf *dich* gemacht, bitte sag *du*. Nein, ich fand dich nett. Bisschen verpeilt vielleicht. Aber ich kenne dich schon länger, wollte ich sagen. Habs erst hinterher gemerkt. Du bist Schriftsteller. Ich hab dein Buch gelesen. Du schreibst gut. Einfühlsam. Eigentlich wie eine Frau.«

»Das hat mir noch niemand gesagt. Eher, dass vor allem Frauen mein Buch mögen.« Ich muss lachen.

Sie nickt. Dann springt sie auf.

»Die Fotos. Magst du sie mit mir ansehen? Ich habe das Gefühl, dass ich sie mit dir zusammen besser begreife. Kennst du dich auch mit Geschichte aus? Letztes Jahrhundert?«

Ich nicke überrascht. Tatsächlich hätte ich fast Geschichte studiert. Eine Zeit lang habe ich alles verschlungen, was ich über die Zwanzigerjahre, die Nazizeit und über die Jahre danach in die Finger kriegen konnte, und das war eine ganze Menge in unserem Buchladen.

Wenig später stehen wir wieder vor dem Tisch im *Bernsteinzimmer*. Wir sichten die alten Papierabzüge. Es sind Hunderte und sie entstammen unterschiedlichen Jahrzehnten, viele aber sind schwarz-weiß und scheinen aus der Zeit des Zweiten Weltkriegs zu stammen, was ich erstaunlich finde, denn gerade aus dieser dunklen Epoche existieren meist nur noch wenige Dokumente, weil sie – vorgeblich oder nicht – in Bombennächten, bei Bränden oder auf der Flucht verloren gegangen sind. Einige der alten Bilder zeigen sehr private Motive: die schöne Großtante als junge Frau, einen blonden, auffällig hübschen jungen Mann; eines zeigt beide zusammen, mit viel zu viel Himmel über den lachenden Gesichtern, eine Art misslungenes Selfie. Wie glücklich sie aussehen: zwei blutjunge Menschen, ein Liebespaar in Zeiten des Krieges. Doch der scheint sie gar nicht zu berühren, die Szenerie wirkt friedlich, ländlich – sie erinnert mich an meine Münsterländer Heimat, meine glückliche Kindheit. Auf einer Landschaftsaufnahme erkenne ich einen See, im Vordergrund Schilf und in der Ferne das andere Ufer. Peggy betrachtet es nachdenklich.

»Das ist kein See, das muss die Küste sein, genauer gesagt das Frische Haff. Tante Klara hat manchmal davon gesprochen. Unsere Familie stammt aus Ostpreußen, aus der Nähe von Braunsberg, heute Braniewo. Ich fand das ungeheuer spannend, doch immer wenn ich mehr wissen wollte, sind sie alle verstummt. Tante Klara war da genauso stur wie meine Großeltern, als sie noch lebten. Irgendwann habe ich gemerkt, dass es der Schmerz war, der alle schweigen ließ.«

Ich versuche, die Fotos in eine chronologische Reihenfolge zu bringen. Der Tisch ist groß genug, um sie bequem darauf anzuordnen, quer auf einem Zeitstrahl und senkrecht in dem jeweiligen Zeitraum. Peggy hat erst über meine Idee gelächelt, doch langsam gewinnt sie Gefallen daran. Sie überlegt, die Fotos in Alben zu kleben, ihre Großtante habe wohl nie die Muße dazu gehabt, sie in dem Kasten aufbewahrt, und der habe gut versteckt hinter den Ordnern in ihrem Sekretär gestanden.

»Und du hast die Fotos vorher nie gesehen?«

»Sie hat mir nur die neueren gezeigt. Ich ahne, warum …« Peggy hält ein Foto in ihrer Hand, es zeigt ihre Großtante mit verschränkten Armen und einem kecken Grinsen vor einem Baumstamm, sie trägt einen viel zu großen Jägerhut mit Fasanenfeder. Die Krempe beschattet ihre Augen, die darunter wach und seltsam erwachsen wirken. Peggys Tante war fraglos eine außergewöhnlich schöne junge Frau.

»Wie alt ist deine Großtante?«

»Da fragst du mich zu viel. Sie hat nie Geburtstag gefeiert, meinen aber nie vergessen. Diese Fotos hier – die wenigen Geschichten, die sie immer erzählt hat, von Krieg und Flucht und so – demnach müsste sie fast neunzig sein.«

»Wenn sie diese Fotos noch hat, sollte sie doch auch noch alte Dokumente haben, was steht denn in ihrem Ausweis?«

»Keine Ahnung, den hat sie mir nie gezeigt.«

»Jeder Bürger hat einen Ausweis. Und ich erinnere mich, dass deine Großtante von ihrem verstorbenen Mann sprach. Um zu heiraten, braucht man Dokumente, oder etwa nicht?«

Peggy legt das Foto zurück und sieht mich traurig an.

»Ach ja … Als mein Großonkel noch lebte, habe ich die Beiden nur ab und zu besucht. Damals wohnte ich noch in Berlin. Aber immer, wenn ich da war und sie gelöchert hab, wie sie sich kennengelernt haben, wo sie geheiratet haben und so, haben sie nur komisch geguckt und nichts gesagt. Oder nur sowas wie *Es war eine schlimme Zeit, sei froh, dass du so etwas nicht erleben musst.* Und so weiter. Die Monate vor seinem Tod waren für Onkel Heinz sowieso schwer, da lag er nur noch auf dem Sofa. Meine Großtante ein Nervenbündel und er nur noch ein alter, kranker Mann mit glasigen Augen. Nachdem er gestorben ist, war es zu spät, da wollte sie gar nicht mehr über die Vergangenheit reden. Sie waren sich aber wohl ihr ganzes Leben treu. Wobei …«

Peggy nimmt ein Bild in die Hand, hält es sich näher vor die Augen und legt es schließlich mit einem Kopfschütteln zurück.

»Auf keinen Fall ist das Onkel Heinz. Tante Klara hat mir nie erzählt, dass es noch einen anderen Mann gab. Wie verliebt er in die Kamera guckt – und schau mal: auch sie! Und da sind sie beide drauf. Ich bin ganz sicher: Das ist nicht Onkel Heinz!«

Ihr Handy schnarrt und rutscht zum Rand der Glasplatte. Schnell greift sie es, wischt über das Display und hält es sich ans Ohr. Ich höre eine sonore Männerstimme, sie muss laut sein. Peggy wird blass. Sie sagt zweimal Ja, dann lässt sie das Gerät sinken, legt es zurück auf den Tisch.

»Ist sie …?« Ich spreche nicht weiter.

»Nein«, sagt Peggy leise, »aber sie machen Druck wegen der Patientenverfügung.«

Näherung | *April 2018*

Inzwischen ist es Abend geworden. Draußen gehen Lichter an, immer mehr Fenster scheinen auf wie Lampen; in das gelbe Leuchten mischen sich die bläulich flackernden Reflexe von Fernsehern. Im tiefen Blau eines weiteren Fensters bewegt sich ein Schatten, verharrt wie auf dem gleichnamigen Plattencover von J.J. Cale. Vorhänge werden zugezogen. Die frühe Abendstunde hat etwas Friedliches, sie macht mich auf seltsame Weise glücklich. Gefühle meiner Kindheit: Wenn ich bei Anbruch der Dunkelheit vom Spielen nach Hause ging, habe ich mir vorgestellt, was die Menschen in den Häusern wohl machen, hinter den Jalousien, die gerade heruntergelassen wurden, aus einigen Häusern drang Essensgeruch in meine Nase, der Duft nach ausgelassenen Zwiebeln, nach Bratkartoffeln. Mit knurrendem Magen rannte ich dann die letzten Schritte, freute mich aufs Abendessen und war doch oft genug enttäuscht, wenn nur mein Bruder da war und wir noch warten mussten, bis die Eltern heimkamen, die das Wort *Abendbrot* meist allzu wörtlich nahmen, weil sie keine Lust mehr hatten zu kochen. Ob dort drüben noch gekocht wird? Oder holen sich die Menschen nur noch ihren Döner, bestellen eine Pizza oder wärmen Fertiggerichte auf? Mein Magen knurrt.

Würde Peggy mit mir essen? Essen gehen? Es würde ihr guttun.

Nach dem Anruf habe ich mich diskret zurückgezogen, was Peggy offensichtlich nicht gestört hat, sie stand nur reglos da und starrte auf den Tisch. Das war jetzt eine Sache, die nur sie anging. Vielleicht war ich schon zu weit gegangen. Warum sollte ausgerechnet ich das Vertrauen der jungen Frau haben? Als Nachbar bin ich kaum in Erscheinung getreten; die Begegnung an der Tür war peinlich genug. Andererseits wirkte Peggy erleichtert, als ich mit ihr die Fotos sortiert hatte. Und immerhin hatte sie mich ja um Unterstützung gebeten. Ich horche in die Stille des Abends, auf die dumpfen Geräusche der Straße, fast ist es, als hörte ich das Geklapper aus den Küchen gegenüber, die Stimmen aus den Fernsehern, Musik, Klopfen. Nein, das Klopfen kommt von hinten, von meiner Wohnungstür.

Peggy steht vor mir, sie sieht bedrückt aus. Ich bitte sie herein. Sie zögert, geht dann an mir vorbei, wartet, bis ich die Tür geschlossen habe. Etwas verschämt drücke ich mich an ihr vorbei, führe sie in mein Wohnzimmer, das zugleich mein Arbeitszimmer ist. Wir stehen vor meinem Sofa, sehen uns nur schweigend an, unschlüssig, ob wir uns setzen sollen. Dann erst bemerke ich, dass etwas an ihrem rechten Arm hängt, etwas Schweres, das ihre rechte Schulter leicht nach unten zieht. Sie folgt meinem Blick und deutet eine Entschuldigung an; sie zeigt mir eine Ledertasche. Sie muss uralt sein, so vergammelt sieht sie aus, schmutzigbraun und abgewetzt.

»Ist sie da drin?«

Peggy nickt stumm, stellt die Tasche behutsam neben den Sofatisch, sodass sie nicht umfällt. Unsere Blicke bleiben auf dem hässlichen Leder haften. Peggy räuspert sich.

»Die Patientenverfügung – und noch mehr ...«

Wir setzen uns nebeneinander auf das Sofa. Peggy löst den Riemen der Tasche.

»Bist du sicher?«, frage ich Peggy.

Sie nickt mir mit ernster Miene zu. Als ich sehe, was sie aus der Tasche zieht und behutsam auf dem Tisch ausbreitet, kommt es mir vor, als öffneten wir eine geheime Schatzkammer. Neben einigen neueren Dokumenten holt Peggy einen dicken Stapel vergilbter Papiere heraus, außerdem noch ein weiteres, ebenso alt wirkendes Bündel von kleinerem Format. Beide sind wie Pakete verschnürt, das eine mit einer blassroten Kordel, das andere mit einem moderner wirkenden, rosafarbenen Geschenkband. Eine Schleife hält sie jeweils zusammen. Ich erkenne, dass der großformatige Stapel eine Sammlung von Briefen ist, bei dem anderen sehen die Blätter seitlich wie herausgerissene Buchseiten aus. Sie sind jedoch ebenfalls handbeschrieben, die Schrift wirkt eleganter, weiblicher als die auf dem Briefstapel. Die Deckblätter beider Päckchen sind zwar glatt, haben aber ein Knittermuster, so als seien sie etliche Male gefaltet und später wieder geglättet worden. Das Muster erinnert mich an eine Ziehharmonika. Ich muss daran denken, wie ich früher in der Schule, wenn mir langweilig war, Heftseiten zu Papierfliegern, an heißen Tagen aber auch zu Fächern gefaltet habe, um mich mit ihnen abzukühlen. Ich bin neugierig, möchte am liebsten an den Schleifen ziehen. Peggy sieht mich an, sie scheint in meinen Gedanken zu lesen. Ihre Finger wandern zum ersten Stapel mit den Briefen, verharren kurz darauf, um endlich beherzt an der Kordel zu ziehen. Das Gleiche macht sie mit dem anderen Stapel. Andächtig schweigend sitzen wir da.

»Bitte, mach du!« Peggy deutet auf den großformatigen Stapel. Die Handschrift scheint von einem Mann zu stammen, sie ist zwar etwas verblasst, hier und da auch etwas verschmiert, aber der Schwung der Buchstaben ist kräftig, schnörkellos – und sie ist lesbar. Tatsächlich erkenne ich ganz unten einen Namen; »Karl« steht da, und ich lese ein Wort, das mich elektrisiert: »Liebe«.

»Aber ... Ich kann doch nicht einfach ... Hör mal, es ist *deine* Großtante!«

»Ja, mag sein. Aber eine, die ich wohl nicht wirklich kenne.«

»Sie wird ihre Gründe gehabt haben.«

»Ach ja?!«, sagt Peggy gereizt. »Und welche? Sie hat doch nur noch mich!«

»Jeder hat ein Recht auf seine Intimsphäre, seine Geheimnisse.«

»Sie ist aber nicht *Jeder*!« Ihre Stimme bebt. »Ich dachte, ich kenne Tante Klara. Ich dachte, sie vertraut mir. Und jetzt? Da sind plötzlich all die Bilder, die ich nicht kannte, mit lauter unbekannten Menschen. Da ist ein Mann, der nicht Onkel Heinz ist. Und sie spielt mir all die Jahre die heile Ehe vor. Weißt du überhaupt, was mir das bedeutet hat? Nein, natürlich nicht! Wie auch? Du hast ja bestimmt nicht so beschissene Eltern wie ich. Mann!«

»Nein, hatte ich nicht.« Ich fühle mich zu Unrecht angegriffen. Was erlaubt sich die kleine Göre?

»Hatte?« Peggy erstarrt. »Sind sie ...?«

Ich bin immer noch sauer, doch ich merke, dass sie es ehrlich meint, ihr Blick ist weich geworden, traurig.

»Scheint ganz so, als wurden wir beide betrogen.« Ich meine es gar nicht so sarkastisch, wie es klingt, spüre, dass Peggy mit mir fühlt; sie nähert sich, weicht wieder zurück, tätschelt verlegen meinen Arm.

»Aber ist es nicht so: Die Menschen, die wir lieben, bleiben doch dieselben. Lieben wir sie denn weniger, wenn wir eine unbekannte Seite an ihnen entdecken?« Ich sage das so leichthin und bin froh, dass ich mir diese Frage nie stellen musste. Meine Kindheit war geprägt von Geborgenheit und Vertrauen. Die von Peggy offenbar nicht. Und so wundere ich mich nicht, dass sie nicht überzeugt wirkt.

»Jedenfalls will ich wissen, wer Tante Klara war. Und warum sie nie über ihre Vergangenheit gesprochen hat. Ich hab meinen Großeltern nie geglaubt, wenn sie schlecht über sie geredet haben. So kam es mir jedenfalls vor. Eigentlich haben sie kaum von ihr gesprochen. Auch nicht über Ostpreußen, wo sie ja herkommen. Ich war noch ein Kind und natürlich hätte ich nichts anfangen können mit dem, was sie in ihren Köpfen und Herzen versteckten – und wohl zu Recht von mir fernhalten wollten.«

Peggys Blick ist starr, hinter ihrer Stirn scheint es zu arbeiten; sie legt sie in Falten. »Stramme Sozialisten waren sie. Ich hab das erst später begriffen. Absolut linientreu, kleingeistig und verbiestert. Das genaue Gegenteil von Tante Klara. Vielleicht hatten sie auch einen bestimmten Grund für ihre Ablehnung. Vielleicht finde ich ihn in diesen Briefen. Verstehst du?« Peggy sieht mich verzweifelt an.

»Ich habe Tante Klara vertraut. Wem kann ich denn sonst noch vertrauen?« Ihre Augen füllen sich mit Tränen; sie wendet sich ab.

Ich habe einen Kloß im Hals. Sie hat ja recht. Ich bin auch bereit, ihr zu helfen. Nicht allein aus Mitleid. Die ganze Geschichte hat mein Interesse geweckt und lässt mich nicht kalt. Bin ich nicht ähnlich haltlos wie diese junge Frau auf meinem Sofa, die ich kaum kenne? So unterschiedlich unsere beiden Leben, unsere Erfahrungen und unsere Schicksale auch sind, so ähnlich sind wir uns vielleicht in dem Gefühl, verlassen und auf uns selbst gestellt zu sein, wie zwei Überlebende, die sich zufällig gefunden haben – glücklich, dass es noch einen anderen Menschen gibt. Peggy wischt sich über die Augen.

»Und jetzt los!« Sie greift zum Briefstapel und hält mir das erste Blatt hin. »Bitte lies du, ich glaub, ich kann das nicht. Der ist auch gar nicht von Tante Klara.«

Kaukehmen, 24. Oktober 1944
Meine liebste Klara,
wie gern würde ich Dir öfter schreiben. Doch ich habe wenig Zeit. Ständig sind wir in Bewegung. Heute sind wir wieder Richtung Memel verlegt worden, gestern bin ich durch Tilsit gefahren. Ich bin also immer noch gar nicht so weit von unserer Heimat weg, wohl aber viel näher am Iwan. Wir wissen, wo er steht, und bestimmt werden wir bald auf ihn treffen. Zu hören ist er jedenfalls, wenn auch noch nicht laut. Sei unbesorgt, wir sind eine gute Truppe mit vernünftigen Offizieren. Sie haben uns zum Beispiel eingeschärft, nichts aus den Häusern zu nehmen, selbst aus den verlassenen nicht.

Aber Du wirst nicht glauben, was wir gestern gemacht haben. Wir haben gemolken! In dem großen Grünland hier sind die Schwarzbunten herumgeirrt und haben wegen ihrer vollen Euter vor Schmerzen gebrüllt. Die Bauern sind geflohen. Nun haben wir Milch im Überfluss! Aber ich denke wohl, daß wir Soldaten bleiben und nicht so schnell wieder Bauern werden.

Viel herbstlicher ist es jetzt, die Blätter fallen, und ich mußte an unseren Sommer denken, daran, wie wir unter der Eiche liegen, uns in ihrem kühlen Schatten küssen, uns später in der goldenen Abendsonne ins Kornfeld legen. Weißt Du noch? Am Tag unserer vollkommenen Liebe habe ich Dein Kleid eingerissen. Du hast nur gelacht, mich einfach zu Dir gezogen, mich auf die liebevollste Weise umfangen, die sich ein Mann nur vorstellen kann. Könnten doch nur alle Männer so etwas erleben, vielleicht gäbe es dann keine Kriege mehr.

Unser Bild, das wir beide versprachen, immer bei uns zu tragen, verblaßt leider zusehends. Mich selbst sehe ich kaum mehr, es ist, als verschwinde ich, als wäre ich nur noch ein Geist. Ob es ein Omen ist? Nein, ich will Dir keine Angst machen. Mir geht es gut, ich bin gesund. Vielleicht hilft es Dir, wenn ich sage, daß mich die Sehnsucht nach Dir vielmehr umtreibt, als die Furcht vor dem Feind. Und bestimmt wäre ich mutloser, wenn ich Dich nicht hätte. Doch so trägt mich allein der Gedanke, Dich bald wiederzusehen. Was gäbe ich dafür, Dich jetzt in meinen Armen zu halten - und wenn es das Letzte wäre. Aber mehr noch vertraue ich auf die Kraft unserer Liebe. Wirst sehen, sie hält uns beide am Leben.

Ich muß aufhören. Jetzt habe ich nur von mir geredet. Geht es Dir noch so gut wie zu Deinem letzten Brief? Paß auf Dich auf, mein Herz!
Ich liebe Dich so sehr!
Bis ganz bald
Dein Dich ewig liebender
Karl

Auflösung | *Januar 1945/April 2018*

Die letzten Worte habe ich nur noch geflüstert. Trotzdem schweben sie im Raum wie ein schwerer, nicht enden wollender Schlussakkord. Nichts anderes mischt sich in die Stille als einige Schluckgeräusche. Wir sehen uns nicht an, starren nur auf den Tisch. Das rosafarbene Band leuchtet im Schein der Bogenlampe, schlängelt sich um den Stoß mit losen Seiten, die offensichtlich aus einem Buch gerissen worden waren. Peggy nimmt das oberste Blatt in ihre Hand, hält es leicht zitternd und beginnt, mit tonloser Stimme zu lesen.

Im Januar 1945
Mein herzallerliebster Karl,
während ich diese Zeilen in mein Tagebuch schreibe, sind wir in höchster Unruhe. Unsere Sachen sind gepackt. Viel werden wir nicht mitnehmen können. Was eben in einen Heuwagen paßt, uns inbegriffen – und was unsere zwei kräftigsten Stuten ziehen können. Ach Karl, es ist so traurig, dafür sind sie doch nicht gemacht! All die wunderschönen, treuen Tiere, unsere Flecki, weißt Du noch? Wir müssen sie zurücklassen, um sie werden sich hoffentlich die Arbeiter kümmern, so wie um die anderen Tiere. Sie weinen mit uns, müssen aber wohl nichts befürchten. Doch für uns zieht sich die Schlinge zu, im

Osten plündern die Roten bereits die Höfe, wir hören gar Schlimmes von ihnen, von Süden rücken sie auch an, der Landweg ist abgeschnitten. Kein „Endsieg" mehr: Unser Militär ist in Auflösung, es kann uns nicht mehr beschützen, öffnet jetzt doch die Tore – viele sind schon weg. Hoffentlich geleiten sie uns sicher übers Haff, hoffentlich hält das Eis. Ach, Karl, Du fehlst mir so!

Um mich mache ich mir keine Sorgen, ich bin gesund, aber Papa altert in diesen schweren Tagen sehr, seine Beinprothese macht ihm zu schaffen, und sie erinnert ihn an die Schmach des ersten Krieges. Mama steht ihm bei, ist aber auch ein Nervenbündel. Sicher wundert es Dich nicht, daß mich am meisten mein großer Bruder besorgt: Seit seiner Rückkehr aus dem Lazarett ist er uns fremd. Gewiß, er leidet unter seiner Verletzung, der Splitter in seinem Kopf und sein erblindetes Auge machen ihn ganz verrückt, aber ich ahne, es ist noch etwas anderes. Ich glaube, er will bleiben. Er kommt nicht mehr aus seinem Zimmer, das Abendessen hat er ausgelassen, und gepackt hat er auch noch nicht. Ich weiß, daß er heimlich Russisch lernt. Und doch: Wenn er wirklich bleibt, werde ich verrückt werden vor Sorge. So wie jetzt schon um Dich ...

Wo bist Du, mein Geliebter? Warum kannst du nicht bei mir sein? Ist denn nicht längst alles verloren? Komm endlich heim, ehe es zu spät ist! Ich habe schreckliche Angst um Dich! Aber ich vertraue auf den lieben Gott, daß er uns beschützt. Unsere Liebe wird uns beide retten, glaube nur fest daran, tust Du das? Ich gebe zu, es ist schwer, denn Du bist nicht da, um mich zu beschützen. Immer habe ich gehofft, Du könntest es. Aber weiß ich denn, ob Du Dich selber retten kannst? In den letzten Monaten, dem ganzen Sommer, dem so jähen, eiskalten Winter, war ich ohne jede Nachricht von Dir, habe nur dann und wann durchaus Widersprüchliches und Verstörendes gehört. Oh, mein Liebster, ich vergehe fast vor Sorge um Dich. Wie oft habe ich gebetet, daß Deine Offiziere vernünftig sein mögen, Euch rechtzeitig vor den Feinden in Sicherheit bringen. Trotzdem der Führer den Kampf bis zum letzten Mann will ...

Jeden Abend stehe ich an meinem Fenster, sehe die Sterne, die Wolken, den Mond. Dann hoffe ich so inständig, dass Du alles genauso siehst, wo immer Du auch bist – hoffentlich in Sicherheit. Aber ja, schreit es in mir, ich weiß doch, daß Du lebst, ich spüre es ganz genau! So oft, wie ich kann, schreibe ich fleißig in mein Tagebuch, spreche so mit Dir, denn ich weiß ja nicht mehr, wohin ich Dir schreiben soll. So füllt sich Seite für Seite meines Büchleins, die eigentlich Briefe wären. Ich versende sie in Gedanken. Irgendwo habe ich einmal gelesen, daß zwei Liebende allein durch die Kraft der Gedanken miteinander verbunden sein können, sie müßten nur ganz fest an ihren Liebsten denken, sich ganz fest lieben. Das tust Du doch auch, mein liebster Karl? Wer weiß, vielleicht hört Dein Herz jetzt meine Worte, so wie mein Herz manchmal ganz von alleine zu klopfen beginnt. Dann weiß ich, daß Du an mich denkst. Wenn ich nur Deinen Namen sage, bist Du bei mir. Ich bete zu Gott, daß er Dich beschützt. Und wenn es (dieser Gedanke kommt mir oft in letzter Zeit) um den Preis einer anderen Frau ist, die Du vielleicht kennengelernt hast, die Dich vielleicht rettet – Hauptsache, Du bist nicht tot. Dann wiederum sage ich mir: Warum sollte mein Herz sonst so klopfen? Nein, ich bin gewiß, so wie ich lebe, Dich liebe, so lebst Du und liebst mich. Nichts wird unsere Herzen trennen, selbst die größte Entfernung nicht - das haben wir uns versprochen, weißt Du noch, damals im Kornfeld, an „unserem" Tag. Unser Bild – ich schlafe damit ein und wache damit auf. Und immer küsse ich Dich, ganz sanft, um es nur ja nicht zu beschädigen. Dieses und auch die anderen bewahre ich für uns auf und hoffe so sehr, daß wir sie einst wieder gemeinsam betrachten. Und dass Du meine Gedanken hier liest, mir Deine endlich auch erzählst, Dir von der Seele redest, was Du durchgemacht hast.

Ich mag gar nicht an morgen denken, an den langen Weg, die eisige Kälte. Für jetzt weiß ich nicht, ob wir es durchstehen werden. Wir müssen nur zusammenhalten. Von Gesa – Du kennst sie doch noch, die Tochter des Nachbarhofes – habe ich einen wundervollen Ratschlag bekommen. Sie hat vor ihrer Abreise alle Briefe, ihr Poesiealbum und was immer ihr lieb und teuer ist, einzeln zu kleinen Rollen gefaltet und hinter das Innenfutter ihres Mantels genäht, sogar in die Ärmel. Sie sagte, sie würde alles anziehen, was ginge. Ich stelle mir vor, dass sie aussieht wie eine Kugel. Aber was soll's, das schöne Leben ist vorbei, jetzt geht es ums Überleben. Ich mache es Gesa nach, stopfe mich voll wie eine Weihnachtsgans, lege mir ein dickes Fell zu und werde so bestimmt warm bleiben im Eis der Nehrung. Und mit einigem Glück werde ich auf diese Weise meinen Schatz in Sicherheit bringen, auf gewisse Weise auch Dich. Was für eine großartige Idee also, nicht wahr?

Schweren Herzens werde ich jetzt schließen und auch diese Seiten versorgen, ein Ärmel ist noch übrig.

Morgen in aller Frühe geht es los. Schon jetzt muß ich zittern, *wenn ich daran denke.*

Ich küsse Dich, mein Liebster! Wünsch Du mir Glück – so wie ich Dir! Und bitte glaube mir: So lange ich lebe, werde ich die Hoffnung nicht aufgeben. Niemals!

Bis bald also.

Deine Dich immer liebende

Klara

Wie etwas Zerbrechliches legt Peggy die Blätter, die sie nach und nach zur Hand genommen hat, wieder zurück. Das alles hat Klara also an ihrem Körper getragen, vielleicht später einen anderen Schutz gefunden, denn es ist erstaunlich, wie gut erhalten und lesbar die meisten Dokumente sind.

In meinem Kopf ist Krieg. Bilder von Eis und Schnee stehen mir vor Augen, von einem langen Flüchtlingstreck, alles ist weiß und grau, schwarze Gestalten wie Mumien kauern in hölzernen Wagen mit großen, leicht brechenden Rädern, Pferde trotten müde über Eis, hin zur Nehrung, die Nüstern dampfend, das Fell von Reif überzogen, sie können kaum noch auf ihrer Flucht übers Haff, so wie die Menschen, die sie antreiben oder die auf den Wagen hocken, unter Planen und Decken, mit fahlen Gesichtern, als wären sie schon tot, so wie die, die entkräftet liegen bleiben in der eisigen Hölle des Haffs.

»Hast du jemals die Bilder der Flucht gesehen? Sie muten fast schrecklicher an als die vom Krieg.«

Peggy nickt kaum merklich, sie scheint ebenfalls daran zu denken.

»Tante Klara hat mir selten etwas davon erzählt. Wohl, dass sie fliehen musste mit ihrer Familie, auch dass es schlimm gewesen sei, aber immerhin alle durchgekommen seien. Ohne ihre Flucht wäre ich gar nicht auf der Welt, hat sie immer gesagt, denn ihr Bruder, mein Großvater, war ja mit dabei. War er das wirklich? Schreibt sie nicht, dass er bleiben wollte? Und dass es so schrecklich war, hat sie nie auch nur ansatzweise gesagt. *Uns geht es doch gut, warum an die Vergangenheit denken?* So und so ähnlich hat sie reagiert, wenn ich mehr wissen wollte. Und Onkel Heinz hat nur bedeutungsvoll dazu genickt. Doch einmal saßen wir zusammen vor dem Fernseher, als ein Programmhinweis kam. *Die Flucht* hieß der Film. Ich habe ihn mir später alleine angesehen. Tante Klara konnte nämlich gar nicht schnell genug zum Fernseher kommen. Ich weiß noch, wie sie hektisch auf alle Knöpfe schlug und der Bildschirm mit einem Blitz schwarz wurde. Sie hat am ganzen Leib gezittert. Ich wusste nicht, wie ich reagieren sollte, hab nur blöde auf die Fernbedienung geglotzt. Sie lag ja direkt vor uns auf dem Tisch. Ich hatte es zwar immer geahnt, aber jetzt war es offensichtlich, dass sie das alles bis heute nicht verarbeitet hat. Onkel Heinz saß nur da, hat sich eine Zigarre angezündet. Da hättest du Tante Klara sehen sollen: Wie eine Furie ist sie auf meinen Großonkel los. Angeschrien hat sie ihn, ihm die Zigarre aus dem Mund geschlagen. Wie eine Ohrfeige hat sich das angehört. Er hat auch ganz verdattert geguckt. Dann ist sie heulend aus dem Zimmer gerannt. Ich hab die Zigarre aufgehoben und sie Onkel Heinz hingehalten. Der Arme hat aber nur traurig den Kopf geschüttelt und ist dann in seine Kneipe gegangen. Das hat er immer gemacht, wenn dicke Luft war. Meine Großtante konnte aber auch ein Biest sein. An dem Abend hab ich sie aber irgendwie verstanden. Wenn auch nicht die Wut gegen Onkel Heinz. Beide haben sie mir leidgetan.«

Peggy hat sich heißgeredet, ihre Wangen glühen. Für sie müssen sich gerade Abgründe auftun. So viele neue Erkenntnisse stürmen auf sie ein. Sie muss sich neu orientieren, die neuen Eindrücke verarbeiten. Peggy will wieder nach den Briefen greifen, doch ich halte sie zurück.

»Für heute reicht's, meinst du nicht, Peggy?« Ihre Anspannung löst sich, ich lasse ihren Arm los.

»Vielleicht hast du recht.« Wie in Zeitlupe erhebt sie sich vom Sofa. Mit müdem Ausdruck bückt sie sich nach der Tasche, will die Papiere wieder einpacken. Doch das möchte ich nicht.

»Lass sie doch einfach hier. Nicht dass du sie oben doch wieder herausholst. Lass uns morgen darin weiterlesen, wir beide zusammen. So wie heute. Was meinst du?«

Peggy zögert. Vielleicht traut sie mir nicht. Nicht dass sie Angst um ihre Dokumente hätte, eher denkt sie wohl, ich könne alleine in ihnen weiterlesen. Etwas in meinen Augen könnte sie das vermuten lassen, denn für einen Moment habe ich tatsächlich daran gedacht. Ich würde mich zwingen müssen, die Briefe liegen zu lassen, das weiß ich, aber ich muss es tun. Peggy wendet sich zum Gehen.

»Ich würde ja echt die Nacht durchmachen. Aber ich bin todmüde. Es nützt nix. Morgen früh muss ich zum Krankenhaus. Das wird schrecklich genug. Ich krieg das echt nicht zusammen: Tante Klara hier auf der Intensivstation und sie als Mädchen, das solche Briefe schreibt. Bis heute hab ich nie daran gedacht, dass sie auch mal jung war. Jünger als ich jetzt. Wahnsinn …« Peggys Blick wandert

vom Tisch zu mir. »Bitte versprich mir, dass du nicht wei-
terliest, wenn ich weg bin.«

Ich sehe auf die Uhr des Bildschirmschoners auf dem
Schreibtisch und gähne demonstrativ. Mein Notebook. Du
meine Güte! Das ist es! Während ich noch auf den Tisch
mit den alten Briefen starre und die Wohnungstür mit
einem leisen Klicken ins Schloss fällt, rastet auch etwas in
meinem Kopf ein; ein unerhörter Gedanke bricht sich
Bahn: Vor mir liegt mein neuer Roman.

Wollust | *März 2016*

An einem sonnigen Samstag Ende März 2016 hatte sie unvermittelt vor meiner Tür gestanden. Sie war etwas außer Atem, vor ihr standen zwei große Einkaufstüten. Ich muss wie ein Irrer aus der Wäsche geguckt haben, aus der spärlichen, die ich überhaupt am Leib trug: mein ausgeleiertes T-Shirt und verwaschene Boxershorts. Meine verstrubbelten Haare und verquollenen Augen machten das desolate Bild komplett, das ich dieser Superfrau, meiner Lektorin, bot. Ihr Blick sprach Bände.

Es war spät geworden, mein Bruder war im Rahmen der Buchmesse zu Besuch, auf der auch mein neuer Verlag die Frühjahrstitel präsentierte, zu denen mein Roman aber noch nicht zählte. Wie immer wollte Flo nicht bei mir übernachten und so schleppte er mich nachts noch in die Hotelbar ab, wo er mich seinen Händlerkollegen als kommenden Stern am Bestsellerhimmel anpries. Die reichlich alkoholisierte Runde, die zur großen Enttäuschung meines Bruders ausschließlich aus Männern bestand, ließ mich gönnerhaft hochleben - je mehr mein Bruder offenbar aus Frust über den damenlosen Verlauf des Abends springen ließ, desto lauter und falscher. Wie gut, dass Isa mich so nicht sehen musste, dachte ich im Morgengrauen, während die fahlen Lichter der Stadt nach und nach erloschen, die kurvenreiche Taxifahrt meinen Magen mehr und mehr strapazierten. Jetzt stand Isa da und mir war immer noch schlecht.

»Na, da hat wohl jemand gefeiert, was? Habe ich dich etwa geweckt, du Langschläfer?« Sie lachte nachsichtig und sah erst die Tüten und dann mich an. Zeitgleich bückten wir uns danach, stießen mit den Köpfen zusammen. Als hätte ich nicht schon genug Schädelbrummen. Mir war übel und ich hatte keine Lust auf Isa. Ein paarmal hatten wir uns wiedergesehen, uns akribisch auf die Veröffentlichung meines Romans vorbereitet – jedes Mal waren wir danach einen trinken gegangen und irgendwann unweigerlich in ihrem Bett gelandet. Ich genoss das durchaus, denn Isa schaffte es auf eine ebenso raffinierte wie offenherzige Weise, dass ich mich wertgeschätzt fühlte, als Mann und als Autor. Und doch ödete mich das immer gleiche Ritual bald an. Es laugte mich aus, nicht weil sie so fordernd war – das gefiel mir, der Sex mit ihr war abwechslungsreich –, sondern weil ich das Gefühl hatte, meine Geschicke nicht mehr selber bestimmen zu können. Ob sie das mit allen Newcomern mache, hatte ich sie einmal etwas trotzig gefragt, als wir schwitzend und abgekämpft nebeneinanderlagen. Unvermittelt hatte ich ein Kissen im Gesicht gehabt, mich wenig später nur halb angezogen, mit Jacke und Hose in der Hand im Treppenhaus wiedergefunden. Sie hatte mich knallhart vor die Tür gesetzt. Beim nächsten Meeting tat sie so, als sei nichts gewesen, und das Ritual nahm wieder seinen Lauf. Isa war ein Raubtier, das sich nahm, was es wollte.

Ich trug die Tüten in die Küche, während sie wie selbstverständlich ihren Mantel über das Wohnzimmersofa warf und an Ort und Stelle ihre Schuhe auszog. Das alte Parkett halte zwar einiges aus, aber vielleicht nicht so robuste Absätze wie die ihrer neuen Schuhe, rief sie mir zu. Als ob sie das scherte; sie war raumgreifend, besitzergreifend. Und offenbar warf sie mit Geld um sich; lauter teure Sachen förderte ich beim Auspacken der Tüten zutage: zwei Flaschen Champagner in Kühlmanschetten, Kaviar, handgeschnittenen Lachs, Miesmuscheln, Gemüse und Kräuter, Roastbeef, etliche Plastikschachteln mit Soßen, Krabben und anderen Delikatessen und schließlich drei Flaschen Pinot Grigio mit edel wirkendem Etikett.

»Keine Sorge«, gurrte sie und schlang ihre Arme von hinten um meine Hüften, »das habe ich nicht alles geschleppt, der Taxifahrer hat sie mir bis an die Haustür getragen. Nur die zwei Stockwerke hoch musste ich selber ran. Aber ich bin ja eine starke Frau.« Ihre Hände wanderten nach unten, die rechte kniff sanft in meine Pobacke, als testete sie die Güte eines Filetstücks, die linke fasste in meinen Schritt. »Na, hat da schon jemand Appetit bekommen? Was für ein Schlingel ...«

Damit ließ sie mich los und drängte mich beiseite. Geschäftig deponierte sie die Flaschen und Delikatessen in meinen Kühlschrank, schüttelte den Kopf über die wenigen, meist schon abgelaufenen Lebensmittel auf der untersten Ablage. Ich brauche nicht viel, meistens esse ich Nudeln mit irgendeiner Fertigsoße, oft hole ich mir einen Döner von unten oder lasse mir asiatisches Essen oder meine Lieblingspizza »mit doppelt Käse« liefern.

»Na, dann wollen wir dem hoffnungsvollen Romancier mal ein vernünftiges Essen zaubern. Entspann dich noch ein bisschen und lass dich überraschen.« Ohne zu fragen, machte sich Isa in meiner Küche breit, inspizierte Schubladen und Schränke und fand offenbar alles, was sie benötigte.

»Ach ja, eine Dusche täte dir übrigens auch gut.«

Das Essen war fantastisch. Während wir die erlesenen Speisen genossen, uns gegenseitig fütterten, einander schmatzend und schlürfend belauerten wie zwei hungrige Wölfe, nach immer mehr schmachtend stöhnten, einer Orgie gleich, fordernd und kompromisslos, steigerten wir uns in eine Ekstase, die nur ein Ziel kannte: die bedingungslose, rohe und nackte Befriedigung all unserer Triebe bis zum Höhepunkt reinster Wollust, die zugleich der schlimmste Schmerz sein kann. Ansatzlos glitten wir vom ersten prickelnden Schluck des Champagners über die vielen kleinen Explosionen der Kaviarperlen in unseren, zu immer gierigeren Küssen geöffneten Mündern, deren Zungen salzige Haut kosteten, die zarten Innenschenkel wie sich öffnende Muscheln – hin zur Verschmelzung, dem einen Orgasmus, der immer erst unendlich scheint, eine Ewigkeit im Augenblick, schwebend, jenseits von Raum und Zeit, an dem ich mich festkrallen möchte, ins Leere greife, der einen Wimpernschlag später aber schon wieder abschwillt, sich löst, nach wenigen Zuckungen zum Erliegen kommt, unaufhaltsam, unabänderlich. Wie immer war es, als erwachte ich aus einem schönen Traum, als sickerte die reale Welt wie Gift in ihn ein, um ihn nicht nur abzutöten, sondern auch jeglicher Resonanz zu berauben; schon der erste Ansatz des Erinnerns zerstiebt wie verglühende Funken und lässt wenig mehr zurück als den schalen Nachgeschmack von kalter Asche. Umso fassbarer die Ernüchterung, die ich jedes Mal spüre und die mir mit untrüglicher Gewissheit zeigt, dass das, was sich diesen einen Moment wie Liebe anfühlte, eben nicht *die* Liebe ist. Darin schien Isa mit mir einig. Ich spürte es an dem, was unserem Sex folgte, allem voran einem diffusen, beiderseits gefühlten Unwillen, unwirsch und schlecht gelaunt. Dann hielten wir es nicht mehr miteinander aus; wenn wir nicht zu müde waren, gingen wir wieder unserer Wege, als sei nichts gewesen – weit entfernt davon, unseren Sex als das zu betrachten, was wir eines Romans, zumal in ihrem Verlag, je für würdig halten würden, eher schon als billigen Porno, und wäre dies ein Liebesroman, würde ich den Erzählstrom spätestens hier kappen und das Geschriebene unwiederbringlich von der Festplatte verbannen, wenn auch nicht ganz aus meinem Kopf.

Nachdem Isa mich noch vor Anbruch der Dunkelheit verlassen hatte, war mir, als müsste ich alle Spuren beseitigen. Obwohl ich noch gut eine Woche von den Köstlichkeiten hätte zehren können, raffte ich die üppigen Reste unseres teuren Mahls zusammen, leerte die angebrochenen Flaschen in den Ausguss und entsorgte alles tief unten in der Mülltonne. Ich vertuschte meine schändliche Tat, indem ich Müllsäcke aus anderen Tonnen darüber stapelte. An diesem Abend ging ich früh zu Bett. Doch vorher bezog ich mein Bett neu und duschte ein weiteres Mal – heiß und mit viel Seife.

Trauer | *April 2018*

Es ist zu spät. Ich muss eingeschlafen sein. Lautes Klopfen lässt mich hochschrecken. Draußen ist es noch dunkel. Auf dem Schreibtisch brennt eine Kerze. Sie wird gleich erlöschen. Mein Atem geht schnell. Er wird zu Dampf vor meinem Mund, fällt als feiner Schnee auf meine steifgefrorene Bettdecke. Jetzt spüre ich die Kälte. Mein Gesicht ist starr davon. Die Wangen brennen, die Lippen sind spröde. Wieder klopft es, stärker als zuvor. Ich habe Angst. Doch es gibt keinen Schutz. Sie werden mich kriegen. Warum hat der Wecker nicht geklingelt? Über der Stuhllehne der Mantel. Er ist nicht fertig geworden. Papier hängt in Fetzen heraus. Ich muss ihn verstecken, sonst ist es aus. Das Klopfen wird zu hartem Hämmern. Ein Schnarren ertönt. Wieder und wieder. Die Türklingel? Etwas stimmt nicht. Wo bin ich? Ich schrecke hoch. Die Sonne scheint mir ins Gesicht. Es ist warm. Ich habe geträumt. Doch ich höre es immer noch, das Klopfen – das Schnarren?

Mit einem Schwung bin ich aus dem Bett. Noch halb im Traum eile ich zur Tür. Im Spion erkenne ich Peggy. Ich muss den Schlüssel zweimal drehen, dann drücke ich die Klinke. Die Tür knallt gegen meine Brust, Peggy stürzt an mir vorbei, sie sieht wütend aus. Schon ist sie in meinem Wohnzimmer verschwunden. Ich höre sie schreien.

»Wenn du auch nur einen Brief angefasst hast!«

Ich bin ihr gefolgt, sehe sie zitternd vor dem Tisch stehen. Ihr Körper bebt, während sie sich nach der Tasche bückt, die Papiere vom Tisch nimmt, alles einpackt; sie will schon gehen, doch ich halte sie auf.

»Kannst du mir bitte erklären, was los ist? Ich habe nichts angerührt, falls du das meinst.«

Peggy will mir ausweichen; ich folge ihrer Bewegung, vermeide es aber, sie zu berühren.

»Lass mich vorbei!« Sie schreit so laut, dass ich Zweifel bekomme, ob unsere Nachbarn nicht doch hellhörig werden. Zischend versuche ich, sie zu beruhigen.

»Peggy, hey, bitte! Was ist denn passiert? Hab ich dir irgendwas getan?«

Sie erstarrt. Ihre Finger graben sich in das alte Leder wie Krallen eines Raubvogels in das Fleisch seines Opfers. Der Anblick erschreckt mich etwas.

»Komm, setz dich. Hier aufs Sofa. So ist es gut ...«

Peggy gehorcht. Ihre Bewegungen gleichen denen eines Roboters. Ihr Körper sackt in sich zusammen, sie hält die Tasche wie ein Schutzschild vor sich und starrt auf den leeren Tisch. Ich setze mich zu ihr.

»Magst du mir sagen, was passiert ist?« Ich warte geduldig, beobachte, wie sie immer ruhiger wird. Nach einer halben Ewigkeit öffnet sie ihren Mund.

»Sie schalten ab.«

Drei Worte wie Messerschnitte. Das Todesurteil. Für einen Moment scheint die Welt stillzustehen. Ich weiß nicht, was ich sagen soll, jeder Gedanke fühlt sich falsch an.

»Es ist ihr beschissener Wunsch. Ich bin so'ne blöde Kuh!« Die letzten Worte spuckt Peggy förmlich aus. »Warum habe ich den Scheißumschlag nicht einfach verschwinden lassen. Keine Sau hätte was gemerkt.« Sie stampft mit dem Fuß auf. Eine Träne rinnt ihr über die Wange. Wütend starrt sie mich an. »Ich töte sie! Hörst du? Ich! Töte! Sie! ... ICH!«

»Stopp!«, rufe ich. Ihre Gesichtszüge entgleisen; ich setze nach: »Nein, nein und nochmals nein! Peggy, es ist ihr letzter Wille. Willst du ihr den verweigern?«

»Drauf geschissen!« Die Wut ist unvermindert da. »Weiß ich, ob sie das noch *wirklich will*? Jetzt, wo sie da liegt. Wissen die Ärzte das? Sind sie Gott? Vielleicht gibt es ja noch eine Chance ... Sie können ... können Tante Klara doch nicht einfach ausknipsen. Wie ein ... ein ... kaputtes Gerät.«

Es wird still um uns. Noch immer hält mich mein Gefühl davon ab, Peggy in den Arm zu nehmen, sie zu trösten. Gegen die Gewissheit gibt es keinen Trost, sie erwischt einen wie der Tod selbst, unteilbar und einsam. Während Peggy leise schluchzt, muss ich wieder an meine Eltern denken. Hätten sie eine Wahl gehabt, was wäre dann passiert? Weder Mama noch Papa hatte eine Patientenverfügung, nicht mal ein Testament hatten sie gemacht. Sie wurden *mitten aus dem Leben gerissen*. Worte aus dem Standardrepertoire von Pfarrern, Worte wie das Amen in der Kirche. Worte, die ich hasste.

Peggy scheint zu ahnen, was ich denke, sie schweigt. Ihr Griff an der Tasche lockert sich, mit einer Hand wischt sie sich über die Augen.

»Lässt du mich gehen? Ich muss jetzt allein sein.«

»Wenn ich dir irgendwie helfen kann ...«

»... weiß ich ja, wo du bist. Und jetzt lass mich einfach in Ruhe.«

Ich respektiere ihren Willen. Doch an der Tür gesteht sie mir plötzlich, dass ihre Großtante schon nicht mehr fähig ist, aus eigener Kraft zu atmen. Ich bin nicht überrascht, sage aber nichts. Im Grunde weiß Peggy, dass sie keine Wahl mehr hat – und ihre Tante Klara gehen lassen muss. Ich fühle mit ihr, mehr noch: Ich empfinde ebenfalls Trauer. Es ist, als ob sie sich ein weiteres Mal über mein Leben legt, über das Haus hier in Leipzig. Morgen werde ich nach Peggy sehen, ob sie will oder nicht. Und jetzt ...

Bumm – bumm – bumm – bumm. Es ist wieder da! Das Stampfen von oben. Von Peggy. Ich sehe sie vor mir, wie sie vor Verzweiflung hin und her geht und doch keinen klaren Gedanken fassen kann, ruhelos, stampfend. Es ist also tatsächlich nicht die alte Dame gewesen, sondern ihre Großnichte Peggy, die ich dort oben gehört habe – und die die schwer kranke Frau Tag und Nacht gepflegt hat. Die Erkrankung der alten Dame fiel merkwürdigerweise mit meiner Schreibblockade zusammen. Unwissentlich und ohne Kenntnis voneinander war in diesem Haus eine Schicksalsgemeinschaft entstanden. In beiden Wohnungen wurde gelitten – wobei ich nicht so vermessen sein möchte, mein Problem mit dem Leid über mir zu vergleichen. Während die verzweifelten Stampfer dort oben in meinen Ohren schmerzen, muss ich an Peggys Großtante und an meine mehrjährige Nachbarschaft mit ihr denken. Was für eine bewegte und bewegende Vergangenheit! Die ganze Zeit bin ich ihr aus dem Weg gegangen, ihre Mitteilsamkeit fürchtend, ihre vornehme Zugewandtheit, die offenkundige Sympathie für mich, die sie gleichwohl mit geübtem Geplauder überspielte, einer Geschwätzigkeit, welche gar nicht zu ihrer damenhaften Erscheinung passte. Aber was sonst sind solche Wahrnehmungen als Vorurteile? Ein weiteres Beispiel meiner unbedarften Fantasie, die auch nicht annähernd von solchen Herausforderungen geprägt worden ist, wie sie die alte Dame schon in ihrer Jugend erleben musste.

Nach der Lektüre des Briefes und der Stellen aus ihrem Tagebuch bin ich regelrecht angefixt; ich brenne darauf, mehr zu lesen, ihre ganze Geschichte. Wie haben sie sich kennen und lieben gelernt? Was wurde aus Karl? Gab es noch ein Wiedersehen nach dem Krieg? Und selbst wenn die Briefe und Tagebücher Zeugnis darüber geben, würde ich Klara so gerne selber fragen. Wie sie die Liebe empfunden hat, was sie für die wahre Liebe hält. Doch wenn sie selbst ihrer geliebten Großnichte nichts erzählen wollte, warum dann ausgerechnet mir, einem fremden Mann? Es ist müßig, denn sie wird sterben – genau genommen ist sie schon tot.

Ich sehe Peggy vor mir, wie sie durch die Wohnung tigert, höre ihre Schritte. Sie will allein sein da oben, aber sie wird keine Ruhe finden. Ich verstehe sie, mein Schock und meine Trauer über den Tod meiner Eltern ließen mich auch nicht schlafen. Doch ich hatte wenigstens jemanden zum Reden, auch wenn mein Bruder und ich stundenlang gar nichts sagen konnten, einfach nur schweigen wollten. Aber allein die Gewissheit, jemanden an seiner Seite zu wissen, einen Leidensgenossen, milderte den Schmerz spürbar. Und manchmal kam der Impuls wie ein Hustenanfall: Dann legten wir plötzlich los und erzählten uns die alten Geschichten, die alle mit einem *Weißt-du-noch* begannen, redeten uns in Rage oder rührten einander zu Tränen, manchmal mussten wir auch spontan lachen, um gleich darauf zu weinen, bis keine Tränen mehr kamen. Egal wie, unsere Gefühlsausbrüche hatten etwas Befreiendes, sie weiteten unsere zugeschnürten Kehlen, lösten den Klammergriff der Trauer um unsere Brust – zumindest für eine Weile. Und selbstverständlich halfen wir uns gegenseitig, die Formalitäten zu erledigen und auch die Beisetzung mit Würde durchzustehen.

Ich war noch nicht bei vielen Beerdigungen, aber jedes Mal wurde ich das Gefühl nicht los, dass ein erklecklicher Teil des Publikums, zumal des kleinbürgerlichen meiner Heimat, der Zeremonie durchaus gerne beiwohnte, sich an der Trauer der engsten Angehörigen zu weiden schien, bigott und heuchlerisch, und für den Anstand ein paar Krokodilstränen verdrückte, oder wenigstens aber ein knittriges Gesicht aufsetzte. Eine Zeit lang war es besonders bei den Frauen Mode, große Sonnenbrillen zu tragen, die nicht erkennen lassen, ob die Augen wirklich rot verheult sind oder nicht, hinter denen sich der Voyeurismus aber auf ganz wunderbare Weise verstecken lässt. Dieses Ergötzen am Leid anderer findet selbst im engeren Verwandtenkreis seinen Fortgang beim obligatorischen Leichenschmaus oder Trauerkaffee, wenn die dazu Eingeladenen ihren trockenen Streuselkuchen mit reichlich Bohnenkaffee runterspülen, wenn ihre Gespräche vorerst leise, ihre Blicke noch verstohlen sind, während sie sich austauschen über die hinreichende Feierlichkeit und Qualität der Beisetzung, wenn die Trauergäste aber spätestens nach dem dritten Schnaps, dem zweiten Sekt, die sie pflichtbewusst auf das Wohl des oder der Verstorbenen kippen, mit hochroten Köpfen erst verstohlen, dann immer lauter lachen, sich mit unverhohlenem Appetit auf die Schnittchen stürzen und feist kauend noch mehr Alkohol ordern – am Ende wirkt es dann so, als müsse der Anlass gleichsam zum Guten gewendet werden, als habe man nicht nur etwas bewältigt, sondern wahrhaftig *gefeiert*, den Toten nicht *nur gut unter die Erde gebracht*, sondern auch *eine schöne Beerdigung gehabt*.

Abwege | *März 2016*

Mein Bruder wollte eigentlich noch vorbeikommen. Ich war extra früh aufgestanden, hatte beim Bäcker Brötchen und einige Dinge zum Belegen geholt und ärgerte mich jetzt, dass ich die Delikatessen am Vortag in den Müll geworfen hatte. Flo erwartete von mir sicher kein First-Class-Frühstück, wahrscheinlich hatte er auch bereits im Hotel gefrühstückt, trotzdem wollte ich vorbereitet sein. Auf Alkohol, ja selbst auf Saft, würde er in jedem Fall verzichten müssen, zur Not konnten wir immer noch in eine Kneipe gehen. Er stand ja auf die Alt-Leipziger Lokale, suchte das *Flair der DDR*, wie er gerne sagte, um im nächsten Moment anzufügen, dass dieser Reim eigentlich ein Oxymoron sei – mein literarisch gebildeter Bruder. Als guter Verkäufer waren solche sporadisch angelesenen Dinge Gold wert.

Als es elf Uhr durch war, glaubte ich nicht mehr an sein Kommen. Wieder sah ich auf mein Smartphone, doch auf dem Sperrbildschirm fand sich nur eine Medienmeldung, in der es um den Anschlag auf die Buchmesse ging – einige Fensterscheiben waren zu Bruch gegangen – und um den Grund dafür: Ein rechtes Magazin gehörte diesmal zu den Ausstellern und sorgte für Proteste, auch von rassistischen Übergriffen war die Rede. Ich wollte mich nicht weiter

damit beschäftigen, es verdarb mir nur meine hoffnungs-
volle Erwartung an die Buchveröffentlichung. Dass es noch
zur Frühjahrsmesse herauskommen würde, hatte mir Isa
schon bei meiner ersten Begegnung abgeschminkt. Dazu
mahlen die Mühlen der traditionellen Verlage auch im digitalen Zeitalter noch zu langsam. Ich solle aber froh sein,
hatte Isa gesagt, die Herbsterscheinungen hätten immer
noch viel mehr »Bums«, allerdings auch mehr Konkur-
renz. Deshalb wollte der Verlag schon auf der Leipziger
Messe die Werbetrommel rühren, noch verhalten und unter
der Hand, mit jenem bewährten Understatement, das dem
Verlag immer gut zu Gesicht gestanden habe, aber auf diese
Weise eben auch glaubwürdig. Die Kenner waren jedenfalls
vorgewarnt – und dazu zählte ich nicht die versoffenen
Gestalten an der Hotelbar.

Die Kurznachricht meines Bruders traf mich völlig unvor-
bereitet.

Wir arbeiten gerade an Deiner Unsterblichkeit, Bruder-
herz! Isa ist fantastisch <3
11:25

Was hatte das zu bedeuten? Was trieb Flo mit Isa? Es war
Sonntag und die Buchmesse längst gelaufen. Kein Wort der
Entschuldigung, wie Hohn wirkte die Nachricht auf mich.
Andererseits hatte ich ihm auch nicht gesagt, dass Isa und
ich was miteinander hatten, warum sollte ich? Ich wusste ja
nicht einmal, ob man das, was ich mit Isa hatte, eine Bezie-
hung nennen konnte. Im Grunde wusste ich gar nicht, wer
Isa eigentlich war. Jetzt sei mal nicht so spießig, hatte sie

manchmal gesagt, wenn ich die Rede auf *uns* brachte, es sei alles gut, so wie es sei. Das fand ich zwar auch und dennoch fühlte ich mich jetzt verletzt. Vielleicht auch, weil sie ausgerechnet was mit meinem Bruder hatte. Flo und ich hatten in puncto Frauen nie Stress miteinander gehabt; wenn einer von uns ein Auge auf eine geworfen hatte, war sie für den anderen tabu. Ohnehin herrschte kein Mangel an Gelegenheiten, die Müller-Brüder waren attraktiv und angesagt, wenn auch Flo um einiges mehr als ich. Im Zweifel sonnte ich mich in seinem Glanz. Wie ein guter Bruder sorgte er für mich, trat mir zwar seine Beute nicht ab, wohl aber riss er gleich zwei für uns beide. Womöglich, schoss es mir durch den Kopf, hat nicht Isa ihm, sondern Flo ihr den Kopf verdreht – fürs Bett reichte es allemal, beim Sex hatte Intellektualität weder für Isa, noch für meinen Bruder etwas verloren. Zwei Raubtiere – wie passend! Ich pfefferte mein Smartphone in die Kissen meines Sofas, schnappte meinen Mantel und knallte die Wohnungstür hinter mir zu.

Die frische Luft tat gut, es war ein recht kühler, grauer Nachmittag, auf den Straßen herrschte naturgemäß weniger Verkehr als sonst. Als Kind habe ich Sonntage gehasst, die lässige Gewissheit des Wochenendes schwand mit dem letzten Löffel der Herrencreme oder des Mokkapuddings, den es heute nicht mehr gibt – dem Abschluss des gemeinsamen Essens. Ab jetzt konnte mich nichts mehr trösten. Stunde um Stunde verging schneller, brachte mich dem unvermeidlichen Ende immer näher. Meistens hatte ich noch Schulaufgaben zu erledigen, die ich selbst dann noch nicht in Angriff nahm, wenn meine Eltern sich bereits zum Tatort niederließen und uns alsbald im Bett sehen wollten.

Als ich älter war, erledigte ich sie zu nachtschlafener Stunde, mehr schlecht als recht. Nur einmal gab es einen Lichtblick, für den ich mich zugleich schämte. Wir hatten einen Gesetzestext zu schreiben, der einen rechtlichen Sachverhalt regeln sollte. Ich schrieb, strich durch, schrieb darüber, schmierte noch Tinte über das Blatt – und war irgendwann einfach zu müde, den Text noch einmal sauber zu übertragen. Natürlich kam ich am nächsten Tag dran und wie befürchtet konnte ich mein Geschmiere kaum entziffern. Ich machte mich auf eine Fünf gefasst. Doch mein Lehrer, ein pedantischer Altachtundsechziger in ausgebeutelter Cordhose und Wildlederjacke, stand von seinem Pult auf, kam zu meinem Tisch und nahm wortlos das Notizblatt an sich. Vorne schrieb er meinen Text an die Tafel, nicht ohne einige Male nachzufragen, wenn er etwas nicht entziffern konnte. Ich schämte mich in Grund und Boden, doch am Ende standen drei Paragrafen in Reinschrift da. Im Unterrichtsraum war es mucksmäuschenstill geworden, alle, auch ich, erwarteten den Richterspruch. Wie oft hatte dieser Lehrer das desaströse Versagen eines Zöglings zelebriert, erst zuckersüß und mit zarter Stimme, um urplötzlich zu explodieren, den Zeigestock gegen die Tafel zu knallen und laut brüllend ein vernichtendes Urteil zu fällen. Auch jetzt, als er den dünnen Stab in die Hand nahm, und wölfisch lächelnd in meine Richtung sah, machten wir uns auf das Schlimmste gefasst. Na ja, eigentlich nur ich. Die meisten Köpfe waren gesenkt, einige Körper bebten schon leicht, ich wusste warum und kannte das Gefühl nur zu gut: die Qual, lachen zu müssen, es aber keinesfalls zeigen zu dürfen. Mich würde eine andere Folter erwarten, dessen war ich mir gewiss. Der Lehrer hob den Stock, sah zur Tafel hin und tippte ganz behutsam dagegen.

»Das ...« Er sah mit triumphierendem Blick in die Runde, »ist nicht nur gut – das ist exzellent! Ausgezeichnet! Besser kann man es nicht machen.«

Ein Raunen ging durch die Reihen, ich wusste nicht, wie mir geschah. Ein beispielhafter Text sei mir da gelungen. *Beispielhaft! Exzellent! Ausgezeichnet!* Wie ein Verliebter betrachtete er weiter die Tafel, verharrte eine ganze Weile so selbstvergessen, dass einige von uns schon unruhig wurden.

»Herrschaften!« Jetzt knallte es doch noch. Mit jeder Silbe sauste das biegsame Rohr auf das Pult, drei Peitschenhiebe, dann Stille. »Nehmen Sie sich ein Beispiel an Herrn Müller! Und Herr Müller: weiter so!«

Wie so oft bei diesem Lehrer verließen wir anschließend kopfschüttelnd den Unterrichtsraum und wunderten uns einmal mehr, was aus der antiautoritären Studentenbewegung der späten Sechziger geworden war. Die meisten von uns waren überzeugt, dass das S in *links* bei dieser Spezies gestrichen gehört.

Erst jetzt realisierte ich, wie weit ich gegangen war. Die Karli weitete sich zu einer großen Kreuzung. Ich wusste, dass dahinter der bekannte Stadtteil Connewitz begann, die Hochburg der Links-Autonomen, aus dessen Dunstkreis vielleicht auch der Anschlag auf die Buchmesse erfolgt war. Jedenfalls gab es ein Bekennerschreiben auf einer linken Internetplattform. Heute am Sonntag schienen sie friedlich zu sein, keine schwarze Gestalt weit und breit, überhaupt wirkte alles, was ich Richtung Süden erblickte, nicht anders als das, was ich von meiner *Karli* kannte. Mag sein, dachte ich, während ich in die Biedermannstraße abbog, dass es hier ein paar mehr Graffitis gibt, viele bunte Läden mit fantasievollen Namen und mehr ursprünglichere Häuser mit bröckeligen, rohen Wänden, aber zwischen allgegenwärtiger Subkultur und verwildert wirkenden Brachflächen blitzten weiß renovierte Fassaden auf. Die Gentrifizierung schien auch vor diesem Bezirk nicht halt zu machen.

Die wenigen Menschen, denen ich an diesem Sonntagnachmittag begegnete, wirkten eher wie alteingesessene Leipziger, die mit Krawall wohl nicht viel am Hut hatten. Von einem Sportplatz waren laute Stimmen zu hören, Jugendliche mit Caps und Kapuzenpullis tänzelten vor einem Basketballkorb und warfen sehr zielsicher hinein. Direkt hinter ihnen erhob sich eine gebogene, grellbunt bemalte Betonwand. Sie schaffte es schnell in die Schlagzeilen, denn kaum dass sie stand, war sie zur Aktionsfläche von Graffiti-Sprühern geworden und damit zu einem wahren *Stein des Anstoßes. No cops. No Nazis. Antifa Area* – die Botschaften waren eindeutig. Ein Wahrzeichen für die politischen Ereignisse in diesen Tagen.

Erst im Januar hatten Neonazis und rechte Hooligans Geschäfte, Kneipen und Häuser überfallen, über 200 Neonazis wurden von der Polizei festgesetzt. Die teils bekannten Rechtsextremisten waren aus der ganzen Bundesrepublik angereist. Die Netzwerke hatten danach nur ein Thema, getragen von Hass, Hetze und verbaler Gewalt. In den Medien warnten Politiker vor einer Eskalation, doch einigen war auch eine gewisse Genugtuung anzumerken.

Zusammen mit den Berichten über die Legida-Märsche jagte mir das Erstarken rechter Gesinnung und Gewalt mehr Angst ein als die Umtriebe der Autonomen, auch wenn ich das Anzünden und Zerstören von fremdem Eigentum verurteile. Irgendwo habe ich gelesen, dass es die Konflikte zwischen links und rechts, Punks und Neonazis, schon zu DDR-Zeiten gegeben hatte und dass die gewaltsamen Auseinandersetzungen um die Wende herum offen zu Tage traten, wenn auch noch im Schatten der Umwälzungen rund um den Mauerfall. Diese Schallschutzmauer auf dem Streetballplatz erinnerte mich etwas an die Berliner Mauer.

»Scheißlich, ne wohr? Und nützen tut die ooch nüscht.« Die Worte kamen von einer alten Frau, die direkt neben mir stand. Sie hatte eine bläulich-graue Kurzhaarfrisur und trug einen in die Jahre gekommenen grauen Mantel. Auch solche Menschen wohnten also in Connewitz. Die Frau sah mich nur schräg von der Seite an und ging kopfschüttelnd weiter. Ich war mir sicher, dass man mir den *Wessi* immer noch ansah.

Die Lust auf weitere Erkundungen war mir vergangen, ich wollte nach Hause. Immerhin hatte mein Ausflug die Gedanken an Flo und Isa nahezu verdrängt. Doch jetzt, auf meinem Rückweg, geisterten sie wieder durch meinen Kopf. In meiner Vorstellung lagen die Beiden in Isas Bett, unter dem befremdlichen Schiele-Bild, nichts an dem und an meinem Kopfkino war erotisch, im Gegenteil: Es ekelte mich. Zuhause fand ich auf dem Dielenboden gleich an der Wohnungstür einen gefalteten Zettel vor, eine Nachricht von Flo. War er also doch noch da gewesen ...

Hey, mein Lieber! Wo steckst du denn? Ans Handy gehst du auch nicht. Sorry, dass ich dich versetzt habe. Aber es hat sich gelohnt. Auch für Dich, wirst sehen ... Isa ist die Beste! CU – Flo

Wütend zerknüllte ich das Papier und pfefferte die Kugel Richtung Küche. Sie blieb noch im Flur liegen. Missmutig ließ ich mich auf mein Sofa sinken. Wenig später kamen die Tränen. Erstmals seit dem Tod meiner Eltern weinte ich wieder. Es tat gut.

Testament | *April 2018*

Die Lage ist hoffnungslos, wir sind eingekesselt. Der Befehl ist zu spät gekommen und obwohl wir alles stehen und liegen lassen, um unsere nackten Leben zu retten, werden wir aufgerieben. Wohin auch immer wir ausweichen, kommt früher oder später feindliches Feuer von vorne. Wir verschanzen uns in einem kleinen Waldstück. Ich erinnere mich an unsere Versteckspiele als Kinder und daran, dass wir hinter Bäumen immer zuerst suchten. Hinter dem Waldrand liegt ein Kornfeld, die Ähren stehen bereits auf halber Höhe und ich überlege, ob es vielleicht mehr Schutz bietet. Früher waren wir am Boden solcher Felder entlanggerobbt, der ältere Bruder eines Freundes liebte Kriegsspiele, wollte Berufssoldat werden. Jetzt bin ich Soldat und ich habe Angst. Meinen Kameraden scheint es ähnlich zu gehen; ich blicke in ihre ängstlichen Gesichter. Wie kindlich sie aussehen. Es sind Kinder! Spielen wir das alles nur? Und sind die Granaten nur Kastanien wie an jenem Spätsommertag, als wir auf der Wiese in unserer Nachbarschaft gegen die *großen Jungs* von der anderen Straße gekämpft hatten, erst mit Kastanien, dann mit Steinen. Eine äußerst stramm geworfene Frucht hatte mich am Hals getroffen und eine hässliche Beule verursacht, die beim Abheilen wie ein Knutschfleck aussah. Jetzt sehe ich mich selbst im Wald, in Uniform, mein Gesicht ist schwarz von Ruß, an meinem Hals prangt ein weinroter Fleck mit blauem Rand. Ein Knutschfleck, hier und jetzt? Dann wieder das Kornfeld; jetzt sehe ich dort etwas Erhabenes, es ist grau und sieht aus wie der alte Bunker auf dem verwilderten Sportgelände, unser Kindheitsversteck, in dem es nach Moder und Scheiße stank. Ich gebe den anderen ein Zeichen und trete aus den Baumreihen heraus, renne auf den Bunker zu, komme kaum vom Fleck. Niemand folgt mir. Aber es fällt auch kein Schuss. Endlich bin ich da, krieche durch ein winziges Loch hinein. Augenblicklich bekomme ich Platzangst, bereue meinen Entschluss, will wieder rückwärts, doch es geht nicht. Ich liege bäuchlings auf feuchter Erde, habe Humusgeruch in der Nase, den Geruch nach Fäulnis, nach Verwesung und Tod. Dann geht alles schnell: Über mir ein lauter Knall, im nächsten Moment fällt die tonnenschwere Betondecke auf meinen Rücken, mein Gesicht wird tief in schwarze Erde gedrückt. Ich versuche zu schreien, doch ich kann nicht mehr atmen, kann mich nicht bewegen. Niemand kann mir helfen, es ist ausweglos, mein Weinen erstickt – ich werde sterben.

Nass von Schweiß und Tränen wache ich auf. Wie immer brauche ich eine Weile, um in die Wirklichkeit zurückzufinden. Wie immer bin ich erschöpft, aber erleichtert, dass es nur ein Albtraum war. Einer von Hunderten, immer anders, doch am Ende stets gleich. Immer lastet ein Tonnengewicht auf mir. Schon als Kind habe ich unter solchen Träumen gelitten, meine Eltern brauchten stets eine Weile, bis sie mich wach bekamen. Später reichte schon die

Ahnung des nahenden Schicksals, unter Bergen von Schutt und Beton begraben zu sein, um mich selber mühsam an die Oberfläche des rettenden Wachseins zu kämpfen. Ich wollte das Ende nicht erleben, denn meistens war niemand da, um mich sanft zu rütteln, mich zu trösten. Jetzt ist helllichter Tag und die Türklingel schrillt.

Peggy fällt mir in die Arme. Lange stehen wir vor der offenen Wohnungstür, ich habe wieder nur ein T-Shirt und meine Unterhose an. Die verzweifelte Frau mit dem Kopf an meiner klammen Brust weint nicht, sie ist ganz still. Aber sie hält mich mit beiden Armen so fest, dass mein Kreuz anfängt zu schmerzen. Ich spüre, dass ich mich nicht aus ihrer Umarmung lösen darf. Sie ist eine Ertrinkende, ich bin ihr Retter – selber noch zitternd von meinem Albtraum. Ich versuche, uns beide an Land zu bringen; vorsichtig schließe ich die Tür und bugsiere Peggy ins Wohnzimmer. Wie ein müdes Paar beim Tanzmarathon, das sich nur noch gegenseitig stützend auf den Beinen halten kann, kommen wir schließlich vor meinem Sofa zum Stehen. Peggy lässt los. Sie geht zum Fenster, sieht hinaus.

»Sie ist friedlich eingeschlafen. Schon gestern Abend. Ich durfte die Nacht bei ihr bleiben. Beim Notar war ich auch, gleich heute Morgen. Ich weiß nicht, was ich alles tun muss. Hilfst du mir?«

Ich kenne das Gefühl. Zu der Leere der Trauer kommt die Ohnmacht der Überforderung. Wie gut, dass ich damals Flo hatte.

»Klar helfe ich Dir. Ich bin für dich da.«

Ich mache uns einen Tee. Als ich mit dem Tablett wiederkomme, hat Peggy schon den Tisch mit den alten Dokumenten belegt, offenbar war sie kurz oben. Gut so, denke ich, das ist vielleicht die beste Art der Trauer. Sie holt sich die Erinnerungen ihrer Großtante – ähnlich wie Flo und ich, die wir uns jedoch gemeinsam erinnern konnten und genau das auch brauchten. Schön, dass sie mich teilhaben lässt, es sogar als Hilfe versteht. Wie schon die alten Fotos im Bernsteinzimmer oben sortieren wir jetzt in meiner Wohnung die Dokumente. Bei unserer ersten Lektüre sind wir mitten in diese mitreißende Liebesgeschichte eingestiegen. Jetzt hoffen wir auf ihren Anfang.

Die alte Dame, die wir in den nächsten Tagen beisetzen werden, hat ihrer Großnichte nicht nur ein ideelles Erbe hinterlassen. Zum Nachlass gehört ein beträchtliches Guthaben auf der Bank sowie die Wohnung. Weil Peggy aber davor zurückschreckt, irgendetwas darin zu verändern und vor lauter Respekt weiter auf dem Sofa schläft, kommt sie heute und auch in den folgenden Tagen lieber zu mir. Mittlerweile hat sie kein Problem mehr damit, in den Erinnerungen ihrer Großtante zu lesen. Klara hat sie letztendlich sogar dazu ermutigt. Sie hat dem Testament eine persönliche Widmung beigefügt, aus der hervorgeht, dass sie mehr hinterlassen wolle als – gleichwohl nützliche – irdische Güter, nämlich die wahre und ewige Liebe, die »stärker ist als der furchtbarste Krieg«. Die Liebe könne leider Gottes nicht vermacht werden wie jedes noch so wertlose Ding, und doch verdiene sie es – mehr als alles auf der Welt. Denn nur sie, die Liebe, stehe für den Sinn des Lebens, ja für das Leben selbst, über den Tod hinaus. *Sei offen für die Liebe, dann wird sie Dich finden!*

Die Worte ihrer Großtante rühren Peggy sehr, wenngleich sie von ihrem eigenen Leben nie viel erwartet hat. Auch nicht von der Liebe, die für sie etwas Fremdes, nicht einmal Erstrebenswertes war, obwohl sie ihr in Büchern oder Filmen begegnete. Das alles hatte mit ihrem bisherigen Leben nichts zu tun, so viel habe ich ihren Andeutungen bereits entnehmen können. Stolz zeigt mir Peggy ein weiteres Bündel Briefe, das sie noch gefunden hat. Sie befanden sich in einem Ordner mit amtlichen Unterlagen, die wir zunächst beiseitelegen.

Peggy ist froh, dass ich an ihrer Seite bin, sie öffnet sich mir jeden Tag ein bisschen mehr. Bei der Organisation der letzten Angelegenheiten für ihre Großtante, aber besonders im magischen Sog der Liebesbriefe scheinen wir enger zusammenzuwachsen; von außen betrachtet wirken wir wohl wie ein eingeschworenes Paar. Der Gedanke gefällt mir: Uns verbindet die Liebe – nicht unsere, sondern die von zwei Menschen, die, je mehr sie in ihren Briefen von sich preisgeben, umso vertrauter für uns werden. So wie wir miteinander. Selbst Peggy lernt in diesen Tagen ihre Großtante neu kennen. Und in den innigsten Momenten wechseln Glücksgefühle und Bedauern einander beinahe sekündlich ab. So gerne hätte sie Tante Klara noch gefragt, ihr auch nur gezeigt, wie eng verbunden sie sich ihr fühlt, enger als je zuvor.

Und ich? Ich erlebe das Verrückteste, das mir das Leben bisher geboten hat: eine reale Liebesgeschichte, die umso zauberhafter erscheint, je mehr sie den widrigen Umständen abgetrotzt werden muss. Und ich werde das Gefühl nicht los, dass auch mich die Liebe noch finden könnte.

Fluchten | *April/Mai 2016*

Es war das erste Treffen nach ihrem *Seitensprung* mit meinem Bruder. Hätte ich das altmodische Wort ihr gegenüber fallen lassen, wäre mir eine Ohrfeige sicher gewesen. Es passte aber auch nicht, denn wir waren in keiner Beziehung. Jedenfalls betonte Isa es immer wieder, egal wie heißblütig wir uns anfeuerten, von Liebe sprachen und doch nur machten, was man leichthin als solche bezeichnet. In einem Anflug von Protest habe ich einmal die schmutzigsten Synonyme in den Mund genommen. Der Erfolg war durchschlagend – und schmerzhaft: Isa erstarrte, zog meinen Schwanz heraus und quetschte ihn schmerzhaft. Ich sei widerwärtig und ekelhaft, schimpfte sie, während sie ins Bad ging, und kurz bevor sie die Tür zuschlug, zweifelte sie in sarkastischem Ton sogar meine Autorenschaft an meinem Roman an.

Tatsächlich wäre ich nie auf den Gedanken gekommen, Begriffe aus der Gossensprache darin zu verwenden. In meinem Buch geht es um Liebe im besten Wortsinn. In dem, was Isa und mich verband, nicht. Fast hätte ich ihr das entgegengeschleudert, als sie aus dem Bad kam und mich ignorierte. Aber ich ging ohne ein weiteres Wort.

Warum nur sahen wir uns immer wieder? Doch wohl weniger, um die Veröffentlichung meines Romans vorzubereiten, als vielmehr, um miteinander zu schlafen. Sie war und blieb das Raubtier, das sich von mir holte, was es begehrte. Und nicht nur von mir, wie es schien.

Mein kläglicher Versuch, sie bei unserem Treffen nach der Buchmesse zur Rede zu stellen, misslang schon im Ansatz. Sie überging meine Andeutung einfach, packte meine Hand und sah mir aus lustgeweiteten Pupillen in die Augen. So kriegte sie mich immer wieder. Mein Widerstand schmolz dahin, als grillte und wendete sie mich, während sie ihre Lippen leckte und mich küsste. In diesem Moment war sie wieder die sinnliche Isa. Wenn ich ehrlich war, mochte ich auch nur diese Seite an ihr. Die andere fand ich arrogant und abstoßend. So aber fühlte ich mich geschätzt, selbst wenn sie mich vulgär ihren *Hengst* nannte und mir ihren nackten Hintern entgegenstreckte. Ja, auch sie, die intellektuell Überlegene, liebte es zuweilen, *von hinten genommen* zu werden (so sagte sie es wörtlich), von mir *besprungen* (dieses Wort setzte ich in Gedanken hinzu) zu werden wie ein Tier. Für sie schienen es kleine Fluchten aus täglicher Leistung, Disziplin und Verantwortung zu sein. Ich genoss den Sex mit ihr auch, doch jedes Mal danach fühlte er sich schal an. Wie Reue nach einer Sünde. Und eben nicht wie Liebe. Oder dem, was ich mir darunter vorstellte.

Inzwischen war auch der Mai fast vorüber. Das Buch war eigentlich fertig, jedenfalls nahm ich das an, und eigentlich hätte es weit besser zum sogenannten Wonnemonat gepasst als zur morbiden Stimmung des Herbstes. Aber so waren nun mal die Abläufe der Bücherbranche. Ich sollte Isa den ganzen Sommer nicht mehr sehen. Anfangs hatte ich die eine oder andere Nachricht an sie formuliert, sie dann aber immer wieder mutlos gelöscht. So trieb ich mich im Park herum, fuhr raus an den See – und lernte dort eine nette Frau kennen. *Nett, was heißt nett*? Ich sah das spöttische Gesicht meines Bruders vor mir. Auch er war seit der Buchmesse ungewohnt einsilbig geblieben, hatte sich ein paarmal gemeldet, dabei geschäftig getan und zerstreut gewirkt; so kannte ich ihn nicht. Ob er weiterhin Kontakt mit Isa hatte? Natürlich fragte ich ihn das nicht; überhaupt vermied ich es, ihn anzurufen. Ich brauchte Zeit und Abstand, auch von Isa. Da kam mir Meli gerade recht.

Meli | *Juni 2016*

Meli war Sommer pur. Melanie, die Sanddünenfrau. Ihre schulterlangen blonden Haare erinnerten mich an Sonne, Strand und Meer. Bevor ich ihr näher kam an jenem sonnigen, angenehm warmen Vormittag, sah ich sie etwas abseits im Sand liegen. Der kleine Strand war menschenleer. Es waren noch keine Ferien; mitten in der Woche würde sich das Ufer erst am frühen Nachmittag mit Schülern und Müttern mit ihren Kleinkindern füllen. Ich ließ mich in der Nähe nieder, breitete mein Handtuch aus und zog mir zwar die Hose, nicht aber mein T-Shirt aus. So wie sie.

Ihres war blau-weiß geringelt – wie passend! Fast war es, als säßen wir hoch oben im Norden in den Sanddünen der Ostsee, dort, wo das Meer meist so ruhig ist wie der See hier. Ich genoss die milde Sonne, die zusehends an Kraft gewann. Später würde ich in den See springen, der sicher noch eiskalt, aber deshalb umso erfrischender sein würde. Im Augenwinkel nahm ich eine Bewegung wahr. Die blonde Frau war aufgestanden. Oh nein, sie würde doch nicht schon gehen? Doch, das tat sie. Aber nicht weg, sondern auf mich zu.

»Hey!« Sie lächelte mich an, stellte ihren Rucksack neben mein Handtuch und warf ihr langes Haar nach hinten. »Darf ich? Ist so einsam da drüben.«

114

Ich war irritiert. War sie eine *Professionelle*? Sie lächelte immer noch, während sie wie selbstverständlich ihr Handtuch neben meinem ausbreitete, sich draufsetzte und auf den See hinaussah, als sei es ganz normal, sich zu einem Fremden zu gesellen, eine Frau zu einem Mann. Stumm staunend sah ich ihr dabei zu, wie sie etwas aus ihrem Rucksack nahm, eine Flasche Sonnenmilch, und sich anschließend ihr T-Shirt auszog und einen schmalen, grellroten Bikini sehen ließ. Was für ein Körper, ich starrte sie an wie ein Idiot. Sie lächelte weiter, ohne mich anzublicken. Dann griff sie zur Sonnenmilch, hielt sie mir hin.

»Wie du mir, so ich dir! Deal?«

Ich sah sie nur konsterniert an, was sie mit einem spöttischen Lächeln kommentierte.

»Na, einschmieren! Sonne, Haut und so?« Sie schwenkte das blaue Fläschchen, stellte es schließlich auf mein Handtuch und legte sich auf den Bauch. Ihre Haut war bereits gleichmäßig gebräunt, offenbar war sie häufiger hier; der Mai hatte bisher schon einige sonnige Tage im Angebot gehabt.

»Wäre schon schön, wenn du es bald machen könntest. Oder bist du wirklich so prüde wie du grade tust?«

Ich prüde? Sie vielleicht einfach zu forsch! Das war ich nicht gewohnt. Aber was war schlimm daran? Ich tat ihr den Gefallen. Nein, ich tat ihn mir: Ihre Haut fühlte sich wunderbar glatt an. Die Sonnenmilch duftete nach Kindheit, sie zog kaum ein, bildete vielmehr einen öligen Film, der ihren Rücken glänzen ließ wie polierte Bronze.

»Na, war doch gar nicht so schlimm, oder?« Sie reckte den Hals und blinzelte mich an. »Jetzt du!«

»Ne, lass mal«, sagte ich schnell. »Ich warte noch etwas. Aber danke fürs Angebot.«

»Na hör mal!« Mit einer geschmeidigen Bewegung reckte sie kurz ihren Po zu mir und setzte sich auf. Dann schob sie ihren BH nach unten, ließ zwei perfekte, ebenfalls gebräunte Brüste sehen und schmierte sie ein, geschäftig und als sei es das Normalste auf der Welt, noch dazu vor mir, einem Fremden - als ob wir ein Paar wären.

»Du bist aus dem Westen, stimmt's?« Sie blickte nicht auf, während sie fragte, sondern massierte beinahe liebevoll ihre Brüste. Dann zog sie ihren BH wieder hoch und rieb ihre Hände mit Sand ein. »So, fertig. Und du willst wirklich nicht?«

»Nein. Ähm, ja.«

»Was'n jetzt?«

»Nein, ich will wirklich nicht - und ja, ich bin aus Münster, Westfalen, aber schon ne Weile in Leipzig. Scheint hier ja immer noch sehr wichtig zu sein, dieses Wessi-Ossi-Ding.«

Sie nickte nur, überging meine kleine Provokation. Ihr Gesicht war ebenmäßig, hatte ruhige, nachdenkliche Züge. Nur ihre blauen Augen blinzelten mich frech an, bevor sie sich ihre Sonnenbrille aus den Haaren auf die Nase zog. Mit einem wohligen Seufzer streckte sie sich aus, überließ sich ganz der Sonne. Ich stützte mich auf meinen Ellbogen und betrachtete sie.

»Gefällt dir, was du siehst?« Ihr Gesicht war weiter zum Himmel gerichtet.

»Na, du bist gut. *Du* hast dich doch hier hingelegt. Was, wenn ich ein notgeiler Arsch wäre, der deine Offenheit ausnutzt? Ich könnte dich ja einfach in die Büsche zerren. Machst du sowas ...«

»Ne, mach ich nicht mit jedem«, unterbrach sie mich. »Und du machst sowas Blödes auch nicht mit mir, stimmt's?« Sie richtete sich auf und streckte mir ihre Hand entgegen. »Ich heiße Melanie, nenn mich Meli, das machen alle, die ich mag.« Ich spürte den Sand in ihrer Handinnenfläche, es fühlte sich an wie warmes Schmirgelpapier.

»Fabian.«

»Aus Münster. Soso. Da war ich noch nie, aber freut mich.«

»Mein Bruder wohnt noch da. Er hat einen Buchladen.«

»Ich liebe Bücher. Und was machst du?«

»Ich schreibe welche. Naja, sagen wir, ich versuche es. Mein erstes Buch kommt bald raus.«

Sie hob die Sonnenbrille an, als müsste sie mich jetzt genauer mustern.

»Lass mich raten: Ein Fachbuch über Chemie oder sowas, richtig? Oder noch besser: Bestimmt weißt du, wie man Bomben baut, haha. Nein, nein, ich hab's: Du bist Arzt und du hast keinen Bock mehr aufs Praktizieren. Stimmt's?« Sie grinste mich schelmisch an.

»Nun mal langsam. Was ist denn los mit dir?« Ich war etwas verärgert. Sah ich aus wie ein Arzt? Wirkte ich wie ein wissenschaftlicher Nerd? »Sagen wir einfach: ein Buch. Liest du denn sowas - Sachbücher? Wie kommst du auf Bomben? Wirk ich so abgedreht auf dich?«

»Ach komm, ich mach doch nur Spaß. Sorry, ich wollte nicht, dass du sauer wirst. Sei wieder gut mit mir!« Sie sah mich an wie meine Mutter früher, wenn ich krank war oder mir wieder die Knie aufgeschlagen hatte. »Jetzt mal im Ernst: Was schreibst du? Es interessiert mich wirklich!«

»Das Buch, das im Herbst erscheinen wird, ist ein Roman. Genauer gesagt ein Liebesroman.«

Sie hatte sich zu mir gedreht, saß jetzt im Schneidersitz vor mir, die Ellbogen auf ihren Knien, das Kinn auf ihre Hände gestützt – ganz Zuhörerin.

»Wow! Echt jetzt?« Sie sah mich mit großen Augen an, die mich in diesem Moment an Kinderaugen erinnerten. Dazu passte ihr Schmollmund, die Art, wie sie sich sanft auf die Unterlippe biss. Das wiederum wirkte äußerst sexy. »Du darfst jetzt nicht lachen, aber ich liebe Liebesromane. Ich meine, so richtige, nicht die Schundheftchen.«

»Darf ich fragen, wie alt du bist?«

»Hä? Geht's noch? Glaubst du etwa, ich bin noch nicht volljährig oder warum willst du das wissen?«

»Quatsch, natürlich bist du das. Aber gerade erst, oder?« Jetzt war ich mit Scherzen an der Reihe.

»Blödmann.« Sie griff in den Sand; ich nahm die Arme hoch, ließ sie wieder sinken, als nichts passierte.

»Hältst du mich für'n Dummerchen, oder was?« Sie sah mich etwas verärgert an.

»Naja, das Wort *Schundheftchen* aus deinem Mund klingt irgendwie komisch. Gibt's sowas überhaupt noch?« Ich musste lachen. Sie blieb ernst.

»Klar, gibt's die noch. Kriegste doch an jeder Straßenecke. Aber nicht die, die meine Oma so nannte. Sie hat sich die immer aus dem Westen schicken lassen, denn in der DDR war sowas verboten. Keine Ahnung, wie sie das Zeug herkriegte. Sobald ich lesen konnte, verschlang ich eins nach dem anderen, wenn ich bei ihr übernachtet habe. Heimlich natürlich. Ich kannte ihr Versteck. Hab natürlich erst mit der Zeit verstanden, um was es wirklich ging. Und keine Ahnung, bestimmt sind die heute viel versauter. Die von meiner Oma waren eher wie Märchen, nur dass es darin nicht um Zauberei oder sowas ging, sondern um tolle Landärzte, schöne Ärztinnen, Familie, Heimat und sowas. Als ich lesen konnte, gab's die DDR nicht mehr, ich bin am 3. Oktober 90 geboren, ungelogen, ein echtes Einheitskind. Ich weiß aber noch, dass meine Oma irgendwann sagte, dass früher alles schöner war, auch die Heftchen. Ich glaub ja, dass dan dem Spruch was dran ist: *Verbotene Früchte schmecken am besten*. Wie die Bananen, die sie nie hatten. Ich mag übrigens keine Bananen.« Meli lachte laut und setzte kichernd hinzu: »Obwohl es schon geil ist, wie ihr Männer glotzt, wenn man eine isst.«

»Du bist eine verrückte Nudel, aber echt jetzt.« Ihre Fröhlichkeit war ansteckend, ich fand sie unglaublich süß.

»Haha, sieh dich nur an! Genauso, haha!« Sie versuchte, sich zusammenzureißen, prustete aber immer wieder los, mehrmals kniff sie ihre Lippen zusammen, drehte an einem unsichtbaren Schlüssel, doch es half nichts. Ich kannte das nur zu gut und wartete lächelnd, bis sie sich langsam beruhigte. Inzwischen brannte die Sonne heiß vom Himmel und der Strand füllte sich allmählich. Eine laut durcheinander schwatzende Großfamilie mit Kinderwagen und Klappstühlen rückte so nah an uns heran, dass wir uns nur kurz anblicken mussten, um uns einig zu sein. Wir packten unsere wenigen Sachen zusammen und brachen auf.

Nebeneinander stapften wir durch den Sand; es fehlte nicht viel und ich hätte meinen Arm um ihre Schulter gelegt, einfach so, weil es mir passend und natürlich erschien. Täuschte ich mich oder ging es ihr genauso? Ihre Hand berührte immer wieder meine, und doch ergriffen sie sich nicht. Noch nicht.

Wir fuhren zusammen nach Connewitz; da wohnte Meli. Wo genau wollte sie mir nicht verraten, aber sie lebte nicht allein. Ich missverstand sie, fragte nicht weiter, war aber deutlich abgekühlt. Sie bemerkte es, boxte gegen meine Schulter und sagte knapp, dass sie in einer WG wohne und dass es besser sei, wenn ich nicht mit zu ihr komme. »Die Typen da sind – na sagen wir: *speziell.*« Ich konnte mir denken, was sie meinte, und kriegte meine Vorstellungen trotzdem nicht übereinander: Dieses hübsche, fröhliche Mädchen war eine von *denen*?

Sie zog mich in eine Kneipe, die zu dieser Stunde noch leer war. Wir durchquerten das muffige Lokal und setzten uns in den sogenannten Biergarten, der nicht mehr als ein betonierter Hinterhof mit fleckigen Tischen und Bänken war.

»Bis hier der erste kommt, wird es schon dunkel. Kein Wunder, wenn man bis morgens feiert.« Meli blickte sich um. »Frag mich sowieso, warum der alte Jupp sich das noch gibt. Aber er hat ja nix mehr. Die Leute hier sind seine Familie. Und sie vertrauen ihm, er ist einer von hier. Wo steckt er überhaupt?«

Sie stand auf und ging ins Lokal zurück. Der Lärm der Straße drang nur wie ein dumpfes Echo hierher, in den umstehenden Häusern klapperten Töpfe. Ein Geruch aus

Kindertagen stieg mir in die Nase. Muckefuck, Kinderkaffee! Ich mochte ihn nie, er schmeckte malzig und verbrannt, wie später der Filterkaffee, der zu lange auf der Warmhalteplatte gestanden hatte. Ein frischer Bohnenkaffee wäre jetzt toll. Noch während ich daran dachte, trat Meli mit zwei vollen Bierkrügen heraus. Nun gut, warum nicht, Bier ging eigentlich immer.

»Jupp ist nicht da. Aber ich kenn mich mit der Zapfanlage aus. Ich hoffe, du trinkst Bier ...« Meli prostete mir zu und leerte ihren Krug in einem Zug bis fast zur Hälfte.

Ich wollte es ihr gleichtun, verschluckte mich allerdings und bekam einen Hustenanfall. Sie kam herum, klopfte mir auf den Rücken, blieb neben mir sitzen. Als ich schon längst nicht mehr hustete, lag ihre Hand noch immer auf meiner Schulter. Wieder diese Vertrautheit. Jetzt lehnte ihr Blondschopf sogar gegen meinen Oberarm. Ich hielt meinen Bierkrug umklammert, nahm noch einen Schluck und wusste nicht so recht, was ich machen sollte. Meli schon, sie hob meinen Arm an und legte ihn um sich. So saßen wir schweigend, lauschten dem Klappern aus den Häusern, dem Surren der Kühlung im Lokal, dem dumpfen Rauschen der Stadt. Wolken waren aufgezogen, sie verdunkelten den Hof. Und als die ersten schweren Tropfen fielen, zogen wir um ins Lokal. Meli ging hinter den Tresen, zog die Gläser durchs Wasser und stellte sie auf die Spüle, die allerdings nicht besonders sauber aussah.

»Hast du fünf Euro?« Sie streckte mir ihre aufgehaltene Hand entgegen. Ich hatte nur einen Zehner. Sie nahm ihn und warf ihn achtlos in eine Schublade unter dem Zapfhahn, ohne mir Geld rauszugeben.

Das wars also. Ich überlegte, ob ich sie noch zu mir einladen sollte. Doch sie wirkte müde. Draußen prasselte der Regen auf das Vordach, der unverkennbare Duft des Sommers, ihre Haare rochen danach, als sie mich umarmte. Abrupt riss sie sich los und rannte einfach los, um die nächste Ecke. Weg war sie.

Unschlüssig stand ich da. War es nur ein Schauer, den ich abwarten konnte? Ich würde klatschnass sein, aber was war schlimm daran? Ich lebte gerade mit allen Sinnen – und dieser eine in meinem Herzen sagte mir, dass ich auf bestem Wege war, mich in diese blonde junge Frau zu verlieben. Sie war so anders als alle, die ich kannte, anders auch als Isa. Überhaupt Isa: Wo steckte sie? Brauchte sie mich nicht mehr? Hatte sie mich einfach fallen lassen? Und wenn schon. Ich sah schon mein nächstes Buchprojekt vor mir. Es würde noch dichter werden, noch liebevoller, es würde hautnah und mit ganzem Herzen erlebbar werden, wie dieser Sommer, der gerade erst begonnen hatte.

»Señor! Taxi?« Neben mir hupte es. Ein Wagen hatte angehalten, die Scheibe an der Beifahrerseite unten; der Fahrer winkte mir zu. »Steigen Sie ein!«

Warum nicht? Ich stieg ein und warnte den Fahrer vor, dass der Weg nicht lang sein würde, nannte ihm die Adresse. Er grunzte nur und drehte das Radio lauter, aus dem südamerikanische Klänge kamen.

»No problemo, Señor, it's my way.« Der Fahrer verzog seinen Mund zu einem schiefen Grinsen, doch seine dunklen Augen blickten ernst.

Ich musterte ihn genauer. Er trug eine schwarze Schirmmütze mit rotem Stern, sein langes schwarzes Haar hatte er zu einem Pferdeschwanz gebunden, in seinem kantigen Gesicht wucherte ein kräftiger Dreitagebart, seine Haut war braun gebrannt und vernarbt, seine Augen versteckte er in diesem Moment hinter einer blickdichten, seitlich gebogenen Sonnenbrille. Dabei arbeiteten die Scheibenwischer auf Hochtouren und es schien noch dunkler geworden zu sein. Ich schätzte, dass er nur wenig jünger war als ich. Sein Äußeres wirkte ungepflegt, vielleicht, weil er eine zerrissene Jeans und eine Art Militärhemd trug, unter dessen Achsel sich ein dunkler Schweißfleck abzeichnete. Vergeblich suchte ich den üblichen Fahrerausweis am Armaturenbrett, auch ein Taxameter konnte ich nirgendwo entdecken. Er bemerkte meine Unruhe.

»Privado.« Er klopfte sich mit den Fingerkuppen an die Brust und starrte stur geradeaus. Ich hob entschuldigend die Hände, wollte etwas entgegnen, doch er sprach weiter.

»Die blonde Frau …« Er tippte sich weiter an die Brust. Mir wurde mulmig. Meinte er Meli? War sie seine Freundin, seine Frau? »Du siehst sie nicht wieder, claro?« Damit bremste er und forderte mich mit einer Kopfbewegung auf auszusteigen.

Tatsächlich standen wir vor meinem Haus. Sein Blick war weiter stur nach vorne gerichtet. Als ich meinen Geldbeutel zücken wollte, schüttelte er nur den Kopf und ließ den Motor aufheulen.

Kaum war ich ausgestiegen und vor dem Regen an die Haustür geflüchtet, brauste der Wagen, ein alter Mercedes, davon. Jetzt erst bemerkte ich, dass sich auf dem Dach gar kein Taxischild befand. Ich machte das Flurlicht an und stieg langsam die Treppe hoch. Die Stille im Haus wirkte jetzt beklemmend.

Später, beim Kaffee, war mir alles klar: Der südländische Mann hatte Meli und mich bereits beobachtet. Wie lange schon, wusste ich nicht. Was ich aber wusste: Mit ihm war nicht zu spaßen, und ich musste mir Meli wohl oder übel aus dem Kopf schlagen. Andererseits war ich nie ein Feigling gewesen. Und dieser Sommer hatte gerade erst angefangen.

Zeitreise | *1944/2018*

Im Juni 1944
Liebes Tagebuch,
heute wird alles anders, heute wirst Du mein Erzählbuch. Ich
bin nicht mehr Dein kleines Mädchen, nur daß du es weißt!
Ab sofort mußt Du ganz verschwiegen sein, denn ich werde
Dir Dinge anvertrauen, die unser Geheimnis bleiben müssen.
Ab sofort werde ich Dich deshalb auch verstecken. Ich hoffe,
Du fürchtest Dich nicht im Dunkeln ...
Nun denn, hier ist meine Geschichte: Erinnerst Du Dich an
den frechen Buben von der anderen Schule, der an meinen
Zöpfen gezogen hat? Karl heißt er. Weißt Du noch, wie ich
mich gewehrt habe, wie dabei mein Tornister mit dem Ver-
schluß in sein Gesicht geriet? Seine linke Augenbraue hörte
nicht auf zu bluten. Sein Kutscher hatte große Not und sah
mich so tadelnd an, daß ich schon Böses ahnte. Tatsächlich
wurde nicht er, sondern ich bestraft. Drei Wochen durfte ich
Flecki nicht ausreiten. Was habe ich den Lümmel damals
verflucht.
Genau dieser Junge ist mir heute begegnet. Damals hieß es, er
sei weggezogen. Doch heute habe ich ihn gesehen, und weißt
Du wo? Am Haff! Ausgerechnet an meinem Lieblingsplatz
lag er, an dem kleinen Strand mit dem vielen Schilf. Ich
habe ihn gleich erkannt – er mich nicht. Aber er war auch

mit anderen Jungen da, sie waren zu dritt und viel zu sehr mit sich und ihren dummen Spielen beschäftigt. Als sie mich entdeckten, johlten und pfiffen sie, und winkten mir zu. Aber so eine bin ich nicht. Also ging ich wieder, so wie ich gekommen war. Mein schöner Platz war weg – der ganze Tag verdorben. Als ich schon ein Stück die Allee gegangen war, hörte ich plötzlich Schritte hinter mir. Vor Schreck schlug ich mit meinem Bündel nach hinten, sah, wie Karl überrascht zurückwich, ins Straucheln geriet und nach hinten fiel. Da saß er mit großen Augen auf dem Hosenboden, und ich konnte nicht anders als lachen.

„Klärchen! Wusste ich doch, daß du das bist." Ich half ihm auf, hielt seine Hand fest und drückte sie.

„Klara! Ich hasse meinen Kosenamen."

„Das Mädchen mit den Zöpfen, ich erinnere mich. Wolltest du mich schon wieder verletzen?"

Beinahe hätte ich ihm eine Backpfeife in sein grinsendes Gesicht gegeben. Aber dann sah ich, daß sein Lächeln gar nicht hämisch war. Eher schüchtern. Niedlich. Ja, ich fand ihn niedlich. Er musterte mich, konnte offenbar nicht glauben, daß ich schon eine Frau bin. Nun gut, noch nicht ganz achtzehn, aber eben auch kein Backfisch mehr. Vom Strand drang Lachen zu uns. Seine Kameraden seien blöd, noch halbe Kinder, sagte er, und daß ich ihm seine Hand möglichst nicht brechen solle. Wie peinlich, ich hatte sie die ganze Zeit gedrückt gehalten. Karl ist flachsblond wie ich, aber einen Kopf größer. Er ist ja nur wenig älter als ich, aber ein richtiger Mann, und was für einer! Kräftig ist er. Als wir wieder Gelächter hörten, fragte Karl, ob er mich nach Hause begleiten dürfe. Er wußte nicht, wo ich wohne, aber dann stellte sich heraus, daß sein Zuhause nicht allzu weit entfernt von unserem Gut lag. Auf dem Weg erzählte er mir, daß sein Vater vor einigen Jahren einen Gutshof übernommen hatte, später habe er als Offizier antreten müssen, weshalb nun Karl voll eingespannt sei. Kurz vor unserem Hof passierte etwas Merkwürdiges: Als wir unsere Pferdekoppel erreichten, sammelten sich die Tiere, die vorher ruhig gegrast hatten, und kamen nach der Reihe auf uns zu. Nein, nicht auf uns, sondern auf ihn. Alle, auch Lisa und Flecki, drückten ihre Nüstern gegen seine Hand. Er wisse auch nicht, warum, aber die Pferde würden ihn lieben.

Ja, mein liebes, verschwiegenes Buch, jetzt sitze ich hier und bin ganz fiebrig. Das Abendbrot habe ich schon stehenlassen, ich habe keinen Bissen runtergekriegt. Meine Mutter hat mich ins Bett geschickt. Aber ich weiß ja, daß ich nicht krank bin. Nicht im eigentlichen Sinne. Ob es Karl auch so geht? Ob er mich wiedersehen will, so wie ich ihn? Er hat nichts davon gesagt beim Abschied. Vielleicht war er aber auch nur schüchtern. So wie ich.

Gute Nacht, Du schöne Welt, jetzt werde ich träumen.

Versonnen sitzt Peggy da, die Hände mit den alten Seiten im Schoß. Wir lassen ihre Worte nachklingen, die Worte Klaras. Es ist, als gewännen sie neues Leben, durch Peggy. Sie macht das gut. Nicht nur, dass sie eine geübte Leserin ist, auch ihre Stimme verändert sich, wenn sie aus dem Tagebuch ihrer Großtante liest. Es ist faszinierend, wie sehr sie plötzlich zu Klara selbst wird, nicht körperlich, eher seelisch.

Glücklich allein ist die Seele, die liebt – ein Satz, der mir in den Sinn kommt, irgendwo aus den Tiefen meines Lesegedächtnisses - ich weiß nicht mehr, von wem er stammt. In meinem Roman habe ich Wörter wie *Seele* und *Herz* gemieden, genauso wie allzu platte Körperlichkeit. Vielleicht rührt meine Schreibblockade auch daher, dass ich mich auf keinen Fall kopieren will, mir andererseits aber auch nicht zutraue, über eine neue Dimension der Liebe zu schreiben, ohne entweder in Kitsch oder unfreiwillige Komik zu verfallen. Wenn ich meine zaghaften Versuche nicht immer wieder gelöscht hätte, würde ich es spätestens jetzt tun – im Angesicht dieser unsagbar schönen Dokumente, die wir uns gegenseitig vorlesen. Die alten Briefe sind der Schlüssel zu meinem neuen Roman, das weiß ich. Und ich habe eine Ahnung, wie ich mein Versprechen an Peggy einhalten kann und es zugleich fertigbringe, die perfekte Liebesgeschichte zu schreiben.

»Jetzt du«, sagt Peggy. Sie legt ihre Blätter wieder auf den Tisch und wendet sich mir zu. Ihre Augen glänzen, sie wirken dadurch anziehend, genauso wie ihr schöner Mund. Er ist leicht geöffnet, ihre Lippen schimmern feucht; es kommt mir vor, als wolle sie mich küssen. Und wenn wirklich? Der Gedanke wäre mir noch vor einer Woche absurd vorgekommen, jetzt nicht mehr. Wir sind vertraut miteinander, beinahe konspirativ. Und auf gewisse Weise sind wir jetzt ein Liebespaar – zumindest solange wir lesen.

hoffentlich hat dich der brief nicht
erschreckt
ich schreibe auf der adler meines vaters

128

sonntag habe ich frei und bin
du weisst schon wo

Peggy lacht. »Das gilt nicht. Der ist ja ganz kurz.«

»Schon, aber bestimmt hat Klara das Treffen als nächstes beschrieben.« Ich lege das vergilbte und ziemlich verschlissene Blatt zur Seite, sehe, dass ein längerer Brief von Karl folgt, auf dem oben ein blauer Stempelabdruck mit Adler und Hakenkreuz prangt – Feldpost ... Ich fürchte, Peggy wird umso mehr lesen müssen, es sei denn, es findet sich noch etwas von Karl, bevor er an die Front musste.

Peggy blättert die Tagebuchseiten von Klara durch, sie scheinen chronologisch zu sein. Ich sehe im anderen Stoß nach. Tatsächlich finden sich weitere Briefe, manche sehr kurz, sie sind undatiert. Bis auf den letzten, den wir bereits gelesen haben, weil er obenauf lag. Wie der letzte Tagebucheintrag Klaras auch. Ich nehme an, Peggys Großtante hatte die zeitlich jüngsten Dokumente öfter gelesen als die anderen, vielleicht sogar noch, kurz bevor sie krank und bettlägerig wurde. Wie fad mir alle meine bisherigen Beziehungen vorkommen angesichts dieser großen Liebe, die mit jedem weiteren Brief tiefer berührt.

Peggy hat bereits die nächsten Blätter auf dem Schoß. Draußen dämmert es, ich schalte das Licht über dem Tisch an. Peggy protestiert, bittet mich, eine Kerze anzuzünden; sie habe gute Augen und sicher habe Klara ihr Tagebuch auch bei Kerzenschein geschrieben, jedenfalls stelle sie es sich so vor. Ich zünde drei Kerzen an, die ich noch von Weihnachten übrig habe. Eine stelle ich auf den Nebentisch, sodass unser Lesesofa jetzt ganz passabel beleuchtet ist. Ich öffne uns auch einen Rotwein. Peggy lächelt dankbar, wir prosten uns zu und trinken. Dann beginnt sie zu lesen. Während sich ihre schönen Lippen im Rhythmus der Worte bewegen, ihre liebevolle Stimme mir wie Musik in den Ohren klingt, lasse ich mich fallen. Aber ich falle nicht. Es ist, als schlafe ich ein, um aufzuwachen. Im Licht der Kerzen sitzt Klara; sie nimmt meine Hand – oder ist es die von Karl? - so reisen wir zurück an das Frische Haff des Jahres 1944. Es ist Sommer – damals wie heute, und auch ich fühle jetzt etwas, das Liebe werden könnte.

Erzählzeit | *1944/2018*

Diesmal ist er allein an meinem Lieblingsplatz. Er liegt auf einer Decke nahe am Schilf, das seichte Wasser des Haffs plätschert in sanften Wellen heran, tut ein bißchen so, als sei es schon das Meer. Aber das liegt noch hinter der Nehrung, der Landzunge, die so nah erscheint und doch so fern ist.

Neben Karl schimmert es grünlich, wie Smaragd, eine Flasche im Sonnenlicht, die aus einem Korb ragt. Er ist mit einem rot-weiß karierten Tuch abgedeckt. Mein Herz hüpft vor Freude. Dieser Bursche wirkt nicht nur schon sehr reif, er ist auch so romantisch wie ein galantes Mannsbild. Karl hat mich noch nicht bemerkt, aber ich will ihn auch nicht erschrecken. Also verzichte ich auf das alberne Ritual, mich anzuschleichen und ihm die Augen zuzuhalten. Wer sonst sollte es denn sein, wenn er doch genau auf die wartet, die jetzt neben ihm steht und sich einfach zu ihm auf die Decke setzt.

„Guten Tag, die Dame!" Er nimmt meine rechte Hand, deutet einen Handkuss an, eine Geste, die im Sitzen etwas lächerlich wirkt. Ich lächle darüber hinweg, wende mich mit übertriebener Neugier dem Korb zu.

„Für die Dame des Herzens. Nur eine Kleinigkeit, um der holden Maid den Tag zu versüßen. In der Hoffnung, daß es ihr belieben möge, ihn in Gesellschaft eines ihr zugewandten Edelmanns zu verbringen."

Ich knuffe ihn, gehe aber auf sein Spiel ein: „Ergebensten Dank, werter Herr. Will er mir sogleich einen Herzenswunsch erfüllen und seine Gesellschaft aufs beste versüßen, so sei er doch einfach Karl."

Wir lachen gleichzeitig los, verstummen im selben Moment wieder, sehen mit halb vor Lachen, halb vor Verlegenheit geröteten Gesichtern hinaus auf das Haff, dessen Glitzern uns blendet. Es ist heiß, Karl hat sein weißes Leinenhemd etwas weiter aufgeknöpft. Dafür schwitze ich in meinem hochaufgeschlossenen Kleid, das mir meine Mutter aufgezwungen hat. Natürlich haben die Eltern den Brief gelesen, ihn mir immerhin nicht vorenthalten, sich aber große Sorgen gemacht und mich stets aufs Neue bedrängt, doch zu sagen, um wen es sich handelt. Schließlich gab ich nach, nannte seinen Namen, erläuterte ihnen die Makellosigkeit seiner Herkunft wie die Harmlosigkeit und Züchtigkeit unseres Treffens. Ein neuer Freund sei er, mehr nicht, ein Junge meines Alters, der sich gleichwohl einmal vorstellen werde, so wie ich mich den Seinen auf deren Gut – eine Pferdezucht wie unsere, die aber mehr und mehr dem Milchvieh und sogar Getreideanbau weicht. Papa hat nur gebrummt, er kennt Karls Vater, weiß um seine Einberufung, aber nicht, dass Karl die Geschäfte seither führt. Mama hat kurz gelächelt und dann doch streng geguckt. Noch ehe dieser Sommer richtig beginnt, fürchte ich schon um seinen glücklichen Verlauf. So verließ ich auf meiner lieben Flecki unseren Hof, spürte die besorgten Blicke der Eltern und war mir ob meines Tuns selber nicht mehr sicher. Bis ich Karl sah.

„Jetzt bist du also hier", sagt Karl und nimmt meine Hand.

Ich lese den Text noch einmal. Aber er wird nicht besser. So wird das nichts. Es wird nicht funktionieren. Ich widerstehe dem Impuls, alles zu löschen, lasse den Text stehen, den ich dem Stil aus Klaras Tagebüchern nachempfinden wollte. Ich muss den Ton noch besser treffen. Wenn daraus ein Roman werden soll, reichen die Briefe und Tagebuchseiten bei Weitem nicht. Ich muss ergänzen, was die Dokumente schuldig bleiben, muss aus meiner Fantasie erzählen, wie sich Klara und Karl kennenlernen. Ich will die Geschichte weitertreiben, sie dem Archiv entreißen und wieder erlebbar machen, als passierte sie in der Gegenwart, jetzt, im Moment des Lesens. Und sie aus der Perspektive Klaras erzählen, als begleitete ich diese faszinierende Frau wie ihr eigener Schatten, nur das erlebend und wissend, was sie gerade erlebt, erkennt und erinnert. Dazu darf ich ihr nie voraus, nie allwissend sein. Nur der Ort macht mir Kopfzerbrechen; wo gibt es einen so schönen, so schicksalhaften wie dieses Gut im Ermland, im heutigen Polen, als das nahe Braunsberg noch nicht Braniewo hieß? Lebt die Liebesgeschichte von Klara und Karl nicht aus der Spannung der damaligen Zeit, ihrem Schicksal, das heute fast unwirklich erscheint, obwohl sich viele politische Entwicklungen gerade zu wiederholen scheinen? Nein, Ort und Zeit müssen bleiben, nur die Sprache – wie ich sie mir aus Literatur und Dokumenten herleite – muss *übersetzt* und ganz behutsam modernisiert werden. Denn was nützt die schönste Liebesgeschichte, wenn sie nicht das Herz des Lesenden erreicht?

133

Immerhin schreibe ich wieder. Endlich! Mein Buchprojekt ist gestartet. Und doch hat meine Befreiung einen bitteren Beigeschmack, denn ich muss mein Versprechen brechen und Peggy hintergehen. Ausgerechnet sie, die ich jetzt brauche wie keine andere Frau zuvor. Sie wird meine lebendige Erzählerin, wird Klara selbst sein. Die wenigen Feldpostbriefe Karls werde ich einstreuen und Peggy wird sie einbetten in ihren Erzählstrom, als klebe Klara sie in ihr Tagebuch. Das Tagebuch selbst ist die Liebesgeschichte, das unschätzbar wertvolle Erbe einer großen Frau. Folgerichtig werde ich mich als Autor verleugnen, wenn nicht zugunsten Klaras, so doch hinter einem Pseudonym verbergen. Das hat sie verdient. Und ich bin überzeugt: Das wird auch Peggy akzeptieren. Fürs Erste will ich aber weder ihr noch sonst jemandem von meinem Plan erzählen. Isa und Flo halte ich hin, werde aber meinen Bruder bitten, einige Recherchen für mich zu machen. Ich habe herausgefunden, dass es zwischen Braniewo, ehemals Braunsberg, und unserer Heimatstadt Münster eine Städtefreundschaft gibt. Wenn das kein Wink des Schicksals ist.

Bedrohung | *Juli 1944*

21. Juli 1944
Liebes Erzählbuch,
*ich bin völlig durch den Wind. Nur ein, zwei wirre Stunden
habe ich geschlafen, mich in schlimmen Träumen gewälzt.
Immerzu will mein liebster Karl zu mir, will ich zu ihm.
Und immer, wenn seine Lippen ganz nah sind und ich meine
nur spitzen muß für einen Kuß, ist sein Gesicht plötzlich hinter Eis, blaß und reglos, mit weit geöffneten, toten Augen wie
die eines Ertrunkenen. Ich knie auf dem zugefrorenen Haff,
bin verzweifelt, aber ich kann nicht schreien. Ich schlage mit
meinen Fäusten auf das Eis, und dann ist alles voller Blut.
Meine Hände sind nicht mehr da. Karls Gesicht verschwindet, er sinkt in die Tiefe, ich sehe nur noch schwarz und im
schwarzen Eis plötzlich mich. Es wird hell. Ich sitze vor meinem Spiegel. Alles war nur ein Traum. Doch dann fällt ein
Schatten auf mein Gesicht. Ich träume immer noch. Schließlich wache ich auf.*
*Nein, ich muß nicht überlegen, was der Traum bedeutet. Ich
weiß es nur zu gut. Der Krieg kommt. Jetzt kommt er auch
zu uns. Und ich werde Karl verlieren …*
*Ausgerechnet heute kann ich ihn nicht sehen. Er fährt zu sei-
nem Onkel nach Braunsberg, will den Film in dessen
Geschäft entwickeln lassen. Du meine Güte, unsere albernen*

Sachen mit der Kamera drüben im Kornfeld, das jetzt ein Stoppelfeld ist ... Könnte ich doch nur die Zeit anhalten, einfach indem ich auf den Auslöser drücke ...

Ich habe Angst. Nach dem, was der Führer gesagt hat, müssen wir jetzt alle Angst haben. Nur Papa hat keine. Mitten in der Nacht hat er mich geweckt. Seine Augen waren glasig. Ob er Fieber habe, habe ich ihn gefragt. Er hat nur ernst den Kopf geschüttelt und ist aus dem Zimmer gegangen. Ich brauche einen Moment.

Unten saßen sie schon, Vater, Mutter und Hans, alle vollständig angekleidet, als seien sie gar nicht zu Bett gegangen. Nur ich im Morgenmantel, aber keiner sah mich an. Es war gespenstisch. Sie hatten sich vor den Volksempfänger gesetzt. Dabei haßt mein Vater den Apparat. Doch jetzt ist alles anders. Es mußte etwas Schlimmes passiert sein, warum sonst lauschten wir mitten in der Nacht dem Rauschen im Äther, der Orchestermusik – und erschraken, als jene unverkennbare Stimme erklang, die Stimme des Führers. Was er sagte, ließ mir das Blut in den Adern gefrieren. Es hat ein Bombenattentat gegeben. Einige Offiziere steckten dahinter. Mein Vater atmete schwer ein und aus, griff sich an die Brust, daß ich mir Sorgen machte. Mama versuchte, ihn zu beruhigen, doch auch ihr Gesicht zuckte. Nur Hans saß da und grinste. Dabei gab es doch wirklich nichts zu grinsen. Ich hörte Adolf Hitlers Worte, harte Worte, aber ich konnte mich nicht konzentrieren. Immer wieder mußte ich Hans ansehen, seine Augenklappe, sein Grinsen, das immer breiter wurde. Sein gesundes Auge schien zu glühen. Plötzlich sprang er auf, lachte lauthals und stürmte davon. Auch hinten auf der Treppe hörte ich ihn noch lachen.

„Der arme Junge", sagte Mama abwesend. Papa schnaubte verärgert.

Später, als ich mich unruhig im Bett wälzte und lange keinen Schlaf fand, hörte ich Schreie im Treppenhaus. Papa und Hans hatten Krach – es ist nicht der erste, seit mein Bruder zurück ist. Doch diesmal spürte ich, wie todernst es den Beiden war. Hans schrie etwas von »Vorsehung« und immer wieder, immer lauter „sein Werk", „sein Werk", „Teufelswerk" sei das, „dieser Dämon" treibe uns noch alle in den Tod. Was er sich anmaße, brüllte mein Vater zurück. Hans sei ja keinen Deut besser als diese „Saboteure", „Hochverrat" sei das, eine Todsünde, und es sei nur gut, daß er krank ist, sonst ... Eine Tür knallte, dann herrschte Stille. Totenstille!

Ach Karl, warum kannst Du jetzt nicht hier sein, bei mir? Alles ist vergiftet. Wie kann es je wieder besser werden? Bleibst wenigstens Du besonnen? Ja, ich weiß, das bleibst Du! Morgen muß ich Dich unbedingt sehen. Dann mußt Du mich ganz fest in den Arm nehmen. Halt mich nur richtig fest, liebster Karl! Ich brauche Dich so sehr! Wenn wir zusammen sind, ist alles gut. Nur mußt Du auch immer bei mir bleiben. Tust Du das Karl? Oder stimmt, was Papa sagt: Daß jetzt noch mehr Männer in den Krieg müssen? Auch die jungen. Auch Du, obwohl Du auf dem Gut gebraucht wirst? Lieber sterbe ich, als Dich ziehen zu lassen. Ich bete zu Gott, daß es nicht so weit kommt. Und daß dieser Tag endlich vergeht. Ich kann es nicht erwarten, Dich wiederzusehen. Warte nur, bis ich Dich umarme. Dann laß ich Dich nie nie wieder los ...

»Weißt du, was das hier ist?« Ich kann das Zittern in meiner Stimme nicht bändigen.

Peggy nickt. »Sie verlieren ihre Unschuld«, sagt sie nachdenklich.

Jetzt nicke ich. Die körperliche Unschuld mögen Klara und Karl schon zuvor verloren haben, in ihrem Kornfeld. In Liebe und Einverständnis, zärtlich, vielleicht etwas unbeholfen, weil es das erste Mal ist. Jedenfalls bricht nun die große Geschichte in ihre heile Welt ein. Die Idylle ihrer sommerlichen Heimat bekommt Risse, die Front ist nicht mehr irgendwo außerhalb, sie kommt näher, dringt nun auch in die Köpfe des jungen Paares.

Klara ahnt, was geschehen wird. Und Karls Einberufung wird spätestens mit diesem Tag an einem Schreibtisch irgendwo im Moloch der NS-Bürokratie angestoßen, *auf den Weg gebracht.* Für die Behörde ist Karl bloß eine Nummer, eine Zahl, addiert mit anderen, möglichst vielen – Nachschub für die Front, frisches Material. Wenn Hitler in seiner nächtlichen Rundfunkrede an die *»deutschen Volksgenossen und -genossinnen«* davon spricht, dass die Nationalsozialisten *»nun endlich aber auch im Rücken der Heimat die Atmosphäre schaffen, die die Kämpfer der Front brauchen«,* ist nicht nur die Hinrichtung der Widerständler um Graf von Stauffenberg gemeint, die Hitler als »kleine Clique« herunterspielt. Es ist auch eine Drohung an die *Heimatfront,* zumal Ostpreußens, wo das Attentat auf Hitler fehlschlug – nur gut hundert Kilometer von den Gütern Klaras und Karls entfernt.

Die Ereignisse des 20. Juli 1944 im Führerhauptquartier *Wolfsschanze* nahe Rastenburg erwischen das Liebespaar aus heiterem Himmel. Von jetzt an ist nichts mehr wie vorher, auch nicht zwischen den beiden Liebenden. Mitten in die sommerliche Hitze, die erste große Leidenschaft zweier junger Menschen, weht der kalte Hauch des Todes. Er lässt Klara und Karl einander umklammern, so eng und fest, als wollten sie untrennbar verschmelzen und für ewig eins werden.

Straßenkind | *Juni 2016*

Bald nach seinem kalendarischen Start nahm der Sommer 2016 Fahrt auf. In Leipzig sollten die Temperaturen über 30 Grad steigen, dem heißen Tag eine tropische Nacht folgen. Obwohl ich bereits früh morgens zum See fuhr, fand ich den Strand schon stark bevölkert vor. Wie ärgerlich; ich hatte vergessen, dass am Wochenende die großen Ferien beginnen würden. Sicher ließen die meisten Schulen den Betrieb schon auslaufen, zeigten Filme oder gaben einfach unterrichtsfrei. Was sollte man die kostbare Zeit auch in stickigen, abgedunkelten Klassenräumen verbringen, wenn draußen Sommer, Seen und Sonne lockten?

Ich setzte mich etwas abseits in den kurzen Schatten eines Strauches und überlegte, ob ich überhaupt bleiben wollte. Lange würde der Schatten ohnehin nicht halten. Ganz altmodisch hatte ich mein schwarzes Notizbuch mit den roten Ecken dabei. Ich hatte es in einem Kramladen entdeckt. Es erinnerte mich an meine Studienzeit. Damals füllte ich genau solche Büchlein mit Aphorismen, Gedichten und Kurzgeschichten. Leider sind mir die meisten abhandengekommen. Ich weiß aber noch, dass ich damals Peter Handke verehrte. Ich mochte seine Art zu schreiben, besonders die kleinen, scheinbar zusammenhanglosen Alltagsbeobachtungen hatten es mir angetan, die aus dem

Munde der Engel in »Der Himmel über Berlin« eine fast surreale Wirkung erhielten. Vielleicht hätte ich den einen oder anderen Text jetzt gut gebrauchen können. Ich wusste nicht warum, aber ich merkte, dass ich angespannt war. Etwas zu schreiben würde mir guttun, ein paar Fingerübungen, lose Ideen sammeln, bevor ich vielleicht ein neues Buchprojekt anginge.

Weil mir der Verlag einen üppigen Vorschuss gezahlt hatte, konnte ich erst mal ohne Sorgen leben. Wenn mein neuer Roman ein Erfolg werden sollte, würde ich schon bald einen weiteren nachliefern müssen. Dafür wollte ich mich jetzt schon wappnen. Isa hätte bestimmt gelacht. Sie hatte mir dringend geraten, Urlaub zu machen. Im Herbst sei nämlich Schluss mit dem süßen Leben, da müsse das Pferdchen auf die Bahn, hatte sie gesagt und mir einen Klaps auf den Po gegeben. Ich hasste sie dafür und stellte mir eine Sprechblase vor, garniert mit lauter Totenköpfen, Blitzen und Explosionen. Ich hatte es aufgegeben zu protestieren.

Gerade wollte ich mein Notizbuch aufschlagen, da sah ich Meli kommen. Sie war nicht allein. Stimmte es also doch: Neben ihr ging der vermeintliche Taxifahrer, der mir gedroht hatte. Wegen Meli. Sie winkte mir zu. Die Beiden kamen näher. Meli lächelte freundlich, ihr Begleiter sah genervt aus, er schien sie zurückhalten zu wollen, doch sie riss sich los und rannte die letzten Schritte.

»Hey du! Auch mal wieder hier. Ist das nicht ein geiles Wetter?« Meli tänzelte auf der Stelle. Verrückte Meli. So süß. Ein Schatten fiel auf ihr lachendes Gesicht. Ohne ihn anzublicken, stellte sie mir ihren Begleiter vor, den ich ja bereits kennengelernt hatte: »Das ist Yudel. Yudel, das ist Fabi.«

Ich stand auf und streckte ihm die Hand hin. Er spuckte nur zur Seite und sah weg.

»He, was soll'n das? Hab ich was verpasst?« Melis Gesicht hatte sich verfinstert, wirkte dadurch fremd und falsch an ihr. Yudel hob den Kopf, sah jetzt aus wie ein stolzer Araber. Er trug ein schwarzes Basecap, Schirm nach hinten, als wollte er seinen Pferdeschwanz schützen. Auch Hose und Hemd waren schwarz, doch anders als ich, schien er nicht zu schwitzen. Dabei brannte die Sonne erbarmungslos vom fast wolkenlosen Himmel. Die Situation bekam etwas Absurdes. Ich musste an Camus' Roman denken, den wir in der Schule auf Französisch gelesen hatten, an den Mord am Strand unter der prallen Sonne Algeriens, an die Beiläufigkeit der Tat und die Gleichgültigkeit (l'indifference) des Protagonisten. Konnte ich es damals nicht nachvollziehen, bekam ich jetzt eine Ahnung davon, wie solche Situationen entstehen können, und Umstände, in denen Menschen unberechenbar werden, in denen auch ich mich nicht wiedererkennen und zu allem fähig wäre.

Aber Meli war ein Engel. Irgendwie schaffte sie es, den bärtigen Heißsporn zu besänftigen. Er trat einen Schritt auf mich zu, gab mir kurz die Hand und nickte knapp. Meli zuckte entschuldigend mit den Achseln, sagte ein knappes »Na dann«, schon schoben die Beiden ab Richtung Ufer.

Ich hatte genug vom Strand, der Schatten war auch fast verschwunden. Immer mehr Menschen strömten zum See. Wie die Lemminge. Es war, als schwämme ich gegen den Strom. Fabian, der Antilemming.

Auf dem Heimweg kam ich an dem Café vorbei, in dem ich Isa das erste Mal getroffen hatte. Jetzt saßen alle draußen, süßer Tabakqualm stand über den Köpfen der zumeist jungen Leute. Einige von ihnen sahen aus wie Yudel, aber keine wie Meli. Sie ist wirklich ein nettes Mädchen. *Nett, was soll das heißen: nett?* Mein Bruder wieder in meinen Gedanken. In den letzten drei Monaten hatten wir uns auseinandergelebt. Sicher, Blut ist dicker als Wasser, aber noch hatte ich keine Neigung, ihn wiederzusehen. Er war mir eine Erklärung schuldig, verdammt noch mal!

Fast war ich am Café vorbei, da entdeckte ich einen freien Tisch in der Sonne. Nicht lange, und auch dort würde Schatten sein. Ich setzte mich, um gleich wieder aufzuspringen. Der Stuhl war aus Aluminium und hatte sich so aufgeheizt, dass ich mir den Hintern verbrennen würde. Kein Wunder, dass hier niemand sitzen wollte. Ich zog mein Badetuch aus dem Rucksack und breitete es über Lehne und Sitzfläche aus.

»Liege belegen is nich, Freundchen!« Hinter mir ertönte vielstimmiges Gelächter.

»Haha, sehr witzig!«, rief ich und drehte mich um. Vor mir stand die punkige Kellnerin und grinste.

»Haste meen Klopfen nich jehört? Dit is'n Grill. Wollte ick dir jerade verklickern, wa. Polster kannste knicken. Die kriejen nämlick Beene hier!« Sie sagte den letzten Satz besonders laut und mit tadelndem Blick an die jungen Leute gewandt, musste dann aber selber lachen. »Wat willste denn trinken?«

»Ein großes Bier bitte.« Meine Zunge klebte am Gaumen.

»Draußen jibbet nur Halbe. Und abholn kommste selba, wa? Hier is heute Selbstbedienung. Ick bin janz alleene.«

Ich folgte ihr einfach, die jungen Leute schüttelten die Köpfe, einige zeigten auf mein Handtuch und lachten. Zwei zerplatzte Kaugummiblasen später, knallte sie den Bierkrug auf den Tresen.

»Macht n Fünwa.« Ich gab ihr einen Zehner, musste an Meli denken. Aber anders als von ihr kriegte ich Restgeld raus. Unbesehen ließ ich die Münzen in der Jeanstasche verschwinden und schnappte mir den Krug.

»Heute ohne Isa?« Die Kellnerin grinste. »Hast wohl jedacht, ick erkenn dich nich, wa?«

Ich war tatsächlich überrascht. Andererseits fiel ich auch heute aus dem Rahmen der sonstigen Kundschaft. Nicht wegen des Handtuchs; ich war älter als alle hier und wahrscheinlich sah ich auch aus wie einer, der nicht von hier kommt, nicht hierhergehört.

»Ne. Isa hab ich auch schon lange nicht mehr gesehen. Weiß gar nicht, wo die steckt.«

»Aber icke!« Die Frau reckte sich zu mir. »Im Sommer haut se immer ab aus Leipzig. Da wird et ihr hier zu stickig, sacht se. Wenn ick mich nich janz täusche, isse in Norwejen. Sie liebt det Land, schwärmt jeesmal, wenn se wiederkommt, von den – na, sach schon, nich Lofoten ...«

»Von den Fjorden?«

»Jenau! Bilder davon hat se mir aber noch nie jezeigt, ick kenn die aber aus'm Prospekt. Wär ick ooch mal jern.

Aber sie hat mir bis jetzt nich einjeladen. Und so dicke wie Isa hab ick et leider ooch nich. So und jetzt Abmarsch, ick mach den Typen draußen mal Beene. Sitzen wolln se alle und ihr Zeug roochen, aber nüscht konsumiern. Chef brüllt nachher bloß wieder rum, wenn er in det schwarze Loch von Kasse kiekt.«

Ich nahm meinen Krug und begab mich begleitet von vielfachem Grinsen zu meinem Handtuch-Platz. Euch wird die Häme gleich vergehen. *Nett, die Kellnerin – stopp, Bruderherz, ja, sie ist nett!* Wäre ich ihr Chef, wäre ich nachsichtig mit ihr. Aber es ist gut, dass ich kein eigenes Geschäft habe wie mein Bruder. Immer mein Bruder. Wird Zeit für eine Aussprache ...

Die Sonne war schon lange hinter dem Gebäudekomplex des Cafés verschwunden, doch abgekühlt hatte es sich nicht. Ich zeigte mich als vorbildlicher Kunde, saß bereits bei meinem fünften Bier. Die nette Kellnerin hatte mir die letzten beiden sogar an den Tisch gebracht. Eigentlich sollte ich nicht so viel trinken, ich hatte nicht viel gegessen. Das Notizbuch lag vor mir, ohne dass ich auch nur eine Zeile zu Papier gebracht hätte. Zu viele Gedanken kreisten in meinem Kopf, um meinen Bruder, um Isa, meinen Roman. Und Meli.

Meli? Sie stand vor meinem Tisch. Allein, ohne ihren Yudel. Sie zeigte auf den Stuhl links neben mir, ich rückte ihn ihr hin. Meli lächelte, aber ihre Augen wirkten traurig. Sie nahm meine Hand in beide Hände.

»Das mit Yudel da am See tut mir leid. Er kann ein solcher Arsch sein. Macho durch und durch. Kubaner, halt. Aber das entschuldigt nicht sein Verhalten.«

»Hey, lass mal.« Ich merkte, dass ich schon leicht lallte. Meli schien das nicht zu stören.

»Ne, ich find das nicht okay. Yudel kann so lieb sein, so zärtlich. Doch er ist so schnell eifersüchtig.« Meli seufzte. »Aber man kann wohl das eine nicht ohne das andere haben.«

»Ist doch gut. Er zeigt dadurch immerhin, dass er dich liebt. Was willst du mehr?«

Meli zuckte mit den Schultern. »Mag sein. Ich spüre es leider nicht immer. Außerdem bin ich ganz schnell abgemeldet, wenn wieder was abgeht. Neulich hat er auf sein Handy geschielt, während wir uns liebten. Ich konnte nicht anders, hab ihn weggestoßen. Sorry, ich sollte dir das gar nicht ...«

»Nein, erzähl weiter. Jetzt wird's doch erst richtig interessant. ... Entschuldige.«

»Schon gut. Du kannst zuhören und du lachst nicht über mich - das gefällt mir. Weißt du, ich liebe Yudel, er imponiert mir und ich finde ja gut, was er macht. Gegen die Nazis kämpfen, die Bonzen, die uns die Wohnungen wegnehmen und so. Aber ich weiß nicht, was *ich* für Yudel bin. Er will nicht, dass ich mitmache, hält mich immer außen vor. Dabei machen doch auch andere Frauen mit. Das ist nix für mich, sagt er, ich soll gut zu ihm sein und ihn auf meine Weise unterstützen. Das ist mir zu wenig. Wenn er doch nur einmal sagen würde, dass er mich liebt! Das Wort

Liebe kommt ihm nicht über die Lippen, ich nehme auch das spanische Wort.«

»Yudel kommt aus Kuba, sagst du?« Ich wollte noch einen Schluck nehmen, doch Meli nahm mir das Glas aus der Hand und leerte es in einem Zug.

»Ah, das tut gut. Bestellen wir noch was?«

Als ich mit zwei Bierkrügen zurückkam, flirtete Meli gerade mit einem jungen Mann am Nebentisch.

»Du lässt aber auch nix anbrennen, oder?« Ich prostete ihr zu. Sie nippte diesmal nur an ihrem Glas, leckte sich absichtlich langsam den Schaum von den Lippen. Hörte ich Stöhnen am Nebentisch? Ich musste lachen.

»*Cariño* sagt er immer zu mir – Schatz, Süße, Schätzchen oder so. Ich kann kein Spanisch. Lern ich auch nicht, solange er nicht sagt, dass er mich liebt. Er nimmt mich nicht ernst. Aber irgendwann zeige ich es ihm. Dann wird er mich nicht mehr abhalten. Was hattest du vorhin gefragt?«

»Ob es stimmt, dass Yudel aus Kuba kommt.« Melis Erzählungen hatten mein Interesse geweckt. Über sie hatte ich plötzlich mit Leuten zu tun, vor denen die Konservativen und natürlich die Rechten warnten. Und fast schien es, als seien Teile der Leipziger Bürgerschaft auf dem rechten Auge blind. Dabei war die Gewalt zuletzt eindeutig von rechts gekommen.

»Kuba? Ja und nein. Seine Eltern kommen von da, waren Gastarbeiter in der DDR. Als Yudel noch klein war, fiel die Mauer. Er ist älter als ich. Trotzdem hat er genauso wenig davon mitbekommen wie ich. Die Familie musste dann nach Kuba zurück. Zurück in ihr altes, ziemlich ärmliches Leben. Yudel wurde ein *niño de irgendwas*, ein *Kind der Straße* oder *Straßenkind*, er nennt sich noch heute so, nur dass er jetzt für Gerechtigkeit kämpft. Vor ein paar Jahren kam er nach Leipzig zurück, eigentlich nur, um zu verstehen, wo er geboren war. Und dann ist er geblieben. Dabei hasst er die Deutschen! Die Deutschen ganz allgemein und besonders die Nazis. Das, was hier am elften Januar passiert ist, hat ihn so wütend gemacht, dass ich nicht weiß, was passiert, wenn er einen von den Glatzen wiedersieht. Er ist zu allem entschlossen, auch, jemanden zu töten.«

Ich wusste, auf was Meli anspielte, obwohl ich von den Ereignissen des 11. Januar und den anschließenden Diskussionen nur gelesen hatte. Dass hunderte Neonazis und Hooligans Connewitz überfallen und dort äußerst brutal randaliert hatten, war mir trotz der Nachbarschaft des berüchtigten Stadtteils zu meiner behaglichen Wohnung kaum nahegegangen. Zu sehr war ich im Glück mit meinem Buch und dem Verlag gewesen – und Isa.

Meli trank einen großen Schluck. Der junge Mann am Nebentisch glotzte immer noch herüber, doch sie beachtete ihn nicht mehr. »Weißt du, ich liebe Yudel wirklich. Aber in letzter Zeit macht er mir Angst.«

Später brachte ich Meli bis fast vor ihre Haustür. Das letzte Stück wollte sie alleine gehen. Ich sollte auch diesmal nicht erfahren, wo genau sie wohnte. Es war mir recht. Das, was sie über Yudel erzählt hatte, machte mir Sorgen. Meli tat mir leid. Für mich war sie kein »Kind der Straße«. Sie hatte einen anderen Mann verdient. Nicht mich, das war mir heute klar geworden. Ich fand sie immer noch anziehend, aber während unseres Gesprächs im Café hatte sich unser Verhältnis gedreht, von einem Flirt zwischen Mann und Frau zu einem Gespräch unter Freunden. Oder mehr noch zu einem zwischen Vater und erwachsener Tochter.

An diesem Abend kam ich mir furchtbar abgeklärt vor. Zum ersten Mal in meinem Leben spürte ich den unumkehrbaren, unabänderlichen Sog des Alterns. War heute der Wendepunkt, der einsame Gipfel, an dem alle Hoffnung, Zuversicht und Erwartung an ihren Höhepunkt gelangten und nun in ihr Gegenteil kippten? Ich spürte ihn fast körperlich, wie diesen Moment ganz vorne in der Achterbahn, wenn das schwerfällige Steigen endet, um kurz und ewig zugleich in der Schwerelosigkeit des Scheitelpunkts zu verharren wie das erste windstille Einmünden in den Orgasmus, ein Nippen am Nichts, bevor sich alles im Vollrausch zur Erde neigt, der Fall ungleich rasanter als der Aufstieg ist, der Zyklus mehrmals wiederkehrt, dabei zusehends schwächer wird, abebbt, abflaut – ablebt.

Aussprache | *Juli 2016*

»Gibst du wenigstens zu, dass du mit Isa in der Kiste warst?« Ich hatte ihn endlich in die Enge getrieben. Jetzt gab es keine Ausflüchte mehr. Mein Bruder sah mich aufgebracht an.

Wie so oft in westfälischen Sommern war es draußen schnell kühl geworden und so saßen wir in einer unscheinbaren Münsteraner Kneipe, die an diesem Abend menschenleer war, weit genug vom Tresen und den Ohren des Wirtes entfernt. Unser Bier stand ohne Schaum im Glas, wir waren einfach nicht zum Trinken gekommen.

»Na und wenn? Was wäre schlimm daran? Sie ist deine Lektorin, nicht deine Geliebte. Oder seh ich das falsch?«

»Ach, Flo, das hatten wir doch schon. Du weißt, welches Verhältnis wir haben ... hatten. Ich will einfach nur wissen, ob ihr es gemacht habt oder nicht. Ist das so schwer zu verstehen?«

»Aber warum willst du das wissen?« Flo setzte seinen ahnungslosen Blick auf.

»Ganz einfach, weil du mein Bruder bist. Und weil ich finde, dass wir ehrlich zueinander sein sollten. Du weißt doch, was wir uns nach dem Tod unserer Eltern versprochen haben: Nichts und niemand soll uns auseinanderbringen. Ich finde, Isa hat es fast geschafft.« Das saß. Flo blickte Hilfe suchend an mir vorbei.

»Und wenn ich dir sage, dass ich mit Isa nichts hatte? Na, jedenfalls nicht so, wie du denkst. Wirst du mir dann glauben?«

»Dann sag mir, warum du so lange so seltsam warst, mir ständig ausgewichen bist und dich wochenlang nicht gemeldet hast?«

»Na hör mal, dazu gehören doch wohl zwei. Hast du dich denn gemeldet?«

»Da siehst du's, du weichst schon wieder aus. Wie hättest du denn reagiert, wenn du eine solche Nachricht bekommst? Ich weiß immer noch nicht, was du damit gemeint hast: Es habe sich gelohnt, ich werde schon sehen und: ‚Isa ist die beste.‘?«

»Ach das … Ich war eben euphorisch. Wir hatten ein tolles Gespräch, waren uns so einig über dein Buch. Und wenn du es unbedingt wissen willst: Wir haben die ganze Nacht über dem Text gebrütet. Isa wollte eine zweite Meinung. Von einem, der dich kennt. Und bevor du mir jetzt an die Gurgel springst: Wir haben nichts Wesentliches an deinem Roman geändert, ich glaube sogar, dass er jetzt den richtigen Schliff hat. Auch deshalb, weil ich einige Änderungen von Isa wieder rückgängig machen konnte. Stell dir vor, sie wollte die Szene mit den kuriosen Missverständnissen ganz streichen. Die ist ja nun wirklich wichtig.«

Während Flo sprach, gärte es in mir, am Ende sprang ich auf und hätte ihm fast eine verpasst. Flo hob abwehrend die Arme.

»Hör mal, wenn ihr euch kloppen wollt, geht ma schön nach draußen, is dat klar?« Die verrauchte Stimme des Wirts hallte durch das leere Lokal. Sie milderte meine Wut etwas ab. Nach einigem Zögern setzte ich mich wieder; ich musste Flos Worte erst verdauen.

»Hör zu, Fabi«, sagte mein Bruder ruhig, fast beschwörend. »Ich schreibe Isa jetzt gleich 'ne Message. Sie soll dir das Manuskript noch mal schicken. Andererseits: Der Fahnenausdruck müsste längst draußen sein. Hast du noch nichts bekommen?«

»Nein!« Meine Stimme überschlug sich. »Meinst du, ich hätte überhaupt mal was von Isa gehört? Sie ist wie vom Erdboden verschluckt. Angeblich ist sie in Norwegen. Aber das erfahre ich natürlich nicht von ihr selbst, sondern von einer Kellnerin. Echt jetzt!« Ich schlug mit der Faust auf den Tisch, was ein lautes Räuspern aus Richtung Theke bewirkte.

Flo wollte meine Hand berühren, doch ich zog sie weg.

»Okay, gleich morgen ruf ich im Verlag an und frag nach dem Fahnenausdruck. Ich kümmere mich, versprochen!« Flo blickte mich flehend an, es tat ihm offensichtlich wirklich leid.

»Okay«, mein Zorn fiel in sich zusammen, »ich geh jetzt ins Hotel. Keine Widerrede! Morgen erwarte ich eine PDF in meiner E-Mail. Ich melde mich dann.«

Mein Bruder hob die Arme, als kapitulierte er. So ließ ich ihn sitzen.

Ich hatte das erstbeste Hotel am Hauptbahnhof genommen. Niedergeschlagen saß ich an dem schmalen Schreibtisch des zweckmäßig eingerichteten Zimmers. Mein Kopf dröhnte, mir war schlecht. Der Klare aus der Minibar verschaffte mir etwas Linderung. Lustlos zappte ich das Fernsehprogramm durch, blieb an einem Nachrichtenkanal hängen. Ein bayrischer Unionspolitiker sprach sich für ein härteres Durchgreifen der »Staatsgewalt« aus – ein Wort wie *Stahlgewitter*, es passte nicht zu dem, was ich unter Demokratie verstand. Ich wusste erst nicht, um was es ging. Um Flüchtlinge offenbar nicht. Das Studiobild wich Aufnahmen von einer Demonstration. Ein Laufband am unteren Bildrand verriet, dass es in Berlin gewaltsame Ausschreitungen gegeben hatte und viele Polizisten verletzt worden waren. Dutzende Demonstranten seien festgenommen worden. Ob auch sie verletzt wurden, sagte die Reporterin nicht. Ein Gebäudedach kam ins Bild, fünf Kapuzenträger hielten bengalische Lichter hoch, einer schleuderte seines nach unten. In der nächsten Einstellung warfen schwarzvermummte Menschen Steine auf gepanzerte Polizeifahrzeuge. Einsatzkräfte in Schutzkleidung, mit Schilden in der einen und Knüppeln in der anderen Hand rückten wie eine Armee vor. Wasser spritzte von hinten über sie hinweg, riss einige der Vermummten weiter vorne von den Beinen. Da geschah es: Die Kamera fuhr auf einen am Boden liegenden Demonstranten zu, vor ihm kniete eine weitere Person. Sie riss sich die Sturmhaube vom Kopf und hob die Faust. Die blonden Haare, der schmerzverzerrte Blick – »Meli!«, rief ich laut und sah, wie sie von zwei Polizisten gepackt und abgeführt wurde. Ein Polizeisprecher kam ins Bild, ich hörte nicht mehr, was er sagte. Meli, süße Meli, was machst du nur? Hast du es also doch getan? Ich musste raus hier.

Erst nach stundenlangem Umherirren in der kühlen Nachtluft meiner Heimatstadt, durch bekannte und weniger bekannte Straßen, beruhigte ich mich. Dann stand ich schlotternd vor dem Buchladen, vor unserem Haus. Oben im Schlafzimmer meines Bruders brannte noch Licht. Konnte er also auch nicht schlafen? Hinter dem Vorhang ein Schatten, dann ein zweiter, sie verschmolzen miteinander. Ach, Flo, dachte ich, du wirst dich nie ändern ...

Am nächsten Morgen erwachte ich aus einem kurzen, traumlosen Schlaf. Die Ziffern am Fernseher zeigten bereits zehn Uhr. Ich beschloss, in Ruhe zu duschen und zum Frühstücken in das Bahnhofscafé zu gehen. Doch zuerst checkte ich meine E-Mails. Tatsächlich: Mein Bruder hatte geschrieben, im Anhang befand sich eine PDF-Datei. Na also, ging doch. Planänderung: Nach dem Check-out setzte ich mich mit meinem Notebook in die Hotellobby. Keine Zeit für ein Frühstück. Eine freundliche junge Frau vom Service brachte mir eine Tasse Kaffee »auf Kosten des Hauses«, die ich dankbar annahm. Es wurden noch drei weitere. Man ließ mich so lange sitzen, wie ich wollte. Und während Gäste kamen und gingen, flog ich fiebrig durch den Text.

Am frühen Nachmittag war ich fertig, mein Magen knurrte, außerdem zitterte ich vom vielen Koffein und musste auf die Toilette. Am Waschbecken kühlte ich mein Gesicht, hielt meine Handgelenke unter das laufende Wasser, trank in gierigen Schlucken davon. An der Rezeption warf ich einen Zehner in die Kaffeekasse, was die Rezeptionistin mit einem dankbaren Lächeln quittierte. Ich ließ mir ein Taxi kommen und fuhr zum Buchladen meines Bruders. Der kühlen Nacht war ein heißer Sommertag gefolgt, die Sonne brannte von einem wolkenlosen Himmel, durchstach die Fenster des Taxis, dessen Klimaanlage auf Hochtouren lief.

Im Schaufenster befand sich bereits ein Aufsteller in Herbstlaubfarben, mit einem küssenden Paar als Schattenriss. Darunter in roter Schreibschrift: *Dieser Herbst wird heiß. Wer lesen kann, wird es erleben* ... Nun denn. Ich betrat den Laden, der um diese Zeit oft ohne Kundschaft blieb. Flo stand am Regal für Reiseliteratur und sah mir mit bangem Blick entgegen. Mit drei schnellen Schritten war ich bei ihm, hob meine Hand, als wollte ich ihm drohen – und während er zurückwich, ließ ich meine Hand wieder sinken, nahm ihn nach langer Zeit endlich wieder in den Arm.

Verschmelzung | *Sommer 1944/2018*

Der Juli ist schöner denn je. Wir sahen uns beinahe jeden Abend an unserer Koppel, immer kurz nach dem Abendbrot, bei dem ich mich ungeduldig und appetitlos zum Essen zwang und gerade so viel nahm, dass meine Eltern zufrieden waren. Schon vor den Treffen mit Karl war ich bei den Pferden, auch wenn sie sommertags draußen bleiben können und nur bei drohendem Unwetter in die Stallungen müssen. Und trotzdem blieb meine Veränderung nicht unbemerkt. Mein Vater mustert mich bei Tisch immer wieder durch sein Okular, das ihn strenger erscheinen lässt, als er ist. Ich liebe ihn für seine Güte, die er sich trotz seiner Verbitterung bewahrt hat. Ich weiß, dass sein Bein ohne Unterlass schmerzt, obwohl da jetzt eine Prothese ist. Er hat es im Krieg verloren, den Deutschland selbst verloren hat, was Papas eigentlicher Schmerz ist. Wenn meine Mutter mich ansieht, lächelt sie oft wissend in sich hinein und denkt vermutlich an ihre eigene Jugend. Ich weiß, dass sie romantischer ist, als sie zugibt. Sie liest gerne (das habe ich von ihr). Anders mein Vater: Er sagt immer, dass man mit „Flausen im Kopf" keinen Hof führen kann. Und Hans? Ach, mein Bruder ist mit sich selbst beschäftigt, hat an nichts Interesse. Zum Glück für Karl und mich. Ältere Brüder wollen ja sonst immer die kleine Schwester beschützen.

An diesem herrlichen Sonntag treffen wir uns am Strand. Ob Karl wieder den Korb mit Leckereien dabei hat? Schon von Weitem sehe ich, dass wir nicht allein sein werden. Das schöne Wetter hat auch andere ans Haff gelockt. Viele in meinem Alter. Ich erkenne Gesa, die Tochter vom Nachbarhof, mit der ich zur Schule gegangen bin. Wir sehen uns ab und zu in der Kirche, reden dann über dies und das, aber als eine Freundin würde ich sie nicht bezeichnen. Gesa ist in Begleitung eines anderen Mädchens und damit beschäftigt, die Neckereien einer Gruppe von Jungen abzuwehren. Sind das nicht die Freunde von Karl? Ich verstecke mich hinter einem Gebüsch, höre es neben mir rascheln und dann einen Pfiff. Karl! Er hockt im Schatten eines kleinen Baumes, den Korb im Arm, und winkt mir zu. Geduckt schleiche ich zu ihm.

„Wie dumm von mir, war ne blöde Idee." Er wirkt zerknirscht. „Eigentlich klar, daß die jetzt alle hier sind. Ich kenne eine Stelle am Haff, nicht weit von unserem Hof. Da sind zwar mehr Mücken, aber besser die als die ganzen Menschen hier."

Wir nehmen unsere Pferde, gehen ein Stück mit ihnen, sitzen schließlich auf und reiten am Haff entlang nach Westen. Die Gegend kenne ich nicht gut, aber Karl bringt sein Pferd in den Galopp. Wie ich das liebe! Flecki auch, das spüre ich. Ewig könnte ich so reiten, den warmen Wind in den Ohren, den Duft von Heu in der Nase. Doch wenig später haben wir unser Ziel erreicht. Karl hat nicht zu viel versprochen: Der kleine Strand liegt hinter einer Böschung mit Sträuchern, ein Flecken Sand zwischen hohem Schilf wie abgeschirmt von der Welt, ganz allein für uns. Wir machen uns über die Leckereien her, Karl hat an alles gedacht, zaubert eine Köstlichkeit nach der anderen aus der Satteltasche hervor. Wie gut das Brot von seiner Mutter schmeckt, die Wurst. Von den gekochten Eiern bekommt er Schluckauf, er muss etwas trinken. Also köpfen wir die Mostflasche, er nimmt kleine Schlucke aus ihr, sein Adamsapfel hüpft dabei auf und ab, dann reicht er mir die Flasche, doch ich habe keinen Durst. Später geht er mit Unterhemd und kurzer Hose ins Wasser, will, dass ich auch komme. Doch mein Kleid ist mir zu schade, um es nasszumachen, außerdem habe ich Angst, danach zu frieren. Er lacht, spritzt kleine Fontänen nach mir, sagt, es sei herrlich erfrischend. Dann zucken wir beide zusammen. In der Ferne ist ein Grollen zu hören. Ich luge durchs Schilf. Dunkle Wolken türmen sich über der Nehrung.

Karl kommt aus dem Wasser. „Du bist ja ganz blass. Keine Bange, das kann auch noch abdrehen."

„Nein, das ist nicht gut. Wir müssen uns beeilen, das Gewitter ist schon ziemlich nah."

Karl schlottert, hat überall Gänsehaut. Ich packe alles ein und lege die Decke um seinen nassen Körper.

„Vielleicht hast du recht", sagt Karl.

„Mein Vater hat es heute bei Tisch gesagt. Er irrt sich nie. Und er hat gesagt, dass ich in der Nähe bleiben soll, um die Pferde rechtzeitig in den Stall zu bringen. Wie konnte ich nur so die Zeit vergessen?"

„Bei uns macht das der Stallbursche." Karl sieht mich verwundert an.

„Das ist schön für euch. Unsere Leute haben heute frei." Ich bin etwas ungehalten und in Sorge; ich habe meinem Vater versprochen, mich zu kümmern.

„Dann also los", sagt Karl. Er greift nach seinen Sachen und zieht sich hastig an. Die Decke knotet er wie einen Umhang um seinen Hals. Wie kindisch er jetzt wirkt – und wie männlich zugleich. Wie ein Ritter.

Wir nehmen denselben Weg zurück, biegen aber weiter vorne ab. Wieder ist es Karl, der voran reitet, dabei hätte er längst zu Hause sein können. Natürlich will er mich nicht allein reiten lassen. Inzwischen ist die Sonne verschwunden, das Grollen wird lauter. Als wir die Koppel erreichen, beginnt es schon zu tropfen. Aus Richtung Haff kommt Wind auf, Blitze zucken vor der schwarzen Wand am Horizont. Karl nimmt beide Pferde, hält sie stramm an den Zügeln, was sie ruhiger werden lässt. Langsam geht er auf die anderen Pferde zu. Sie wirken nervös. Ich folge ihm. Er schafft es, sie zu beruhigen und zu uns zu locken. Der Braune trabt auf ihn zu, die anderen kommen hinterher; ich laufe voraus und öffne das Gatter. Obwohl Blitze und Donner immer näherkommen, bleiben die Tiere ruhig, sie scheinen Karl zu vertrauen und fast bin ich ein wenig eifersüchtig.

Als wir die Stallungen erreichen, regnet es bereits in Strömen. Die Pferde begeben sich von ganz alleine in ihre Stände, Karl führt seinen Wallach zu Flecki – keine Sekunde zu früh, denn jetzt steht das Unwetter genau über unserem Hof. Ein Blitz zuckt und im nächsten Moment knallt es schon. Unmengen Wasser trommeln auf das Dach. Giftig-grünes Licht fällt durch die kleinen Fenster in den Stall, lassen ihn ganz unwirklich erscheinen. Die Tiere sind unruhig. Ich schließe die Stalltür und bete, dass unser Hof verschont bleibt. Karl scheint das Unwetter nicht sonderlich zu beeindrucken, er redet weiter beruhigend auf die Pferde ein. Dabei ist seine

Stimme kaum zu hören, so laut prasselt der Regen auf das Dach. Die Tiere dampfen, wir beginnen, sie trocken zu reiben. Auch das scheint sie zu beruhigen. Und bald werden die Abstände zwischen Blitz und Donner wieder größer, der Regen lässt nach; das Gewitter zieht langsam ab.

Ein Streifen Licht fällt in den Stall, die Tür hat sich geöffnet. Der Wind, denke ich, doch dann sehe ich den Schatten: Mein Vater steht im Eingang. Zum Glück ist Karl in einem der hinteren Stände. Ich laufe meinem Vater entgegen, damit er ihn und sein Pferd nicht entdeckt.

„Es ist alles in Ordnung, Papa!", rufe ich laut. „Die Pferde sind wohlauf!"

Jetzt dürfte Karl gewarnt sein und hoffentlich kommt er jetzt nicht aus der Deckung. Es wäre der unpassendste Moment, um sich vorstellen. Mein Vater macht zum Glück keine Anstalten, weiter in den Stall zu gehen. Und während es noch von Ferne grollt, entspannen sich seine Gesichtszüge langsam.

„Das war aber auch höchste Eisenbahn", brummt er noch etwas unwirsch und stößt den Stock auf das Pflaster. „Wenn die Pferde trocken sind, komm ins Haus, sonst holst du dir noch den Tod."

„Keine Sorge, Papa, ich beeil mich."

Mit einem Räuspern dreht er sich um und verlässt den Stall. Karl lugt zwischen Flecki und seinem Pferd hervor.

„Ist die Luft wieder rein?"

„In jeder Hinsicht", lache ich und gehe auf ihn zu. Ich bin so erleichtert und dankbar, dass ich Karl umarme. Er hat nicht damit gerechnet und so fallen wir beide ins Stroh, den Pferden zu Füßen, die schnaubend zusammenrücken – so wie

wir. Verdutzt sehen wir uns an, Karls Pupillen weiten sich,
dann spüre ich seine Lippen auf meinen und die Welt um
uns versinkt.

An der Wand gegenüber schimmert bläuliches Licht. Es hat
die verzerrte Form der Fensteröffnung, durch die jetzt der
Mond scheint. Wir betrachten das schimmernde Trapez,
das den Raum auf eine kalte, fast unheimliche Weise
erleuchtet. Ich sehe Peggy an; sie blinzelt mich ungläubig
an. Ich richte mich etwas auf, ihr Kopf rutscht aus meiner
Armbeuge auf die alte Matratze. Ich will etwas sagen, doch
sie legt den Zeigefinger über ihre Lippen und dann über
meine. Immer noch tropft es neben uns in die Ruine, in die
große Pfütze, die beinahe an uns heranreicht – zum Glück
ist unser Teil des kaputten Hauses überdacht. Trotz der
unwirtlichen Umgebung sind wir eingeschlafen. Peggy
greift nach dem Handtuchbündel, in dem sich die alte
Ledertasche mit den Briefen befindet und legt es sich unter
den Kopf. Jetzt lächelt sie und zieht mich sanft zu sich, zu
ihren wunderschönen Lippen.

Anders als zuvor hatten wir uns zum Lesen nach draußen
begeben. Auch wir wollten den Sommer spüren, wie ihn
Klara und Karl erlebten. So saßen wir an einem unwegsa-
men, aber abgeschiedenen Teil des Seeufers. Peggy las in
Klaras Tagebuch, das mit dem Erwachen ihrer Liebe zu
einem *Erzählbuch* geworden war und sich in meinem Kopf
zu einem neuen Roman verdichtete. Peggy las, wie die Beiden am Haff den ersten Donner hören, und im selben
Moment grollte es hinter uns. Wir sahen uns überrascht an,

doch Peggy las weiter. Als ihr eine Windböe beinahe das Blatt aus der Hand riss, war Klara Karl gerade in die Arme gefallen. Die ersten Regentropfen fielen; wir schnappten uns unsere Handtücher. Peggy wickelte die Tasche mit den Dokumenten in ihres und wir begannen zu rennen – in die falsche Richtung. Egal, nur weg vom See.

Peggy zitterte vor Angst, hielt die umwickelte Tasche wie ein Schild umklammert. Der Wind zerrte an uns, als wir vom See weg die Straße hochrannten, nirgendwo ein Vordach entdeckten und die Bäume aus gutem Grund mieden. Ich versuchte Peggy an der Hand mitzuziehen, doch sie war nicht so schnell und keuchte bereits heftig, das Handtuch mit der Tasche mit einem Arm vor die Brust pressend, was ihre Bewegungen steif und unbeholfen machte. Als die Tropfen immer dichter fielen und die Blitze immer öfter am schwarzen Himmel zuckten, schrie Peggy, zog ihre Hand abrupt aus meiner und streckte ihren Arm aus. Ich hörte nicht, was sie rief, aber ich erkannte am Ende eines schmalen Feldweges etwas Graues. Sie war schon losgelaufen. Ich folgte ihr. Die Sträucher am Wegesrand fauchten und bogen sich im Wind, es war, als wollten sie nach uns greifen, während wir uns der Ruine eines kleinen Bauernhauses näherten, dem sämtliche Fenster und Türen fehlten und das halbe Dach.

Als Peggy, ohne zu zögern, im Eingangsloch verschwand, musste ich kurz an ein Horrorhaus denken, folgte ihr aber, ehe es über uns fast zeitgleich blitzte und krachte. Peggy stand zitternd in dem Teil, der uns Schutz bieten und trocken bleiben würde. Neben uns prasselte der Regen ungehindert in das Gebäude. Dicke Tropfen spritzten vom

Boden in alle Richtungen, sammelten sich schon bald in einer Pfütze. Die Ruine schien bis vor Kurzem noch eine Art Zuflucht gewesen zu sein, denn auf dem Boden lag eine Matratze, daneben Zigarettenkippen und leere Weinflaschen. Das Fenster war hier mit Brettern vernagelt, was den Raum zwar vor Nässe und Wind schützte, ihn aber auch abdunkelte. Es roch nach Schimmel, altem Mörtel und kaltem Rauch. Wir achteten nicht darauf, waren froh, dem Gewitter zu entkommen. Unsere Köpfe und Herzen waren noch voll von dem eben Gelesenen, das sich hier und jetzt zu wiederholen schien.

In der Ruine sackte Peggy zusammen, ich fing sie auf und legte sie auf die Matratze. Sekunden später kam sie wieder zu sich, sah mich aus großen Augen an. Ich beugte mich über sie, wagte es aber nicht, sie zu küssen. Doch Peggy legte ihre Hand in meinen Nacken, zog meinen Kopf zu ihrem Mund, hielt mich fest und öffnete ihre Lippen zu einem Kuss, in dem sich alles entlud, was unsere Hemmungen uns bis dahin versagt hatten. Ob es das Gewitter war, das in diesem Moment ebenso enthemmt über uns toste, uns einander noch enger umschlingen ließ oder die unbändige Liebe aus Klaras Tagebuch, die in uns aufzuleben schien: Noch nie hat mich eine Frau so geküsst wie Peggy in der sturmumtosten Ruine. Auf geradezu magische Weise erlebten wir, was wir noch wenige Minuten zuvor gelesen hatten, was ich im Kopf schon weiter fabulierte. Es war, als käme unsere Zeit zum Stillstand, als höbe sich im selben Moment die Schwerkraft auf, als ließe sie uns los und zurückfallen in die Vergangenheit, in den Pferdestall des Jahres 1944. Wir sind jetzt Karl und Klara, es ist vollkommen still. Wie schön sie ist. Ihre Lippen kommen immer näher. Sie berühren meine – im selben Moment werden wir zurückgeschleudert.

Nein, wir träumen nicht. Hier sind Peggy und Fabian. Wir sind in Leipzig, im Sommer 2018. Und während auch das Gewitter der Gegenwart grollend wegzieht, kommen wir zusammen und verschmelzen zu einer neuen, unserer eigenen Liebesgeschichte.

Entgleisung | *Herbst 2016/August 2018*

In den folgenden Augusttagen entwickeln sich die Dinge anders als erhofft. Während Peggy und ich uns abwechselnd in die Geschichte von Karl und Klara und unsere eigenen Liebesspiele vertiefen und ich aus beidem endlich meinen großen, noch geheimen Liebesroman entwickle, steht plötzlich Isa vor der Tür. Sie fackelt nicht lange, drückt mir ihre Lippen auf den Mund, greift an meine Boxershorts, schnurrt wie eine Katze, schon ist sie an mir vorbei.

»Na, Liebling, hast du mich ...« Das Wort »vermisst« flüstert sie nur noch. Sie starrt auf Peggy, die sich ein Kissen vor den halb nackten Körper hält und dadurch noch schutzloser wirkt. Beide Frauen erstarren für einen Moment, als würde ein Film angehalten; das Bild brennt sich mir ein und wahrscheinlich nicht nur mir. Schließlich dreht Isa auf dem Absatz um, zeigt mir den Vogel und verlässt schnellen Schrittes die Wohnung. Peggy ist perplex, schnappt sich ihre Sachen und zieht sich an, ohne mich anzusehen. Ihr Gesicht ist rot, als schäme sie sich.

»Hör mal ...« Meine Stimme ist heiser, mein Mund trocken.

Peggy hebt abwehrend eine Hand, mit der anderen schiebt sie die Tagebuchblätter in die Tasche.

»Es ist nicht, was du denkst«, höre ich mich sagen und komme mir vor wie der beim Seitensprung ertappte Partner in einer billigen Soap. Mit zusammengepressten Lippen und gesenktem Blick schiebt sich Peggy an mir vorbei. Fast anklagend leise fällt die Tür ins Schloss.

Auf dem Tisch vibriert mein Handy. Isa. Ich gehe nicht ran. Doch sie gibt nicht auf; wieder und wieder schnarrt das Gerät. Entnervt nehme ich den Anruf entgegen.

»Was?!«, schreie ich. Ich höre das Geräusch einer wegfahrenden Straßenbahn, dann Wind- und Atemgeräusche. Isa scheint gerade ausgestiegen zu sein. Sie sagt nichts, atmet nur zittrig in ihr Handy, als gehe sie schnell. Ich will auflegen, doch meine Wut lässt mich nicht.

»Was fällt dir ein, einfach reinzuplatzen? Und so zu tun, als ob ... MANN! Das mit uns vorbei! ALSO WAS WILLST DU?«

Ich höre weiter ihren hektischen Atem, es ist, als pustet sie mir ins Ohr. Es stört mich. Ich will sie endlich wegdrücken, da höre ich ihre Stimme.

»Tut mir leid. Ich wusste ja nicht ... Ich dachte ...« So kleinlaut kenne ich Isa nicht. Bisher war sie immer obenauf. Und ihre letzten Anrufe waren eine Litanei an Vorwürfen und Drohungen. Alles drehte sich nur noch um das neue Buch, das ich bis jetzt schuldig bleibe, den Vertrag, eine mögliche Kündigung, Rückforderungen – längst schon nicht mehr um Sex. Sie selbst hat mich doch fallen lassen, es nie gesagt, aber mich spüren lassen: Dass ihr Hengst lahmt, sie maßlos enttäuscht, ihr die Lust an mir nimmt. Ein Loser hat keinen Platz mehr an ihrer Seite – und sei es auch nur für Sex. Umso verwunderter und wütender bin ich, dass sie mich hier und heute überfallen hat, als könne sie nach Lust und Laune über mich verfügen, als hätte sie noch irgendeinen Anspruch auf meinen Körper.

Das Ende war nicht abrupt gewesen. Eher wie ein zähes Ringen. Obwohl sich die vermeintliche Affäre zwischen Isa und meinem Bruder scheinbar in Luft aufgelöst hatte, ihre Begegnung meinem Roman aber auch unbestreitbar zu Gute gekommen war, stand seither etwas zwischen uns, das unseren Sex zwar nicht belastete, ihn aber irgendwie abgeklärter machte. Immer häufiger widerstand ich ihren Annäherungen. Sie wirkte weder sonderlich beeindruckt, noch schien sie beleidigt zu sein. Der Herbst 2016 nahte und damit die Veröffentlichung meines Buches.

Dann war es so weit: Die Präsentation auf der Frankfurter Buchmesse geriet zu einer wahren Show. Der Verlag hatte das Cover quasi zum Leben erweckt und die Bühne in eine Blumenwiese verwandelt: Die künstlichen Gräser und Blumen, in denen ich zusammen mit Isa und dem Verleger saß, fanden ihre Fortsetzung in einem stimmigen Wiesen-Panorama auf einer leicht gebogenen Leinwand in Cinemascope-Format. Milde Scheinwerfer suggerierten sommerliches Licht und sogar Wind- und Vogelgeräusche mischten sich in die Chillout-Klänge aus den Lautsprechern. Mir behagte die aufwendige Inszenierung gar nicht, ich fand sie übertrieben und kitschig. Doch offenbar hatte der Verlag einen Nerv getroffen. Nicht nur das Fachpublikum, darunter mein völlig verzückter, pausenlos grinsender Bruder, sondern auch die interessierte Leserschaft fand sich zahlreich am Stand des Verlages ein. Und hatte ich am Anfang noch Lampenfieber gehabt, so verlor es sich schnell, je mehr das Publikum applaudierte und je länger die Schlange der vornehmlich jungen Leserinnen wurde, die für eine Widmung anstanden. Isa zwinkerte mir belustigt zu, mied aber den direkten Kontakt zu meinem Bruder, der sich wiederum viel Zeit für Gespräche mit ausnehmend hübschen Frauen nahm.

Anders als der Rummel um mein Buch vermuten ließ, wurde es abends einsam um mich. Ich hatte keinen Spaß an Partys und Besäufnissen an der Bar, merkte auch, wie das Interesse schnell anderen Menschen und Themen galt, und so verabschiedete ich mich vorzeitig auf mein Hotelzimmer.

Isa sah ich jetzt nur tagsüber. Es kümmerte mich auch nicht, was sie sonst so trieb. Sie machte ihre Sache gut, war nicht nur eine gute Lektorin, sondern auch eine packende Präsentatorin. Außerdem hatte sie einen guten Draht in die Kritikerszene (wie gut, wollte ich mir nicht ansatzweise ausmalen), was wohlmeinende, teils sogar begeisterte Rezensionen zur Folge hatte. Aufreibende Wochen lagen vor mir, mit Lesereisen durch ganz Deutschland und auch durch Österreich und die Schweiz – der Verlag befeuerte mit meinem Roman das Weihnachtsgeschäft. Mit Erfolg. Doch obwohl ich stets von den hübschesten Frauen umgeben war, lebte ich wie ein Mönch. Es war paradox: Ich begeisterte Menschen mit einer fiktiven Liebe, die ich im wirklichen Leben nicht fand. Schon gar nicht mit Isa. Weihnachten und Neujahr 2017 tauchte ich ab. Flo machte nur einen halbherzigen Versuch, mich nach Münster zu locken. Er hatte wohl Besseres zu tun. Isa auch.

»Es war so etwas wie eine Verzweiflungstat. Kannst du das nicht verstehen?« Ein lautes Rauschen ist zu hören. »Warte kurz, hier verstehe ich mein eigenes Wort nicht.«

Ich habe Zeit, mich abzuregen, höre wie Isa sich von der Quelle des Lärms entfernt; es wird ruhiger, aber nun hat ihre Stimme Hall.

»So, jetzt ist es besser. Ehrlich gesagt, hab ich überhaupt keine Lust mehr, dir in den Hintern zu kriechen. Du musst selber wissen, was du tust oder nicht tust. Schreib jetzt endlich dieses Buch! Und lass die Finger von billigen Weibern, die dir nur deine Zeit stehlen. Ernsthaft: Das ist doch nicht dein Niveau, du könntest doch …«

Wortlos drücke ich sie weg. Gerne hätte ich Isa gesagt, dass ich wieder schreibe, dass das nächste Buch eine der schönsten Liebesgeschichten seit Langem erzählen wird. Aber nicht so. Dass ich meine neue Schreiblust nicht nur Peggys Dokumenten, sondern auch ihr selbst, meiner Liebe zu ihr und überhaupt der Entdeckung der Liebe zu verdanken habe, hätte ich ihr sowieso nicht auf die Nase gebunden.

Als ob sie so etwas versteht. Sie soll sich erst mal abregen, dann werde ich es ihr sagen, ganz nüchtern und sachlich. Wie es eben einem professionellen Vertragsverhältnis entspricht. Und jetzt muss ich mich um Peggy kümmern.

Trennung | *1944/2018*

*Die Sonne geht auf. Die Vögel haben sie schon begrüßt, als
der Himmel im Osten sich gerade erst zartrosa färbte und
das Blau der vergehenden Nacht, das ihrem Anfang, der
blauen Stunde unserer Abende, gleicht, endgültig übermalte.
Länger als sonst habe ich bei Flecki gestanden, meiner neuen
Komplizin. Ich habe sie gefragt, wie sie Karl findet und was
sie von unserer Liebesfreundschaft hält, und es war, als
würde sie mich aufmunternd stupsen, was sie genau genommen aber immer tut, wenn ich morgens in den Stall komme,
um sie und meine anderen Lieblinge zu versorgen. Die Hüh-
ner gackern nur geschwätzig umher, sehen mit schrägem
Blick zu, wie ich ihre Eier nehme, was ihnen einerlei ist, denn
ihren Hahn hat der Harem an den Fuchs verloren. Prinz,
der alte Schäferhund, hat nicht einmal geblinzelt, es einfach
geschehen lassen, auch heute liegt er nur dösend vor seiner
Hütte und beachtet seinen gefüllten Napf nicht.*

*Jetzt sitze ich in meinem Zimmer und betrachte die son-
nenbeschienene Gardine, die sich in der Morgenbrise bauscht.
Die Vögel zwitschern, aber längst nicht mehr so viele wie im
Frühling, auch das Klappern der Störche höre ich nicht mehr,
das meine ersten Treffen mit Karl so oft begleitet hat. Das
Nest auf dem Mast, direkt an der Weggabelung, deren
Abzweig in die Gegend von Karls Hof führt. Was wäre das*

Ermland ohne unsere Störche? Bald ziehen sie gen Süden. Die ersten Male haben wir uns an diesem Mast getroffen, uns über den Nachwuchs gefreut, drei flauschige Federbälle, die wir von unten mehr erahnen als sehen konnten.

Wie anders der Frühling diesmal war, wie viel schöner der Sommer als sonst! Und auch wenn Karl seine Zuneigung anfangs mit Albernheiten überspielt hat, mit seinen Zähnen klapperte und seinen Hals zurückbog wie ein balzender Storch, kindisch und doch so liebenswürdig, spürten wir bei aller Ausgelassenheit, wie sehr wir uns anzogen – wie aus Zuneigung Liebe wurde. Ja, ich liebe ihn, anders kann ich nicht fassen, was ich tief in mir beinahe schmerzvoll empfinde.

Warmer Wind streicht über mein Gesicht. Er bringt einen Hauch von Herbst mit. Der Sommer geht auf sein goldenes Ende zu. Nicht selten hat er sich schon über Nacht verabschiedet. Karl und ich müssen immer noch viel arbeiten und dennoch sehen wir uns beinahe jeden Abend an der Koppel, sei es auch nur für eine Viertelstunde. Oft habe ich Prinz dabei, der den Auslauf braucht. Manchmal kommt es vor, dass Karl oder ich kurzfristig nicht kann. Dann legt einer für den anderen eine Nachricht in den hohlen Baum, den wir in der Nähe entdeckt haben. So sagen wir uns trotzdem lieb gute Nacht, auch wenn wir die Nachricht beim nächsten Treffen gemeinsam lesen. Papier ist geduldig, sagt Papa manchmal. So sei es. Und mehr! Ich schreibe eben gerne, setze Worte in die Welt, liebe Worte, von denen ich glaube, dass sie Karl so eher erreichen, als würde ich sie nur denken.

Mein Herz wird schwer, wenn ich an gestern Abend denke. Karl war anders als sonst. In seinen Augen, die sonst so *liebevoll und zuversichtlich blickten, erkannte ich Sorge, ja Angst. Er war unruhig, bat mich, mit ihm auf seinem Pferd vor ans Haff zu reiten. Ich setzte mich vor ihn, stütze mich auf, während er die Zügel hielt, mich dabei kaum berührte. Dabei spürte ich seinen Atem im Nacken, seine Wärme in meinem Rücken. Den ganzen Weg machten wir in Schritt und Trab, sprachen in dieser halben Ewigkeit kein Wort. Immer wieder setzte ich zu einer Frage an, der einen Frage, was denn mit ihm sei. Ich ahnte es ja, und ich bebte innerlich bei dem Gedanken.*

Wir gingen zu der kleinen Düne, die hier seltsam fremd wirkte, so als hätte sie es nicht auf die andere Seite der Nehrung geschafft, zum richtigen Meer. Hier waren wir vorher noch nie gewesen. Warum ausgerechnet heute Abend? Mir wurde immer banger, Karl wirkte noch bedrückter, hielt den Kopf gesenkt. Wir wagten nicht, uns anzusehen, standen nebeneinander und blickten auf das schwarze Wasser des Haffs. Als die blaue Stunde, in der wir uns diesmal nicht küssten, bereits dunkler wurde, brach es endlich aus ihm heraus.

Karl muss an die Front, schon sehr bald, schon morgen. Ich war wie gelähmt, als er es aussprach. Morgen! Warum so schnell? Hatte er den Befehl so spät erhalten? Karl schwieg. Hatte er mich schonen wollen? Was tat er mir jetzt an? Morgen! Weit weg von mir, von seinem Hof, seiner Mutter, seinen Leuten, die ihn doch alle brauchen. Aber das Vaterland steht über allem, seine Verteidigung nach Osten fordert jetzt alle Kraft. *Worte meines Vaters, Worte des Gauleiters Koch, Worte Hitlers. Worte, die mir Angst machen, mich lähmen. Schon flüchten sie aus dem Memelland hierher zu* uns. Und dorthin musst du? Guter, lieber, armer Karl? Gibt es denn keinen anderen Weg. Lieber Gott, hilf uns!

Ich sehe meinen Vater vor mir, die Genugtuung, die er empfand, als unsere deutschen Landsleute wieder kamen. Als „Garanten unserer Heimat", als „Schutzmacht" und für ein einziges Reich ohne den „unsäglichen" Korridor. Unser „Lebensraum" müsse jetzt mit allen Mitteln verteidigt werden. Jeder Soldat werde gebraucht – er könne ja nicht mehr, Hans ebenso wenig. Aber Karl, denke ich ...

Papas Augen funkeln, wenn er so spricht. Die von Karl und mir füllten sich an diesem Abend mit Tränen. Und so heftig ich mich gegen die Nachricht sträubte, so verzweifelt ich mit meinen Fäusten auf seine Brust trommelte, so unaufhaltsam sickerte die schreckliche Gewissheit in mein Herz.

Endlich standen wir erschöpft beieinander, hielten uns im Arm, hier auf unserer Düne, sahen nicht das Haff, die Nehrung, sondern nur uns, und weinten, statt uns zu küssen. So gerne hätten wir geglaubt, wir blieben verschont und dieser Sommer könne ewig dauern, hier am friedlichen Haff, weit weg vom Krieg und von allem, was jetzt auch unsere Welt in den Abgrund reißen will.

Trotzdem weiß ich, wie stark unsere Liebe ist, sie wird uns ein Schild sein, uns beschützen, auch wenn wir getrennt sind, uns stützen, wenn der Boden schwankt. Das habe ich Karl gesagt und er hat genickt, sogar gelächelt und mir endlich einen langen Kuss gegeben. Er schmeckte salzig.

So hat Klara vielleicht ihren Abschied von Karl empfunden. Meine Fantasie dichtet ihren Tagebucheintrag um, der seltsam nüchterner ist – so, als hätte sie sich Tapferkeit beweisen, sich selbst zur Vernunft rufen wollen, den Vater vor Augen und vielleicht auch eine zwar nicht empfundene, aber tröstende Einsicht in die höhere Notwendigkeit und die Bedrohung, die langsam auch das Ermland erreichte, wenn auch niemals offen ausgesprochen werden durfte.

Während ich diesen Text schreibe, zerpflügt mich ein nie gekannter Trennungsschmerz. Drei Tage habe ich Peggy schon nicht mehr gesehen. Es ist still über mir; unzählige Male klopfe ich oben, ohne dass sich etwas regt, egal, zu welcher Zeit ich es versuche. Tag und Nacht sitze ich an meinem Notebook und schreibe – übersetze das Gelesene aus dem Kopf in meine neue Erzählung. Die Erinnerungen Klaras verdichten sich in meiner Fantasie. Neue, von mir erfundene, kommen hinzu, füllen die Lücken; ich versuche, mich einzufühlen in ihre Welt, ihre Empfindungen und die große Liebe zwischen ihr und Karl. Noch immer habe ich ein schlechtes Gewissen, aber mehr und mehr spüre ich, dass ich diese Geschichte schreiben muss. Wenn ich aufhöre, endet alles – auch meine Liebe.

Angestrengt lausche ich nach oben, höre aber nur den dumpfen Straßenlärm, öffne am Morgen kurz die Fenster, um wenigstens etwas Sommerfrische hereinzulassen. An den See zieht es mich nicht, zu sehr ist er jetzt mit Peggy verbunden, mit unserem *ersten Mal*. Auch diese Erinnerungen dichte ich bereits um, sie finden von ganz allein ihren Weg in meine Geschichte. Seite um Seite füllt sich, die Buchstaben tanzen vor meinen Augen wie Mücken in der Abendsonne. Aber wenn ich uns sehe, wie wir im Schilf liegen, uns in den letzten wärmenden Strahlen küssen, uns lieben, macht alles einen Sinn, bald klebt das, was ich schreibe, nicht länger an der alten Geschichte, sie schlüpft aus ihrem Kokon und wird zu einer ganz neuen, zu *unserer* Liebesgeschichte. Während ich schreibe, wird meine Sehnsucht immer größer, sie beginnt zu schmerzen. Ich sehe Peggy vor mir, wie sie lacht, ihren schönen Mund, ihre Zähne wie Perlen, wie sie mich hält – und wie ich sie wegstoße ...

Bis in meine Träume verfolgt mich dieses Bild. Dabei habe ich das doch gar nicht getan. Sie selbst wollte nicht mit sich reden lassen, hat sich in ihr Schneckenhaus zurückgezogen.

»Hey«, rufe ich laut, »ich brauch dich doch!«

Ich schiebe Zettel unter ihre Tür. Nichts passiert. Ich schreibe weiter, spüre, dass der Fluss langsamer und schon bald versiegen wird.

Was immer mit Karl passierte, was Klara auf ihrer Flucht erlebte, wie sie ausgerechnet nach Leipzig kam, statt in den Westen, in die junge Bundesrepublik, wo bald nach dem Krieg wieder vieles aufblühte, *westbunt* wurde statt *ostgrau* – mir fehlt die weitere Handlung. War es wegen Karl? Hat sie ihn am Ende doch wieder in die Arme schließen können? Mein Gefühl sagt mir, dass sie ihn nie mehr wiedersah. Dass sie ihr Leben zweckmäßig organisierte, sich arrangierte, und mit einem anderen Mann zusammenlebte, hier in Leipzig, weit weg von ihrer ehemaligen Heimat, weit weg von Karl, ihrer eigentlichen Liebe. Wenn es sich so verhielt, würde ich nicht mehr viel zu erzählen haben. Nein, die Geschichte muss weitergehen – so wie die von Peggy und mir. Und anders als unsere, die fast so scheint, muss die von Klara und Karl ein Ende haben. Ein schönes. Ob ich eines erfinden sollte? Dürstet die Welt nicht nach *Happy Endings*, nach Erfüllung und Glück? Streben nicht alle Menschen danach? Und wollen nicht auch jene, die so zwanghaft die Dystopie herbeireden, in Wahrheit die Utopie? Nein, das Schicksal von Klara und Karl ist mitnichten besiegelt. So viele Fragen sind offen, so viel Hoffnung noch nicht zerstört. Es gibt keinen Ausweg: Ich muss wissen, was damals geschah. Und ich habe eine Idee ...

Es knallt laut am anderen Ende der Leitung, als ich meinem Bruder die erlösende Nachricht durchtelefoniere, dass mein Buch bereits zur Hälfte, mindestens, fertig ist. Ich müsse ihn entschuldigen, lacht er, aber da könne einem schon mal das Buch aus der Hand fallen. Was für eine Erleichterung das doch sei, wie sehr er sich freue, wie gespannt er auf meine Geschichte sei, auf die große Liebe, darum gehe es doch? *Ja, darum geht es, aber nicht einfach so.* Ich umreiße meinem Bruder den Kontext, erzähle ihm von den Dokumenten, die mir durch Zufall in die Hände gefallen sind, er wisse ja: die alte Dame von oben und die Nichte, die ich kennengelernt habe, aber die eigentliche Nachricht, dass ich sie in ihr womöglich gefunden habe, die große, die wahre Liebe, enthalte ich ihm vor. Alles zu seiner Zeit. Ich hoffe, wir finden sie wieder.

»Da hör ich's ja wohl«, ruft Flo unvermittelt und übertrieben. Ich stutze. Sagte er das nicht immer, wenn ich jemanden kennengelernt hatte, mich aber noch sibyllinisch gab und mir trotzdem nicht sicher sein konnte, ob er mein Versteckspiel nicht längst durchschaute. Auch jetzt gerade? Ein düsterer Gedanke pflanzt sich in mein Hirn: Hat Isa ihm brühwarm von ihrer Begegnung mit Peggy und mir erzählt? Ich weiß ja, dass Flo und sie weiterhin Kontakt haben – natürlich rein beruflich und *nur zu meinem Besten*. Ich bin mir sicher, sie hat nichts Nettes darüber gesagt. Schon *nett* war Flo ja immer zu wenig, wie urteilt er wohl über Peggy?

»Bist du noch da?«, fragt er.

Ich atme tief ein, weiß nicht, was ich sagen soll, vergesse fast, weswegen ich ihn eigentlich angerufen habe, bin erleichtert, als es mir wieder einfällt und ich die schlechten Gedanken beiseiteschieben kann.

»Tust du mir einen Gefallen und recherchierst für mich was?«

»Kommt drauf an«, sagt er neckisch. »So in Liebesdingen etwa? Da bin ich sofort dabei!« Er lacht laut. Offenbar ist keine Kundschaft in der Nähe.

»Ich muss dich leider enttäuschen. Um mein Buch überhaupt fertig zu kriegen, muss ich wissen, wie es weiterging nach der Flucht, ob die alte Dame ihren Liebsten je wiedergesehen hat und so weiter.«

»Und wieso soll ich das recherchieren? Das kannst *du* doch viel besser, du verhinderter Historiker.« Flo wirkt unwillig.

»Ja und nein. In den Dokumenten gibt es Hinweise, wohin es diese Klara nach ihrer Flucht verschlagen hat. Sie war wohl eine Weile in einem dänischen Flüchtlingslager, das finde ich vielleicht selber noch raus. Aber was ich weiß ist, dass viele dieser Flüchtlinge später in unsere Heimat kamen, speziell nach Münster. Und es gibt heute sogar eine

Städtefreundschaft zwischen Münster und Braunsberg, dem heutigen Braniewo. Ist das nicht toll?«

Mein Bruder hat schweigend zugehört, hakt jetzt ein: »Ach so, da komm ich also ins Spiel. Nur weil ich vor Ort bin? Wofür gibt's denn Internet?«

»Genauso ist es: *weil du vor Ort bist!* Ich sag dir auch gleich warum. Ist das denn machbar für dich – auch jetzt bald?«

»Hm, wenn es nicht zu aufwändig ist …«

»Erinnerst du dich an Elsbeth und Werner, die Freunde unserer Eltern? Haben die nicht immer erzählt, wo deren Eltern herkamen? Ich meine sogar, dass Elsbeth in so'nem Verein von Vertriebenen ist. Willst du die mal besuchen? Die würden sich sicher freuen – besonders, wenn *du* kommst.«

Während ich rede, sehe ich die Beiden vor mir, sie waren fast wie Verwandte, doch schon vor dem Tod unserer Eltern haben wir sie nach und nach aus den Augen verloren. Soweit ich weiß, wohnen sie immer noch in der Nähe von Münster. Jedes Jahr zu Weihnachten schicken sie eine Postkarte mit einem aktuellen Bild von sich. Ob Flo sie alle aufbewahrt hat? Ihr Liebling Flo; gerade Elsbeth – selbst kinderlos – hat meinen kleinen Bruder immer ganz besonders gemocht.

»Mach das doch!«, ermuntere ich ihn.

»Na gut«, stöhnt er. »Ich melde mich!«

Zufrieden lege ich mein Smartphone auf den Tisch. Er ist so leer ohne die Dokumente und Fotos. Wie meine Wohnung ohne Peggy. Wir hatten noch einige Seiten vor uns, wenn auch nicht mehr viele. Vielleicht war es das, was

Peggy noch mehr verunsicherte als der unvermittelte Auftritt meiner Lektorin: die Angst, dass mit dem Ende der Liebesgeschichte Klaras und Karls auch unsere enden könnte. Warum aber träume ich jede Nacht von Peggy – so wie nie von Isa oder einer anderen Frau? Das ist neu und zeigt mir, wie tief und ehrlich meine Liebe ist. Wenn ich meine Gefühle doch nur so ausdrücken könnte, dass sie endlich wieder aus ihrem Schneckenhaus kommt – in meine Arme.

Lieber Fabian!

Es war wunderschön mit dir und ich habe es als großes Geschenk empfunden, dich kennenzulernen, deine Zärtlichkeit, deine Fantasie und deine geradezu Karlsche Zuversicht. Du hast mir in schweren Stunden beigestanden, dafür liebe ich dich. Nein, nicht nur dafür. Und ja, ich finde, wir stehen Klara und Karl in nichts nach. Die Zeiten sind nur andere, ob bessere, weiß ich nicht. Vielleicht haben Klara und Karl ihre Liebe gerade aus den Widrigkeiten ihrer Zeit geschöpft.

Auch du lebst nicht für dich oder mich allein. Meinst du, ich wüsste nicht, wie sehr du unter Erfolgsdruck stehst. Natürlich ahne ich, nein weiß ich, dass du heimlich an „Karl und Klara" sitzt, deinen neuen Roman vielleicht sogar so nennen möchtest. Ich bin nicht so blöd, dass ich nicht merke, wie glücklich du gerade bist, wo du doch noch vor Wochen nicht schreiben konntest. Bei allem Verständnis: Du enttäuschst mich sehr! Und das gleich mehrfach.

Einmal, weil du mich für so dumm hältst.

Dann, weil du mein Vertrauen missbrauchst, gegen dein Versprechen, weißt du noch?

179

Und schließlich, weil du offenbar gar nicht mich, sondern nur die Liebe selbst liebst, und die auch nur, um über sie zu schreiben.

Dabei dachte ich zuerst, ich finde in dir meine große Liebe, als würde der Zauber von Tante Klaras Erbe wirklich wirken und wahr werden. Zu schön war die Vorstellung, in dir Karl zu finden, so wie du in mir vielleicht Klara.

Es soll nicht sein. Wer weiß, vielleicht wäre ich dir gefolgt, hättest du unsere Geschichte aufschreiben wollen und einfach gedichtet, was wir zusammen noch erleben werden. Aber ich muss zugeben, dass das weniger attraktiv wäre. Wir sind keine Helden und diese Zeit hat wohl auch keinen Platz mehr für wahre Liebe.

Lass uns Schluss machen. Im Herbst werde ich ausziehen, die Wohnung verkaufen und Leipzig verlassen. Glaub mir, es ist besser so.

Danke für alles – zum Abschied schenke ich dir die Geschichte. Aber bitte entschuldige mich. Ich passe nicht da rein. Ich passe auch nicht in deine Welt. Das spüre ich genau, nicht erst, seit diese aufgeblasene Madame in deine Wohnung stürmte.

Auf gar keinen Fall sollst du dich für mich schämen ...

In Liebe

Peggy

P.S. Klingeln und Klopfen sinnlos. Bin weg.

Weg? Wohin denn? Ihr Brief war heute in der Post, abgestempelt in Berlin. Gegen alle Vernunft haste ich nach oben, hämmere gegen ihre Tür. Nichts rührt sich. Natürlich nicht.

Spätabends, als ich von einem frustrierenden Kneipenbesuch zurückkomme, sehe ich immer noch kein Licht in ihrer Wohnung, wie die Tage zuvor. Was habe ich denn erwartet? Dass sie lügt? Für heute bin ich durch, Isa hat mir den Rest gegeben.

Sie hat mich angerufen, als ich gerade an der Theke saß und das nächste Bier bestellte. Ich hätte sie einfach weggedrückt, wenn sie nicht so schlau gewesen wäre, ihre Nummer zu unterdrücken. Als ich *unbekannte Nummer* las, hatte ich die Hoffnung, es sei Peggy.

»Wer ist Peggy? Deine ...«

»Ach, Isa ...« Ich war enttäuscht. Aber vielleicht sollte ich ihr endlich sagen, was Sache ist.

»Warte mal, hier ist es gerade zu laut.« Ich ging mit dem Bierglas nach draußen, setzte mich auf einen Blumenkübel abseits. Isa schwieg tatsächlich.

»So, jetzt. Was gibt es?«

»Stimmt es, dass du endlich wieder schreibst?« Ihre Stimme klang ungeduldig und euphorisch zugleich. »Wie weit bist du denn?«

Ich seufzte. Was sollte das Versteckspiel? Wie ich vermutet hatte, war Flo schon aktiv geworden. Andererseits hatte sie ja ein Recht darauf zu erfahren, wie es um ihren Vertragspartner steht. Die Frankfurter Buchmesse konnte der Verlag sowieso schon knicken. Also erzählte ich ihr, was ich schon meinem Bruder berichtet hatte; auch jetzt ließ ich Peggy außen vor.

»Hört sich sehr gut an. Ich freue mich total! Denkst du denn, wir schaffen die Frühjahrsmesse?«

»Das kommt drauf an ...« Ich nahm einen kräftigen Schluck aus dem Bierglas. »Bisher bin ich gut vorangekommen, aber die Geschichte braucht ein Ende. Und das könnte sich schwierig gestalten.«

»Wenn ich etwas tun kann ...«

»Sag ich Bescheid, ja.« Ich war mir sicher, dass sie von meiner Bitte an Flo wusste. Von Flo natürlich. Sollten sie doch wieder gemeinsame Sache machen, meinetwegen auch auf anderer Ebene. Es war mir inzwischen egal. Solange sich beide aus meinem Privatleben heraushalten, soll es mir recht sein.

Ich bücke mich nach dem Schlüssel, der mir vor dem Schloss aus der Hand geglitten war. Wieder habe ich zu viel getrunken. Wenn ich nicht bald was von Peggy höre, könnte das zur Gewohnheit werden. Noch etwas hat sich geändert: Das Alleinsein bekommt mir nicht mehr.

Dämmerdeutschland | *März 2017*

Isa wusste doch, dass ich allein lebte, trotzdem schickte mir der Verlag zwei Karten. Einmal im Jahr, immer im Vorfeld der Leipziger Buchmesse, lud der Verleger höchstpersönlich Autoren, Gönner und Freunde des Hauses zu einem Gala-Dinner in einem der teuersten Hotels der Stadt und zahlte den Auswärtigen auch die Übernachtung. Über den Jahreswechsel 2016/2017 war mein Buch in den Top 10 gelandet; kein Wunder, dass ich auf der exklusiven Gästeliste gelandet war.

Den Gedanken, Flo meine Partnerkarte zu geben, verwarf ich schnell wieder. Ich hatte ja keine Ahnung, wie ein solches Gala-Dinner ablief. Isa gab sich einsilbig, wenn ich sie darauf ansprach, empfahl mir nur, mich »festlich« zu kleiden. Das stresste mich, denn das einzige und letzte Mal hatte ich zur Beerdigung meiner Eltern einen Anzug getragen, den ich deshalb auch nicht wieder tragen wollte. Ob ich mir einen leihen sollte? Ich erstand schließlich einen günstigen im Kaufhaus. Eine Krawatte oder Fliege kam nicht an meinen Hals.

Der Concierge musterte meine Karte länger als die der Gäste vor mir und sah mich dabei immer wieder argwöhnisch an. Anders als die anderen Gäste hatte ich den Mantel eigenhändig an der Garderobe abgegeben, so musste niemand um mich herumwuseln und um Trinkgeld betteln. Ohnedies scheinen Hotelbedienstete zu spüren, wer wichtig ist und wer nicht oder wer womöglich gar nicht dazugehört. Es hätte mich nicht gewundert, wenn mich dieser hier nach meinem Ausweis gefragt hätte. Als er mich mit einem knappen Nicken passieren ließ, drückte ich ihm meine Partnerkarte in die Hand und konnte mir den Satz nicht verkneifen, er solle sich doch einen schönen Abend machen, was er mit säuerlicher Miene parierte.

Im Saal führte mich eine junge Kellnerin an einen der zehn runden Tische, die festlich gedeckt und jeweils von einem Dutzend in Hussen gehüllter Stühle umstellt waren. Mein Platz befand sich etwa in der Mitte, mit Blick auf eine kleine Bühne, auf der sich zur rechten Seite hin ein blumengeschmücktes Rednerpult mit Mikrofon und einem Wasserglas befand. Das Programm würde also aus Essen und Reden bestehen, für mehr schien die Bühne nicht vorgesehen zu sein.

Ich hielt Ausschau nach Isa, sah sie aber auf Anhieb nicht. Auch der Verleger schien noch nicht da zu sein. Dafür räusperte sich jemand an meinem Tisch. Mir schräg gegenüber saß ein alter Herr mit Frack und Fliege, sein weißes, recht langes Haar war streng nach hinten gekämmt, was ihm ein aristokratisches Aussehen verlieh. Tatsächlich stellte er sich mir als ein »Von« vor. Ich vergaß den Namen sofort, so wie auch er sein Interesse an mir verlor, sobald ich meinen Allerweltsnamen nannte. »Herr von« war wie ich ohne Begleitung.

Aber am Ende blieb kein Platz leer. Ich beäugte verstohlen meine Nebensitzerin, eine dürre, grau melierte Dame in lindgrünem Abendkleid und mit zweifellos wertvollem Schmuck um ihren Hals, am Ringfinger und in den Ohrläppchen. Ihr Begleiter war ein feister, rotgesichtiger Herr ohne Hals, der seine glänzenden Backen wie ein Frosch aufblähte und sich dann und wann mit einem Stofftaschentuch den Schweiß von Mund und Stirn wischte. Er hatte pomadiges, akkurat gescheiteltes Haar, das hinten und an den Seiten so kurz war, dass es seiner speckigen, glattrasierten Bartpartie glich. Bevor ich die anderen Tischgenossen in Augenschein nehmen konnte, wurde das Licht gedimmt. Erst jetzt bemerkte ich die silbernen Leuchter mit den brennenden Kerzen auf jedem Tisch; sie gaben dem Raum eine rittersaalhafte und trotzdem gemütliche Note. Der Geruch von Weihrauch stieg mir in die Nase, die Erinnerung an verhasste katholische Hochämter, hier rührte es von einem schweren Damenparfum her, das mir kurzzeitig den Atem verschlug.

Auf der Bühne wurde es hell. Das Kommando für den Chef. Von der Seite federte ein schlaksiger, glatzköpfiger Herr in einem silbergrauen Anzug und schwarzem, locker aufgeknöpftem Hemd die drei Stufen hoch zum Rednerpult – der Verleger. Applaus brandete auf. Beschwichtigend hob der sichtlich geschmeichelte Gastgeber die Hände und klopfte zur Kontrolle zweimal an das Mikrofon, was ein kurzes Pfeifen verursachte. Während das Klatschen abebbte, atmete er hörbar aus. Er kostete die gespannte Stille noch etwas aus, rieb sich die Hände, als cremte er sie ein, und ließ seinen Blick zufrieden lächelnd über die Tische schweifen wie ein stolzer Feldmarschall über sein Heer. Ansatzlos ging sein Lächeln in ein joviales Lachen über.

Ich hatte meinen Verleger erst zweimal zu Gesicht bekommen, das letzte Mal auf der Buchmesse, und wir hatten seitdem vielleicht drei Sätze gewechselt. Fast schien es mir, als wollte mich Isa von ihm abschirmen, keine Ahnung warum. Mein Kontakt zum Verlag war Isa, die Lektorin, und nur sie. Über Interna schwieg sie sich aus, reagierte stets abweisend, wenn ich sie danach fragte. Sogar über die alljährliche Sause erfuhr ich erst über die Einladung mit den zwei Karten. Sehr wahrscheinlich hatte der Verlag sie verschickt, ohne dass Isa daran beteiligt war.

Wo steckte sie eigentlich? Ich sah mich um, blickte aber nur in unbekannte, fast durchweg alte Gesichter, hörte, wie der Verleger die Ehrengäste begrüßte. Klingende Namen, fast alle irgendwelche *Vons und Zus*, sogar ein Herzog befand sich unter den Gästen. Langsam fragte ich mich, was ich hier sollte. Mir wurde heiß, ich spürte Schweiß in meinen Hemdkragen tropfen. Ich leerte das Glas in einem Zug und hätte mich fast verschluckt, als ich hörte, was der Verleger sagte.

»Liebe Freunde, wir leben wieder in düsteren Zeiten. Unser schönes Land steuert erneut auf eine Diktatur zu. Wieder einmal schickt sich ein Volk an, jenen von Kant beschworenen *Mut, sich des eigenen Verstandes zu bedienen*, an der Garderobe jenes Theaters abzugeben, das sich Demokratie nennt und doch nichts anderes ist als eine Schmierenkomödie von Gleichmacherei und Unmündigkeit. *Sapere aude*, werte Herrschaften!«

Kunstpause, Beifall. Der feiste Mann an meinem Tisch klatschte besonders laut, rief »Bravo« und »Jawoll« und alle anderen nickten einverständig wie eine verschworene Gemeinschaft. Jetzt fühlte ich mich wirklich fehl am Platz, überlegte, ob ich unter einem Vorwand aufstehen und mich französisch verabschieden sollte. Die Stimme des Verlegers wurde lauter.

»Sagte ich Komödie? Nein, in Wahrheit ist es eine Tragödie! Die linke Phalanx aus Politikern, Ökofaschisten und Kommunisten treibt ihr fragwürdiges Spiel: wiegt uns hier in Sicherheit und schürt dort Ängste. Diese Verbrecher an unserem Volk wollen uns einschüchtern und gefügig machen – und die sogenannten *unabhängigen* Medien fressen ihnen aus der Hand wie dumme Schafe vor der Schlachtbank. Wo, frage ich, wo bleibt der Widerstand? Sicher, es gibt sie, die Aufrechten, sie sitzen hier – und es besteht Hoffnung, dass es immer mehr werden. Wir dürfen uns die Meinungsdiktatur aus Berlin und Brüssel nicht länger gefallen lassen. Wir müssen uns aus dem Joch der neuen Unmündigkeit befreien – unser schönes Land wieder denen geben, denen es gehört, den Deutschen, uns! Daran lasst uns gemeinsam arbeiten, liebe Freunde ...«

Die letzten Worte erstarben in lautem Klatschen und Johlen. Ich sah in verzerrte Gesichter, einige waren rot angelaufen. Wenn ich nicht bald hier verschwand, würde mir schlecht werden. Während der Beifall weiter toste, rückte ich meinen Stuhl vom Tisch ab und erhob mich. Neben unserem Tisch stand ein kräftiger, slawisch aussehender Kellner; er klatschte ebenfalls und reagierte nicht, als ich ihn nach der Toilette fragte. Dafür der Redner.

»Sie! Der Herr mit den blonden Haaren!« Er zeigte auf mich und augenblicklich wurde es still. Ich sah verwundert zur Bühne. »Ja, genau, Sie!«

Erschrocken sank ich auf den Stuhl zurück, in meinen Ohren pulsierte das Blut, mein Puls galoppierte davon. Alle Augen waren auf mich gerichtet. Der Kellner stand jetzt direkt neben mir, als wollte er mich bewachen.

»Tun Sie uns bitte den Gefallen und stehen noch einmal auf?!«

Ich war so verdutzt, dass ich der Aufforderung folgte.

»Dieser gutaussehende junge Mann hier ist …« Der Verleger sah auf sein Pult; man hörte das Rascheln von Papier. Da erschien überraschend Isa auf der Bühne, überreichte ihm ein Buch – mein Buch – und verschwand schief lächelnd in einer Nische auf der linken Seite der Bühne. Triumphierend hielt der Verleger mein Buch hoch. »Das hier ist das Werk dieses Mannes da!«

Ein Raunen ging durch die Menge, ich sah in fragende Gesichter. Auch ich wunderte mich über die Wendung. Was hatte mein Buch mit der vorangegangenen Rede zu tun?

»Ja, klatschen Sie ruhig. Da ist der Autor: Fabian Müller!«

Doch jetzt gehorchte das Publikum nicht. Im Gegenteil: Es wurde gespenstisch still.

Der Verleger lächelte immer noch, hielt das Buch weiter hoch und fuhr fort: »Ich fürchte, Sie haben es noch nicht gelesen. Sonst wüssten Sie, dass dieser Roman, übrigens ein Liebesroman – ja, Sie haben richtig gehört –, dass dieses großartige Buch unseres Verlags größer und besser ist als das meiste, das wir in letzter Zeit an sogenannter schöngeistiger Literatur zu ertragen hatten. Der Roman ist eine Offenbarung! Denn in ihm waltet der unverbrüchliche Geist des wahren Menschen, die unverstellte Wahrheit unserer Existenz, die reine Liebe zweier Menschen, die zugleich die Liebe zu unserer schönen Heimat ist. Wir erleben die Wiedergeburt der Romantik, dürfen endlich wieder schwelgen in allem, was uns lieb und teuer ist. Und das Schönste ist: Es verkauft sich auch noch gut, besonders bei jungen Menschen. Das aber sollte Sie – verzeihen Sie mir meine Ehrlichkeit, auch ich bin ja nicht mehr der Jüngste – nicht davon abhalten, es ebenfalls zu lesen. Sie werden darin finden, was uns alle hier und heute einmal mehr eint: die ewigen Tugenden, wahre Werte! Lesen Sie es, liebe Freunde, lesen Sie dieses großartige Buch!«

Beschämt hatte ich mich während dieser Predigt wieder hingesetzt, wagte jetzt kaum aufzublicken, erlebte, wie in die andächtige Stille erst einzelne Klatscher platzten, dann ein kräftiger Applaus losbrach und über mir zusammenschlug wie ein Sommergewitter. Feiste wie faltige Köpfe nickten mir wohlwollend zu. Was hatte ich getan? Was Isa, mein Bruder ...? Eine Szene aus der »Mephisto«-Verfilmung erschien vor meinen Augen: Hermann Göring, gespielt von Rolf Hoppe, umschwärmt Heinrich Höfgen alias Klaus Maria Brandauer, für sein diabolisches Alter-Ego auf der Bühne, um aber den Schauspieler brüllend rauszuwerfen, als dieser ein humanes Zugeständnis von seinem Nazi-Gönner erbittet.

Ich bin doch nur ein ganz gewöhnlicher Autor, schrie es in mir, und es war, als würde ich ebenso geblendet wie der

Schauspieler in der letzten Filmszene. Mich hielt es nicht länger auf dem Stuhl, ich sprang auf und stürzte aus dem Saal.

»Aber wohin denn, Herr Müller?«, hörte ich den Verleger rufen, bevor sich die Tür hinter mir schloss. Ohne mich um meinen Mantel zu kümmern, rannte ich zum Ausgang, draußen würde bestimmt ein Taxi stehen. Tatsächlich: Ein alter Mercedes fuhr vor, ich kannte das Auto, dessen Beifahrertür sich öffnete. Ohne zu zögern, stieg ich ein. *Bloß weg von hier!*

Mephisto | *März 2017*

Yudel grinste. Er wirkte beinahe freundlich. »Na, hat es dir gefallen bei den Nazis?«

»Woher weißt du ...«

»Stell dich nicht dumm. Du bist doch ... un literato, un intelectual, ¿no?«, Yudel lachte gehässig und beschleunigte den Wagen. Nach dem eben Erlebten war ich mir da nicht mehr so sicher. Ich fühlte mich mies, wollte nur noch nach Hause, doch Yudel schlug eine andere Richtung ein.

»Wohin fahren wir?« Eine Frage wie ein Reflex, eigentlich war es mir egal – Hauptsache, ich musste nicht länger in der fragwürdigen Gesellschaft bleiben. Yudel hatte vollkommen recht: Das waren ohne Zweifel rückwärtsgewandte, reaktionäre Leute. An der Spitze mein eigener Verleger! Und Isa an seiner Seite ... Doch woher wusste Yudel davon? Als könnte er meine Gedanken lesen, erklärte er mir, warum wir uns vor dem Hotel getroffen hatten. Demnach war es kein Zufall gewesen. Yudel und seine Leute hatten schon im Vorfeld von der Veranstaltung erfahren. Bei der »feinen Gesellschaft« handele sich um dieselben »Schweine«, die die Menschen aus ihren Wohnungen wärfen und geradewegs in die Armut trieben; das »Kapital« habe immer mit den Nazis zusammengearbeitet, es gehe immer um Macht und deshalb hätten selbst die »DDR-Bonzen«

rechte Gewalt geduldet, solange sie sich nur gegen unliebsame Regimegegner richtete. Dass die Nazis im Osten so stark seien, überrasche doch nur die »dummen Schafe«. Die Politik lebe gut damit, aber sie habe auch nicht die »Cojones« durchzugreifen.

»Habt ihr vor dem Hotel demonstriert?«

»Besser«, sagte er knapp und bremste ab. »So, und jetzt lassen wir den Wagen verschwinden.«

Wir bogen auf einen Schrottplatz ein. Yudel fuhr den Mercedes zielstrebig auf die Presse zu und stieg sofort aus. Mich hielt es keine Sekunde länger in dem Wagen, obwohl ich wusste, dass ein Auto nicht einfach so zusammengepresst werden durfte. Jedenfalls bei einer ordnungsgemäßen Verschrottung. Tatsächlich näherten sich uns zwei langhaarige Männer in schmierigen Blaumännern. Yudel begrüßte beide mit Handschlag, nickte nur wortlos und deutete mit dem Kopf Richtung Auto. Ohne mich zu beachten, machten sich die Männer bereits an den Kennzeichen zu schaffen. Sie würden den alten Mercedes fachmännisch verschwinden lassen.

»Vamos!«, rief Yudel und stieg in einen silbernen Ford Fiesta. Die ganze Fahrt über sprach er kein Wort mehr. Er setzte mich in Connewitz ab. Als ich aussteigen wollte, hielt er mich am Arm fest: »Dein Buch, ich sag es ungern ... es muy bueno.«

Ich sah ihn überrascht an; er senkte den Blick. »Meli hat mich nicht in Ruhe gelassen. Amor, amor! Muy bien, amigo! Enttäusch uns nicht. Meli vertraut dir, hörst du?« Noch ehe ich nach ihr fragen konnte, wies er mir die Tür.

Da stand ich in meinem dünnen Anzug und kam mir nicht nur lächerlich, sondern auch hilflos vor. Viva la revolución – vom Regen in die Traufe, dachte ich und fror. Der Spaziergang nach Hause würde mit guttun. Immerhin schien Meli Berlin heil überstanden zu haben. Vielleicht hatte sie eine milde Strafe bekommen, weil sie bisher nicht polizeibekannt war. Und Yudel? Ob er der Mann am Boden war, vor dem sie in dem Video gekniet hatte, wusste ich ja gar nicht. Jedenfalls schienen beide der Gewalt nicht abgeschworen zu haben – was sonst hatte Yudel am Hotel zu suchen gehabt und warum musste das Auto so schnell verschwinden? Noch auf dem Nachhauseweg scannte ich Twitter, Google und die lokalen Nachrichtenseiten nach Meldungen ab, gab den Namen des Nobelhotels ein und rechnete mit dem Schlimmsten. Aber bis spät in der Nacht fand ich nichts.

Am nächsten Morgen wachte ich vom Schnarren der Türklingel auf. Ich hatte kaum Schlaf gefunden und wie immer um diese Zeit nur ein T-Shirt und eine Unterhose an. Isa drückte mich in die Wohnung zurück und stieß mit ihrem Fuß die Tür zu. Ihr Gesicht war wutverzerrt, ihre Augen schienen zu glühen. Ich wehrte mich gegen den Impuls, doch ich fand sie schön. Jetzt erkannte ich, dass sie meinen Mantel im Arm hatte. Sie presste ihn wie einen Puffer gegen mich, drängte mich ins Wohnzimmer, wo sie mich aufs Sofa stieß und den Mantel auf mich warf. Wie eine Furie baute sie sich vor mir auf und fixierte mich mit ihren funkelnden Augen.

»Nenn mir bitte einen Grund für dein Verhalten! Da streckt man dir die Hand aus, heißt dich willkommen und ehrt dich auch noch vor dem wichtigsten Publikum der Region, ach was rede ich: ganz Deutschlands – und was machst du? Weißt du überhaupt, wer dir da alles applaudiert hat? Hast du auch nur eine Ahnung, wie wichtig diese Leute für den Verlag sind, für uns, für dich? Mein Chef spuckt Galle, er ist außer sich. Selbst heute Morgen noch. Und jetzt darf ich das wieder in Ordnung bringen. Du bist ein solcher Idiot, das glaubt man gar nicht!«

Sollte ihre Schimpftirade mich einschüchtern, so verfehlte sie ihr Ziel. Wer machte denn hier gemeinsame Sache mit Nazis? Isa war mir eine Erklärung schuldig. Ich zog sie an ihrem Handgelenk zu mir aufs Sofa, sie riss sich los, blieb aber sitzen und starrte mich nur wortlos an. In ihren Augen lag kaum noch Wut, dafür Erstaunen, gemischt mit etwas, das mir wie ein Anflug von Lust erschien. Schon stemmte sie sich gegen ihren schwachen Moment, wollte etwas sagen, doch ich hob die Hand.

»Nein, meine Liebe, jetzt rede ich.« Mein forsches Verhalten schien ihr zu imponieren. Nun war ich es, der sich in Rage redete, über die »feine Gesellschaft« herzog, sie offen als Nazis bezeichnete, allen voran den Verleger. »Hätte ich auch nur geahnt, wem ich meinen Roman anvertraue, ich hätte lieber auf alles verzichtet.«

Isa sah mich ungläubig an. Dann brach sie in schallendes Gelächter aus. Ihr Wiehern war so verletzend, dass ich wütend auf den Tisch schlug. Langsam beruhigte sie sich, wischte sich Tränen aus den Augen.

»Ach, mein Liebling ...«

»Nenn mich nicht so, ja?!«

»Ach, lass doch. Genau dafür liebe ich dich. Du bist so leidenschaftlich, selbst wenn es um sowas Dummes wie Politik geht.«

»Na hör mal! Über was reden wir denn hier?«

»Beruhig dich doch, Lie ... Es ist doch alles gar nicht so, wie du denkst.«

»Ach ja? Hab ich mich also nur verhört? War ich auf einer anderen Veranstaltung als du? Und überhaupt, wieso warst du denn bitte so ... zurückhaltend? Hast dich ja die ganze Zeit im Hintergrund gehalten. Hoffentlich, weil es dir peinlich war.«

Isa lächelte nachsichtig, als wäre ich ein dummer Junge. »Ja, das stimmt. Ich hasse diese Jahrestreffen. Wenn es nach mir gegangen wäre, hättest du da nicht hingehen müssen. Aber der Chef wollte es unbedingt. Ehrlich gesagt, hätte ich nicht gedacht, dass er dein Buch auch noch für sein Theater missbraucht.«

»Theater? Das nennst du *Theater*?«

»Na klar, es ist nichts anderes. Aber das beherrscht er wie kein anderer. Er war mal Schauspieler, weißt du? Ein ziemlich guter sogar. Musste seine Bühnenkarriere beenden, als der Patron starb - so nannte er immer seinen übermächtigen Vater; er war ein wahrer Patriarch, in der Branche geachtet und gefürchtet wie kaum ein Zweiter. Wolf trat gar nicht erst in seine großen Fußstapfen, ging einen anderen, viel subtileren Weg. Und hat Erfolg damit. Eine Kostprobe hast du gestern erlebt.«

»Darauf kann ich gerne verzichten. Ich möchte unseren Vertrag sofort beenden!«

»Ach, hör doch auf. Ich versuche dir gerade zu erklären, warum das Blödsinn ist! Hast du nicht gesehen, wie wir deinen Roman gepusht haben, einen absoluten Neuling? Normalerweise stellt man sich da erstmal ganz hinten an. Bei dir haben wir gleich das ganz große Besteck aufgefahren. Ohne diese Leute – nenn sie Nazis, im Grunde sind sie aber nur rückwärtsgewandte Kleingeister ohne jeden Esprit – ohne diese Leute stünden wir jedenfalls nicht da, wo wir stehen. Weder der Verlag, noch ich, noch du! Denn diese Leute sind unser Kapital, sie haben Geld wie Heu, alte Pründe oder was weiß ich, aber Geld stinkt nicht.«

»Doch, das tut es. Und ich habe keine Lust, mich von der braunen Mischpoke unterstützen zu lassen. Ende!«

»Fabian! Das war doch nur der Anschub. Meinetwegen darfst du das alles wieder zurückzahlen. Dein Buch ist allein *dein* Erfolg! Und sieh doch nur, wer es liest: eben nicht die alten Geldsäcke; bei denen rührt sich eh nix mehr. Auch nicht die, die vielleicht für braunes Gedankengut empfänglich sind. Es sind junge Leute, na gut, vor allem Frauen, jedenfalls empfindsame Menschen, die aber mal gar nichts mit Deutschtümelei und dem ganzen Gedöns um Heimat und Vaterland zu tun haben, die vielleicht ihre Heimat ein Stück besser machen wollen, dafür gerade gegen Rassismus und für die Umwelt auf die Straße gehen. Meine Bekannte zum Beispiel, die punkige Kellnerin aus dem Café, weißt du noch? Sie hat dein Buch verschlungen.«

Mein Widerstand bröckelte. Isa hatte ja nicht Unrecht. Auch Meli und selbst Yudel fanden mein Buch gut. Irgendetwas musste es haben, dass es eine so große Leserschaft erreichte und eher keine aus jenem Teil der Gesellschaft, der beim braunen Gala-Dinner beschworen wurde und selbst anwesend war. Isa sah mich aufmunternd an.

»Und um Wolf mach dir mal keine Gedanken, er ist ein Klasse-Verleger, er gibt den Geldgebern gerade so viel Futter, dass sie bei Laune bleiben. Sie finanzieren zwar durchaus konservative Literatur, aber sie fällt nicht ins Gewicht, der Großteil ihres Geldes fließt in Bücher wie deines. Wolf ist ein feingeistiger, ein weltoffener Mensch. Und eben auch ein guter Schauspieler. Wenn es dir hilft, verrate ich dir auch noch, dass er schwul ist.«

Jetzt hatte sie mich. Isas Blick ging fast augenblicklich aus der Entrückung in den Angriff über. Wie immer, wenn sie mich so ansah, wurde ich schwach. Und so gab ich mich doch wieder mit Haut und Haaren unserer Lust hin.

Später lagen wir satt und zufrieden im Bett. Für einen Moment versuchte ich mir vorzustellen, wie es sein könnte, wenn wir ein richtiges Paar wären. Aber mit Isa? Es wäre eine Illusion. Sie selbst ist eine. Und meine Zweifel an ihr waren auch nach dem Versöhnungssex nicht ganz verschwunden. Vielleicht hatte sie mir vorhin etwas vorgespielt. Wieso hatte ich mich eigentlich nie mit dem Verlagssortiment beschäftigt? Klar, ich kannte den Verlag dem Namen nach, wusste, dass er in der Branche nicht wegzudenken war, und hatte schon etliche Bücher aus dem populären, dem *guten* Sortiment gelesen. Der Verlag hatte einen klingenden Namen, war mir schon als Schüler bekannt gewesen und zumindest damals über allen Zweifeln erhaben. Nie wäre ich auf die Idee gekommen, dass er auch einen publizistischen Schattenbereich unterhielt. War ich zu unbekümmert gewesen? Zu selbstverliebt, berauscht vom Erfolg meines ersten eigenen Buches? Jetzt, nach unserer Aussprache und nach der lustvollen Wiedervereinigung, spürte ich Ernüchterung; sie legte sich wie zäher, kalter Nebel auf mein Gemüt.

»Du?« Ich stupste Isa sanft. Sie rekelte sich; ich setzte nach. »Warum hast du mich eigentlich nicht vorgewarnt? Hätten wir das Gespräch von vorhin vorher gehabt, wäre alles bestens gewesen.«

»Und?« Sie gähnte. »Wärst du dann überhaupt gekommen?«

»Wohl nicht«, musste ich zugeben.

»Na, siehst du. Und jetzt sei wieder gut mit mir.«

Als es dämmerte, war ich wieder allein. Missmutig saß ich am Schreibtisch und versuchte, mein Innenleben zu sortieren. Ich fühlte mich erschöpft, hatte den ganzen Tag noch nichts gegessen und unten spürte ich Isa noch. Mit jemanden wie sie zu leben, würde mir nicht guttun, das wusste ich, aber als Isa diesen Gedanken einmal laut aussprach, tat es mir weh. Ich dachte über unser Gespräch nach, tummelte mich auf der Verlagsseite und fand tatsächlich nichts Anstößiges oder politisch Verwerfliches. Vielleicht gab es für die Sparte der Ewiggestrigen nichts im Internet oder aber einen eigenen Darknet-Bereich. Ich stellte ihn mir wie ein mittelalterliches Computerspiel vor, mit einer düsteren Burg, einer Folterkammer, Fackeln an den Wänden, großen Kerzenleuchtern aus Wagenrädern. Doch tiefer wollte ich in diese Phantasie nicht einsteigen. Ging man nach dem präsentierten Sortiment, gab es an meinem Verlag nichts zu beanstanden; ich befand mich in guter Gesellschaft, war sogar ein bisschen stolz auf mein Buch, das offenbar ein Renner geworden war und entsprechend prominent beworben wurde. In einschlägigen Foren und Netzwerken kam mein Verlag ebenfalls ziemlich gut weg. Natürlich gab es auch hässliche Kommentare, aber allen konnte man es sowieso nicht recht machen – schon gar nicht im Netz, in dem sich inzwischen jeder nach Lust und Laune auskotzte. Wo waren diese Typen eigentlich vorher gewesen? Ich hasste den allgegenwärtigen Hass und fühlte mich zugleich ohnmächtig. Mich beruhigte der Gedanke, dass das Internet nicht die reale Welt ist, aber konnte ich mir da wirklich sicher sein?

Mein nächstes Buch sollte vielleicht doch kritischer sein, bei aller Idealisierung der Liebe auch auf die Realität eingehen, sich nicht von ihr entrücken und dadurch belanglos und »aus der Zeit gefallen« wirken. Konnte ich das? Und vor allem: Wollte ich das?

Als ich die Nachrichtenseiten durchsah, stieß ich doch noch auf eine kurze Meldung, eine lokale, irgendwo ganz hinten, quasi ohne Belang. Ich las sie umso aufmerksamer und ich war mir sicher, dass Yudel hinter dem Vorfall steckte: Ohne dass der Name des Hotels genannt wurde, war von einem Brand in einem Aufenthaltsraum die Rede, der durch das Personal selbst habe gelöscht werden können. Der Schaden sei gering, auch sei niemand verletzt worden. Zu keiner Zeit habe eine Gefahr für die Hotelgäste bestanden, noch sei der Betrieb beeinträchtigt worden. Ob Yudel sich ärgerte? Ob die Zeitung oder die offiziellen Stellen die Sache verharmlosten? Was, wenn ich geblieben wäre? War Isa in Gefahr gewesen? Dass Menschen verletzt oder gar getötet werden könnten, nimmt Yudel offenbar in Kauf. Meli auch? Wenn es ein Anschlag war, selbst ein misslungener, wieso hat Isa nichts gesagt? Nein, so einfach, wie sie es ihm Glauben machen wollte, lagen die Dinge nicht. Da draußen tobt ein Kampf. Er hat längst begonnen, sich in die Gesellschaft zu fressen.

Spiegelung | *September 2018*

Sie ist wieder da. Ich höre Schritte oben, leise nur, aber ich bin mir sicher, dass es Peggy ist. Wo war sie die ganze Zeit gewesen? Fast zwei Wochen war sie weg, fast zwei Wochen Stille über meinem Kopf, wenn auch nicht *in* ihm. Ich habe weitergeschrieben, meine Fantasie spielen lassen, doch ich bin nicht überzeugt; wahrscheinlich werde ich das meiste wieder löschen. Aber für den Moment ist der Text eine Art Hilfskonstruktion, ein Platzhalter.

Ich habe Sehnsucht nach Peggy. So wie Klara nach Karl. Doch all das habe ich bereits verarbeitet. Sehnsucht allein trägt nicht weit, sie droht, giftig zu werden. Wenn sie nur noch um sich selbst kreist, gebiert sie Albträume. Liebe ist nicht gemacht für diesen Teufelskreis, sie muss fliegen, frei sein, und sie braucht doch ein Gegenüber. Ich brauche Peggy ...

Und so stehe ich wieder an ihrer Tür. Erst horche ich, das Ohr auf dem alten Holz, es ist, als schleiche Peggy auf leisen Sohlen durch die Diele. Hat sie mich bemerkt? Spürt sie meine Nähe? Es ist seltsam, aber in diesem Moment habe ich das Gefühl, dass uns nur einige Zentimeter trennen. Haben wir beide unsere Ohren an der Tür? Wie in den Bauernschwänken meiner Kindheit und später auf frappierend ähnliche Weise in amerikanischen Soaps, wenn das

Publikum sich über die groteske Situation amüsiert, weil es mehr sieht als die beiden Figuren im Lustspiel beidseits einer Tür oder Wand, die für die Zuschauer nur ein Strich ist, vor dem die Schauspieler links und rechts in überzeichneter Ahnungslosigkeit exakt das Gleiche tun, spiegelbildlich. Der Gedanke gefiel mir: wir zwei im Spiegel, getrennt und doch eins.

Ich verkneife mir ein noch so zartes Klopfen, gehe in die Knie, setze mich auf die Fußmatte aus brauner Kokosfaser und lehne mich mit dem Rücken behutsam an die Tür. Ich habe Zeit. Und ich will jetzt nirgendwo anders sein als genau hier. Mehr noch: Ich werde nicht gehen, bis die Tür sich endlich öffnet, werde sie belagern. Peggy soll spüren, dass ich da bin. Ich bin mir sicher, sie tut es. Womöglich werde ich lange warten müssen, wie in einem Nervenkrimi, einer Zerreißprobe, bei der Aufgeben keine Option ist. Ich bin bereit. Und Peggy? Eigentlich gibt es nur zwei Möglichkeiten: Gebe ich auf, ist alles verloren, wir bleiben getrennt. Gibt Peggy nach, gewinnen wir im Idealfall beide, nämlich uns, wenigstens aber die Chance, noch einmal zu reden, uns wieder zu finden – Ende offen, fifty-fifty, neues Spiel, neues Glück. Peggy muss die Tür öffnen. *Sie muss einfach.* Ich spüre einen gewissen Galgenhumor in mir, der gar nicht meiner Gefühlslage entspricht, versuche es mit der Kraft meiner Gedanken.

Wenn du mich spürst, durch das Holz hindurch, meine Wärme, so wie ich deine, wenn du immer noch fühlst, was du schriebst – „in Liebe" – und wenn du mir noch vertraust, dann öffne bitte diese Tür! Lass mich wieder in dein Herz! Tust du das, Peggy?

Sie ist da. Ich spüre sie in meinem Rücken. Hat sie sich auch gesetzt? Spiegeln wir uns immer noch? *Das Publikum hat aber nicht gelacht ...*

Fabian Müller, du wirst seltsam! Du musst wirklich verliebt sein oder wie erklärst du dir dieses Theater? Und wenn ich nur selbstverliebt bin? Bloß nicht verlieren möchte? Wenn es mir lediglich um mein Buch geht, das ich endlich abliefern muss? Bloß nicht daran denken – auch das werde ich Peggy erklären müssen ... Wenn sie mir nur eine Chance gäbe? Peggy?

So wird das nichts. Ich muss meine Gedanken, besser noch meine Gefühle bündeln wie einen Laserstrahl, mich auf den einen Wunsch konzentrieren, ihn durch die Tür bohren, direkt in ihr Herz.

Öffne dein Herz! Mein Mantra in drei Wörtern. Hab keine Angst! Bitte vertrau mir! Nein, nicht drei Mantras – drei Wörter, du Idiot.

Im nächsten Moment verliere ich den Halt. Meine Muskeln reagieren nicht schnell genug, und so falle ich der Länge nach in die Diele, tauche mit meinem Oberkörper in honigfarbenes Licht. Dann ein Schatten, eine Hand drückt auf meinen Brustkorb, sanft, dann eine zweite. Peggy setzt sich auf meinen Bauch, ihr Gesicht schwebt über mir, ich liege steif da, rühre mich nicht, lasse alles mit mir geschehen. *Ich gebe mich dir hin ...* Sie umfasst meinen Hals, ihre Hände wandern in meinen Nacken, während sie ihren Kopf senkt, ihre Wange an meine Brust schmiegt, ihre Beine der Länge nach über meine legt, ihre Arme ausstreckt, über meine hinweg, und mit ihren weichen Händen nach meinen greift. Endlich hebt sie ihren Kopf, ihre

Augen sind wie in Trance, ihr Mund findet meinen, schwebt kurz über ihm und dann hinab zu einem langen, süßen Kuss. So verschmelzen wir in aller Stille, auf der Schwelle, halb drinnen, halb draußen - es ist alles eins, Yin und Yang. *Und das Bühnenlicht geht aus.*

Später liegen wir eng umschlungen auf dem alten Perserteppich unter dem großen Tisch des Bernsteinzimmers wie unter einem Dach. Wir sind wieder in unserer Ruine, das Gewitter grollt noch in der Ferne – das leise Knarzen des Parketts, das Klirren der Gläser. Ein warmes Leuchten umfängt unseren Unterschlupf, bricht sich tausendfach in den Kristallen, in unzähligen Tönen bernsteinfarbenen Lichts, wie die Farben des Spätsommers.

Als uns kalt wird, holt Peggy eine flauschige Decke, in die wir uns einrollen.

»Halt mich immer so fest, versprichst du mir das?« Peggy flüstert mir die Frage ins Ohr. Ich spüre ein angenehmes Ziehen in der Hüfte.

»Nur, wenn du es auch tust.«

»Da geb ich dir Brief und Siegel drauf.«

»Kann ich den anderen dann zerreißen?«

»Das musst du sogar«, lacht Peggy und saugt sich an meinem Hals fest. »Hier hast du schon mal das Siegel.«

Bei jeder anderen Frau wäre ich ungehalten gewesen, nicht bei Peggy. Ich fand Knutschflecken schon immer kindisch. Sie lacht nur kurz.

»Du, ich muss dir was erzählen.« Peggy sieht ernst aus, fast ein wenig ängstlich. Sie verbirgt ihr Gesicht in meiner Achselhöhle, spricht aber weiter. »Weißt du, ich habe wirklich niemanden mehr, dem ich vertrauen kann. Ich war in Berlin, aber da ist kein einziger mehr von meinen Leuten. Und dann hab ich was gemacht, was ich mich vorher nie getraut hätte ... Ich meine ... ohne dich ... bevor wir uns kannten.« Sie atmet tief ein und aus.

Ich höre einfach nur zu, bin gespannt, was sie zu erzählen hat. Wir haben Zeit. Notfalls die ganze Nacht. Es dämmert bereits, das blassblaue Licht bildet einen schönen Kontrast zum warmen, kristallinen Leuchten im Zimmer. Noch immer höre ich einzelnes Klirren von Glas, nur ganz leise das Rauschen der Welt da draußen. Sonst ist es still, und Peggy beginnt ganz leise zu erzählen. Von sich – endlich – und von Klara. Später werde ich schreiben. Und wie!

Neustart | *1945/2018*

Wenn ich gedacht hatte, die Flucht über das Haff würde die schlimmste Erfahrung meines Lebens werden, so hatte ich mich getäuscht. Der wahre Leidensweg sollte erst noch vor mir liegen.

Zwar blieben meine Eltern und ich nicht verschont von den grausamen Erfahrungen, die so viele Menschen auf der Flucht machen sollten, mit Anblicken, die wir für den Rest unseres Lebens nie mehr vergessen würden. Ich werde nicht darüber schreiben, das habe ich mir unter all den Tränen, den Sorgen und der großen Angst geschworen. Wir haben überlebt – nur das zählt! Mein Bruder auch?

Er war tatsächlich in der Heimat geblieben. Jeden Tag bete ich, dass die Russen ihn am Leben lassen und auch gut behandeln. Es war so unfassbar traurig und schmerzvoll, doch weder durch die einfühlsamsten Worte, noch durch das flehentlichste Bitten war er davon abzubringen gewesen. Er wisse, was er tue, wir sollten ruhig ziehen, er werde schon durchkommen, hatte er uns zum Abschied gesagt, und dabei so tapfer ausgesehen, so leichenblass, der verrückte, liebe Kerl. Mochte Gott ihm helfen – mochte Hans ihn aber nicht offen darum bitten oder gar zu ihm beten, sonst bestraften ihn die gottlosen Kommunisten womöglich doch noch.

Viel Zeit zum Weinen blieb nicht, und auch wenn er in unseren Herzen immer bei uns war, mussten wir uns bald ganz anderen Herausforderungen stellen. Der liebe Gott wird uns beschützen, sagte Mutter, so oft uns der Krieg bedrohlich nahekam, Pferde und Wagen anderer zusammenbrachen oder Menschen einfach in den Schnee sackten und buchstäblich zu Eis erstarrten. Mit den letzten Vorräten und Gottes Segen schafften wir es bis nach Danzig zum Hafen, wo Tausende wie wir in der Kälte ausharrten, die hungrigen und sehnsüchtigen Blicke auf die wenigen Schiffe geheftet, die unmöglich so viele Menschen aufnehmen konnten. Wenigstens bekamen wir eine warme Suppe. Herzensgute Menschen teilten das, was sie hatten, oder nahmen wenigstens unsere Pferde, unseren Wagen und andere verzichtbaren Dinge gegen etwas Essbares. Ich weiß nicht, wie es mein Vater schaffte, wahrscheinlich gab er alles Teure her, aber endlich durften wir auf einen Frachter, der uns nach Dänemark brachte. Später, als ich vom Schicksal der „Wilhelm Gustloff" hörte, war ich schockiert, dachte eine Weile ernsthaft darüber nach, in einen Schwesternorden einzutreten und mein Leben allein dem lieben Gott zu widmen, dafür, dass er mich und meine Lieben beschützt hatte.

Doch zugleich hoffte ich weiter auf ein Wiedersehen mit Karl. Für ihn hatte ich das alles auf mich genommen, für ihn wollte ich leben – mit ihm eine bessere Zeit erleben. Doch die Zuversicht schwand mit jedem Tag, den ich hier im dänischen Flüchtlingslager bei Kolding verbrachte, auch wenn ich ihn Abend für Abend in meine Gebete einschloss und jeden Tag mehrmals unsere Fotografien betrachtete, die alten Briefe las und meine eigenen Tagebuchausrisse, denen ich nichts mehr hinzufügen konnte. Zu schmerzlich waren alle Gedanken, zu zehrend das Sehnen, zu bang die Erwartung einer

Nachricht über seinen Tod. Nach allem, was wir jetzt wissen, war die Ostfront die schlimmste Hölle: Wer nicht fiel, wurde entweder noch auf dem Schlachtfeld getötet oder musste als Gefangener in die todbringende Kälte Sibiriens. Dreifaltiger Tod – wer konnte diesem Teufel entkommen? Und doch ist es wohl möglich, hörte ich immer wieder, auch wenn die Nachrichten aus dem Osten spärlich und widersprüchlich waren.

Wo bist du? Drei Wörter, die sich wie ein Dreizack in mein Herz bohrten und immer weiter bohren würden, es bluten lassen, solange keine Antwort kam. In besonders verzweifelten Momenten, in denen ich schon nichts mehr erwartete, auch nicht für mein eigenes Leben, sehnte ich förmlich eine Entscheidung herbei, und wäre es um den Preis einer Todesnachricht. An den sonnigen Tagen, in denen die dänische Umgebung jenseits des Lagers mich sogar ein wenig an unsere Heimat erinnerte, schöpfte ich neue Hoffnung, dann saß ich an dem kleinen See, in dem wir Flüchtlinge baden und bis zu den Bojen schwimmen durften, und dachte an unseren kurzen Sommer am Haff, an unseren verschwiegenen Platz, dann fühlte ich mit einem Mal ganz intensiv, dass Karl lebte. Er lebt - diese Zuversicht machte mir die Eintönigkeit des Lageralltags erträglich, und auch wenn hier weiter Menschen starben, war ich dankbar um jeden Tag, den meine Eltern und ich zusammen sein konnten. Einmal entdeckte ich einen blonden Jungen draußen am Zaun, der die Flüchtlinge von der dänischen Bevölkerung trennt. Er sah nur von Weitem aus wie Karl, was mir trotzdem einen Stich versetzte. Wir freundeten uns etwas an, durch den Zaun hindurch, verständigten uns mit Händen und Grimassen und sahen dabei bestimmt aus wie Pantomimen, was uns zum Lachen brachte

– doch von einem Tag auf den anderen war er weg. Nur die „Civile Beredskab" patrouillierte um das Gelände; den Männern war ich herzlich egal. Sie mir auch.

Bereits zwei Jahre hausten wir in den Baracken, in denen wir uns so gut wie möglich eingerichtet hatten. Als endlich die Weiterreise in die britische Besatzungszone zum Greifen nahe war, mussten Mutter und ich unseren geliebten Vater und Ehemann zurücklassen. Wir wussten ja, dass sein Herz die Strapazen nicht schadlos überstanden hatte, ohnehin zehrte ihn die Trauer über den Verlust der Heimat förmlich aus; in fiebrigen Nächten öffnete er sein Herz für Hans, über dessen Schicksal wir so wenig wussten wie über dasjenige Karls. Ob der Verlust meinem Vater zusetzte oder die Aussicht, ein würdeloses Dasein in der Fremde zu fristen – im Grunde schien er schon auf der Flucht ein gebrochener Mann zu sein. Eines Nachts hörte sein Herz einfach auf zu schlagen.

Als ich mit meiner Mutter im Mai 1947 Münster erreichte, erschien mir die Stadt wie ein Spiegelbild meiner Seele: eine Überlebende mit tiefen Wunden.

Die Geschichte geht weiter! In meinen Worten. Endlich kommen sie wieder von Herzen. Das ist allein Peggys Verdienst. Nicht allein, weil sie wieder da ist. Sie hat einiges in Erfahrung bringen können und dafür eine Menge auf sich genommen. Wie es der Zufall wollte, hat sie sogar noch einen Brief gefunden. Er stand ihr die ganze Zeit vor Augen und war doch unsichtbar. Als Peggy das Küchenregal mit den Kochbüchern ihrer Großtante durchsuchte, stieß sie ganz in der Ecke auf einen Bildband, der in braunes Packpapier eingeschlagen war und sich deshalb kaum vom schäbigen Holz abgehoben hatte. Als sie das Buch aufschlug, löste sich der Einband und gab die inwendige Schrift frei – Klaras Brief. Wir haben ihn gelesen und damit eine weitere Lücke dieser ergreifenden Chronik gefüllt. Immer mehr Puzzlestücke fügen sich zusammen – die Briefe, das Tagebuch, amtliche Unterlagen und nicht zuletzt Peggys Recherchen.

Ich sitze an meinem Notebook, Peggy schläft drüben in meinem Bett. Obwohl es weit nach Mitternacht ist, bin ich hellwach. Was Peggy erzählt hat und aus Erschöpfung erst morgen fortsetzen will, hat mir keine Ruhe gelassen. Ich will die Eindrücke festhalten, solange sie noch frisch sind, ehe die Bilder in meinem Kopf und die unmittelbaren Gefühle in meinem Herzen verblassen. Meine eigene Liebe zu Peggy beflügelt mich, lässt mich endlich so schreiben, wie ich es mir mein Leben lang gewünscht habe. Und endlich habe ich auch kein schlechtes Gewissen mehr: Peggy hat mir ihr Herz ausgeschüttet, mich dann damit überrascht, dass sie mir freie Hand lässt. Ja, diese Geschichte verdiene es, erzählt zu werden, sie müsse ans Licht der Öffentlichkeit, auch wenn ihre Tante dies wahrscheinlich nicht gewollt hätte. Sie, Peggy, wolle es aber. Nur um eines hat sie mich gebeten: Dass ich nah bei der Liebe bleibe, denn nur sie sei es, die diese Geschichte einzigartig mache, so wie das Leben selbst, und nur mit ihr sei Leben überhaupt erst möglich – ohne sie gebe es nur Hass, Krieg und Tod. *Schreib über die Liebe!* Als ob ich je etwas anderes gewollt hätte ...

Wenn ich die Ohren spitze, höre ich Peggy atmen, ruhig und friedlich. Es ist bewundernswert, was diese Frau in den vergangenen zwei Wochen geschafft hat. Sie ist über sich selbst hinausgewachsen. Peggy ist der Glücksfall meines Lebens. Ich gehe sogar so weit zu behaupten, dass ohne ihren Mut unsere Liebe tatsächlich versiegt wäre.

Na, noch wach?
1:32

Mein Bruder. Was macht er mitten in der Woche noch so spät am Handy?

Jo. Und Du?
1:32

Bist Du allein?
1:33

Wieso?
1:33

Ah ok. Doch nicht etwa mit der ...?
1:33

Mit wem?
1:34

Und wenn?
1:35

Ich drücke den Messenger weg, habe keine Lust auf diese Unterhaltung. Erst Isa und jetzt Flo - wenn sie nur ahnten, was Peggy mir bedeutet. Nur zu gerne würde ich ihnen das klar machen, aber es wäre um den Preis, dass ich mich ihnen von einer Seite zeigte, die selbst Flo nicht kennt. Den Gefallen tu ich ihnen nicht, denn ich käme mir lächerlich vor. Vielleicht merken sie was, wenn sie demnächst mein Manuskript lesen. Doch selbst dann werden sie meine Klara nicht mit Peggy in Verbindung bringen, die alte mit der neuen Liebesgeschichte. Ich will ihnen gar keinen Vorwurf machen, denn ich war ja selbst nicht fähig zu lieben, aber sie haben kein Recht, über Peggy zu urteilen.

Mein Smartphone-Display leuchtet wieder auf.

Egal, musst Du wissen. Hab dir gemailt. Keine Ahnung, ob Du dir das weiterhilft. Grüße von Elsbeth und Werner. Haben sich gefreut. CU!
1:56

Na, das passt ja. Vielleicht reichen Flos Recherchen, um ein halbwegs realistisches Bild von Münster und den Flüchtlingen kurz nach dem Krieg zeichnen zu können. Viel mehr brauche ich nicht, denn Peggy hat schon angedeutet, dass es erst später spannend wird. Und nicht in Münster. Auch das ist es, was mich nicht schlafen lässt. Aber jetzt will ich nur noch ins Bett, mich an Peggy kuscheln, an ihren warmen Körper, der ab und zu vom Träumen zuckt, ihrem Atem lauschen, in seinen Rhythmus einfallen und endlich einschlafen.

Danke! Wirst schon sehen. Nacht!
1:59

Schattendasein | *1989ff.*

Warum ich Peggy bewundere? Weil sie es nie leicht hatte im Leben. Schon bei ihrer Geburt geriet sie zur Nebensache. Am 9. Oktober, dem Geburtstag des legendären und von mir hochverehrten John Lennon, als die kleine Peggy kurz vor Mitternacht in Leipzig das Licht der Welt erblickte, war der rebellische Musiker bald neun Jahre tot und die DDR nur noch ein Schatten ihrer selbst.

Genau an diesem Tag des Jahres 1989 mussten die angehenden Eltern der kleinen Peggy erkennen, dass sich ihr Leben schlagartig ändern würde – nicht nur, weil sie jetzt eine Familie sein würden, sondern weil die Montagsdemonstration zu einer Volksbewegung geworden war. Die Zukunft der linientreuen Keysers hing damit am seidenen Faden. Zunehmend verunsichert verfolgten sie das Geschehen auf dem Karl-Marx-Platz und dem Leipziger Ring, das auch im Kreißsaal zu ihnen drang, den Aufruf zum Gewaltverzicht über die Lautsprecher des Stadtfunks, die vielstimmigen Schlachtrufe: *Wir sind das Volk!*

»Zehntausende sollen es sein«, verkündete die Hebamme mit vor Aufregung roten Backen, während Peggys Eltern um die Wette schrien, die Mutter wegen der Wehen, der Vater, weil er die vorwitzige Geburtshelferin anherrschte und lauthals nach dem Chefarzt verlangte.

Überhaupt würden sich alle noch wundern, als ob der Staat sich das gefallen ließe, die da draußen seien nicht das Volk, DIE NICHT!

So geriet über den Freiheitsdrang der Vielen fast in den Hintergrund, wie sich die kleine Peggy auf die Welt kämpfte. Als sie nach qualvollen Stunden beinahe beiläufig herausglitt, seufzte die Hebamme fast mehr vor Erleichterung als die Mutter und rief freudig: »Da bist du ja endlich! Willkommen im neuen Deutschland!«

Jetzt schrie die kleine Peggy. Die Hebamme war im Begriff, das kleine Wesen auf die Brust der erschöpften Mutter zu legen. Doch diese wehrte ab. Also wurde das Baby erst mal gepflegt, gewogen und vermessen. Als die Hebamme mit der eingewickelten Peggy zurückkam, half ihr Vater ihrer Mutter gerade in den Mantel. Die Hebamme erstarrte und konnte sich des Eindrucks nicht erwehren, dass die Eltern im Begriff waren, ohne ihr Kind zu gehen. Widerwillig ließ sich die Mutter mit ihrem Baby auf die Station bringen, während der Vater die Klinik tatsächlich verließ. Keine Minute länger wollte er bei diesen offensichtlichen *Klassenfeinden* bleiben, dem medizinischen Personal, das sich unverholen für die Montagsdemonstration begeisterte, fassungslos und triumphierend zugleich. Der Schießbefehl, den viele gefürchtet hatten, das Eingreifen der bereitstehenden Armee von Polizeikräften und Soldaten, das Peggys Vater als Eingeweihter *jeden Moment erwartet* hatte, blieben aus – 1953 wiederholte sich nicht.

Dass sich das Blatt wendete, gegen das SED-Regime und ihre Funktionäre, sollten Peggys Eltern in den nächsten Tagen und Wochen so deutlich zu spüren bekommen, dass sie sich ins Unvermeidliche fügten und damit begannen, sensible Akten zu vernichten – noch vor dem 9. November.

Das Baby gaben sie bald in die Obhut der Großeltern, Hans und Anneliese – Klaras Bruder und Schwägerin –, die sich zu Beginn der Fünfzigerjahre in Ost-Berlin kennengelernt hatten, nachdem es Hans nicht länger in Ostpreußen gehalten hatte; als glühender Sozialist wollte er lieber am Aufbau der Stadt und der jungen Republik mitwirken, als von den Genossen in Polen gegängelt zu werden. Das Gut der Familie war ohnehin erst der Plünderung und dann der Zwangsenteignung anheimgefallen, was günstigenfalls bedeutete, dass das Anwesen zwar zweckentfremdet, aber nicht ganz so schnell verfallen würde. Gemeinsam mit seiner Anni, einem strammen Parteimitglied, kam er im jungen, sozialistischen Deutschland bald an höhere Ämter und ganz nebenbei auch zu einem Sohn, Peggys Vater, den die Eltern in den besten Kaderschmieden der DDR erziehen ließen, später auch noch mit der passenden Frau von tadelloser sozialistischer Gesinnung verkuppelten.

Am 9. Oktober 1989 wurde Peggy in eine Welt geboren, die für die meisten Menschen eine bessere zu werden versprach, aber nicht für sie. Denn ihre Eltern vernachlässigten sie vom ersten Tag an – ihr Vater ganz, ihre Mutter gab ihr immerhin noch die Brust, wenn auch nur, um den naturgegebenen Milchfluss zu bändigen und so bald wie möglich versiegen zu lassen. Die Großeltern, die seit ihrem frühen Ruhestand nach Leipzig gezogen waren, sprangen nun in Vollzeit ein, verfolgten mit wachsender Sorge den Niedergang all dessen, wofür sie stets gekämpft hatten. Nur Peggy blieb ihr Sonnenschein. Ihren Namen hätten sie gerne geändert, die Mutter hatte ihn aber so festgelegt, hektisch und aus einem emotionalen Impuls, in Erinnerung an glückliche Kindertage. Ihre blonde Puppe hieß Peggy und war so süß wie Peggy March, die amerikanische Schlagersängerin, die im Kalten Krieg der Siebziger auch in der DDR auftreten durfte und für die damals nicht nur die Männer schwärmten. Doch ein Kind ist keine Puppe und fürs Elternsein waren die *Erzeuger* in keiner Weise bereit, obwohl sie bald alle Zeit dafür haben sollten.

Großvater Hans verlor ein zweites Mal seine Heimat. Die neue Zeit verwirrte und verbitterte ihn. Zu allem Unglück ließ auch noch die Sehkraft seines gesunden Auges nach. An den Splitter im Kopf wagten sich selbst die besten Ärzte nicht heran. Mit den Jahren hatte der Fremdkörper zu wandern begonnen. In sein altes Ermland zog es Hans nicht zurück, obwohl die neuen politischen Verhältnisse es ihm vielleicht wieder öffnen würden. Anders als seine Schwester Klara, mit er der wieder Kontakt aufgenommen hatte, die er auf geradezu schicksalhafte Weise in die DDR gelockt hatte.

Als die Großeltern kurz hintereinander starben, lebten Peggys Eltern in einer Plattenbauwohnung am Leipziger Stadtrand, unfähig und auch nicht willens, ihre zehnjährige Tochter aufzunehmen. Selbst wenn, hätte das Jugendamt sie ihnen entzogen, denn nach der Wende hatten Peggys Eltern nie wieder Fuß gefasst; völlig verbittert ließen sie sich gehen, und anstatt einander zu trösten, betäubten sie sich lieber mit Alkohol. Peggy kam in ein Kinderheim irgendwo im Osten Sachsens, weit genug entfernt von ihren Eltern und sogar recht nahe der alten Heimat ihrer Großeltern.

Dort ging es ihr gut, sie las viel, blieb aber verschlossen und deshalb eine Einzelgängerin.

Mit vierzehn packte sie ein paar Sachen in ihren Schulrucksack und riss aus. Erst trampte sie nach Leipzig, warum wusste sie gar nicht, denn ihre Eltern wollte sie auf keinen Fall sehen. So stand sie bald an der Straße Richtung Berlin, streckte den Daumen aus und hatte zum ersten Mal in ihrem Leben Glück: Ein alter VW-Bus hielt, eine Frau mit feuerroten Haaren lachte sie aus dem offenen Beifahrerfenster an. Sie und ihr Freund kamen aus Berlin, arbeiteten dort als freischaffende Künstler und wohnten in einem besetzten Haus. In ihrer WG war noch Platz für Peggy. Und Peggy gefielen nicht nur die Beiden, sondern auch ihr neues, wenn auch winziges Zimmer, das sie alsbald unter Kopfschütteln ihrer dauerbekifften Mitbewohner renovierte und mit geschenkten Möbeln hübsch einrichtete. Peggy durfte in einer Bücherei aushelfen, was ihr zwar wenig Geld einbrachte, dafür aber eine ganze Welt des Wissens eröffnete. Anders als die meisten Mädchen in ihrem Alter interessierte sich Peggy für Geschichte, auch weil sie mehr über ihre Vorfahren wissen wollte. Ihre Großeltern hatten darüber beharrlich geschwiegen. Nur einmal hatte Opa Hans etwas mehr von Ostpreußen erzählt, *von seinem Ermland*, davon, dass er eine Schwester gehabt habe, Klara, die er aber nie mehr wiedergesehen habe. Damit schwieg er, ließ sich auch später nicht mehr erweichen, mehr preiszugeben, geschweige denn ein Foto von ihr zu zeigen. Peggy vergaß sie bald wieder, hatte genug mit sich und ihrer Entwicklung zu tun.

In Berlin wurde sie härter und abgeklärter. Als sie in der Bücherei einen Bildband über Ostpreußen entdeckte, darin mehr über die Heimat ihrer Großeltern erfuhr, auch über die Flucht von so vielen Menschen, die alles verloren, etliche von ihnen ihr Leben, begriff sie allmählich, was Opa Hans durchgemacht haben musste, mehr aber noch seine Schwester, ihre Großtante, an die sie sich jetzt wieder erinnerte. Wenn sie noch lebte, musste sie doch zu finden sein. Peggy würde einen Teufel tun und ihre Eltern fragen, wo doch ihre Großeltern schon nicht über ihre Großtante hatten sprechen wollen, und wenn, dann nur einsilbig und mit starren Blicken. Sehr viele Keysers würde es in Deutschland ja wohl nicht geben, zumal mit dem Vornamen Klara. Und so fand Peggy schnell heraus, dass eine Frau dieses Namens mitten in Leipzig wohnte, in einem Wohnhaus an der Karl-Liebknecht-Straße.

Zum zweiten Mal in ihrem Leben bewies sie Mut und stand eines Tages vor der Tür, hinter der sie ihre Großtante vermutete, und zum zweiten Mal wurde sie belohnt: Klara und ihr Mann Heinz empfingen die junge Frau mit offenen Armen. Peggy kam von da an so oft, wie es ging. Bald hielt sie nichts mehr in Berlin und sie zog in einen Vorort Leipzigs, wo sie sich mit Gelegenheitsjobs über Wasser hielt. Ein Wohnungsangebot aus Connewitz, vermittelt von ihren Berliner Freunden, schlug sie aus. Sie hatte schon früh in ihrer WG gelernt, dass sie für den politischen Kampf nicht gemacht war. Auch ihre Eltern hat sie nie besucht – bis vor zwei Wochen, als sie zum dritten Mal in ihrem Leben all ihren Mut zusammennahm. Sie hatte ihn auch bitter nötig.

Schande | *September 2018*

»Hör mal, das von heute Nacht ...«

»Ja?«

»Das hab ich nicht so gemeint.« Mein Bruder atmet hörbar aus und wartet, dass ich etwas sage.

»Sondern?«

»Naja, also ... Ich kenne sie ja auch gar nicht. Aber wenn sie dir guttut.« Wieder langes Ausatmen.

»Oh ja, das tut sie. Aber anders als du vielleicht denkst. Und ja, sie ist immer noch hier. Deshalb muss ich jetzt auch Schluss machen, das Frühstück wartet.«

»Aha«, sagt mein Bruder und fast hätte ich erwartet, er schiebt sein *Da hör ich's ja wohl* hinterher, doch er druckst nur herum.

»Was?«, frage ich laut. »Spucks aus!«

»Na gut.« Flo atmet ein paarmal ein und aus. So habe ich ihn selten erlebt. Ihn scheint tatsächlich etwas umzutreiben. »Aber nicht schimpfen, okay?«

»Lass mich raten: Du hast mit Isa gesprochen.«

»Ja ...«, seufzt er gedehnt.

»Wieso kommt mir das so bekannt vor? Wetten, ich weiß, was du als nächstes sagen wirst?«

»Jetzt mach's mir doch nicht so schwer.« Seine Stimme bekam einen quengelnden Ton. Wie früher, wenn er um den Rest von meinem Eis bettelte, weil er seines wie immer viel schneller gegessen hatte.

»Dann sag ich es auch Dir: Ich liebe diese Frau. Sie heißt Peggy und sie ist das Beste, was mir passieren konnte.«

»Okay, okay«, kam es jetzt theatralisch aus dem Hörer. »Ich kenne sie ja auch gar nicht ...«

»Eben! Aber das lässt sich ja leicht ändern. Wenn ich mein Buch fertig habe, will ich sowieso mal wieder nach Münster kommen.«

»Jederzeit gerne, aber das weißt du ja.« Flo klingt erleichtert. »Wie weit bist du denn?«

»Ende September sollte ich es haben. Danke auch für deine Infos. Sind gut! Das, was ich jetzt noch brauche, kann mir aber nur Peggy liefern. Sie hat meinen Roman erst möglich gemacht. Sie hat mich wirklich gerettet!«

Stille.

»Bist du noch da?«

»Ja, das bin ich. Und ich liebe dich!«

Peggy! Sie sieht noch schlaftrunken aus, drückt mich gegen den Küchenschrank und schmiegt ihren weichen, bettwarmen Körper an meinen. »Und wenn hier einer wen gerettet hat, dann bist das ja wohl du! Oh, du telefonierst noch, sorry ...« Peggy will sich losreißen, ich halte sie fest.

»Flo, ich muss aufhören.« Doch er hat schon aufgelegt.

Beim Frühstück sieht mich Peggy immer wieder forschend an, sagt aber nichts. Vielleicht hat sie mein Gespräch mit meinem Bruder schon eine ganze Weile belauscht und nur so überrascht getan. Und wenn? Ich habe kein schlechtes Gewissen. Aber ich fühle mich auch nicht wohl bei dem Gedanken, dass Peggy sich zurückgesetzt fühlen könnte – nicht angenommen durch meinen Bruder, der mir neben Peggy von allen Menschen am nächsten steht. Ich beschließe, nicht darüber zu sprechen, es würde alles nur schwerer machen. Und das ohne Not. Peggy vertraut mir, das spüre ich. Jetzt küsst sie mich, bereit, mir alles zu erzählen – die ganze Geschichte von Klara.

Durch das Küchenfenster sehe ich ein Stück blauen Spätsommerhimmel und schlage vor rauszugehen. Peggy ist einverstanden, möchte gerne in den Auenwald, was ich eine ausgezeichnete Idee finde. Ein langer Spaziergang in der Natur als Reise in die Vergangenheit. Erst hier und jetzt erfahre ich, wie teuer sie sich die Geschichte von Klara und Karl erkauft hat. Nicht bei irgendeinem Informanten, sondern bei ihrem eigenen Vater.

»Tante Klara, Tante Klara – und wie es uns geht, ist dir ja wohl scheißegal, oder was?« Auch hier draußen roch Peggy die widerliche Fahne des Mannes, der genetisch ihr Vater ist. In diesem Moment steckte er sich eine weitere Zigarette an, die dritte, seitdem er sie hereingelassen und gleich raus auf den Balkon geschoben hatte, ohne ihr etwas anzubieten. Wo denn seine Frau sei, hatte Peggy gefragt; sie wollte sie nicht *Mutter* nennen, so wie ihr das Wort *Vater* nie über die Lippen gekommen wäre. Es schien ihn nicht zu stören, er antwortete einfach nicht.

Beim Durchqueren des spärlich eingerichteten Wohnraums hatte Peggys Blick einige Fotos gestreift, die in einem vergilbten Kunststoffrahmen an der Wand hingen – Bilder aus besseren Zeiten, aber ohne sie als Kleinkind. Für sie war kein Platz gewesen, auch jetzt nicht, in diesen schäbigen Rahmen, in ihrem normierten Plattenbaukasten, ihrem kleinkarierten, sinnlosen Leben. Peggy empfand beinahe Mitleid, aber eher ein herablassendes, denn sie war schon lange fertig mit ihnen. Die Zeit hatte die Wunden geheilt, die Verletzungen, als die Fragen bohrender wurden, warum sie nicht bei ihren Eltern lebte, obwohl es sie doch gab, sie einmal sogar zu Besuch gekommen waren, sich aber wie Fremde verhalten hatten. Die späte Wahrheit tat weh, wenn auch eher wie ein dumpfer Schmerz, ein Gefühl von Ungerechtigkeit, denn sie konnte lange nicht verstehen, warum sie nicht hatte, was andere Kinder so selbstverständlich nahmen: liebende Eltern und die Geborgenheit einer richtigen Familie, die ihr ihre Großeltern nur unzureichend ersetzen konnten. Einige Male hatten ihre Eltern den Versuch unternommen, wieder mit ihr in Kontakt zu treten. Aber das war später, als Peggy bereits erwachsen war. Vermutlich wollten sie nur Geld, sagte sich Peggy dann; für sie waren sie nichts als fremde Menschen, mit denen sie nichts verband, bis auf die Tatsache, dass sie nun mal ihre Erzeuger sind.

Unglücklicherweise waren sie jetzt die einzigen Menschen, die ihr vielleicht noch Auskunft darüber geben konnten, warum es Tante Klara nach ihrer Flucht ausgerechnet nach Leipzig verschlagen hatte, und vor allem, ob sie ihre große Liebe jemals wiedergesehen hatte oder nicht. Peggy war sich sicher, dass ihre Eltern etwas darüber wussten. Als ehemalige Beamte im Staatssicherheitsdienst hatten sie Zugriff auf alle Dokumente. War es so abwegig, dass sie diese im Chaos des Umsturzes aus der Zentrale entwendet und an sich genommen hatten - dass Großvater Hans in Berlin womöglich das Gleiche getan hatte?

Schon als der erstaunlich hagere Mann mit dem schütteren Haar die Wohnungstür nur einen Spaltbreit öffnete, sie fragend ansah und doch zugleich ein Erkennen in seinen Augen aufblitzte, weil er im ersten unschuldigen Moment seine Frau in ihrer jungen Gestalt vor sich wähnte, musste Peggy energisch über ihren Schatten springen. Mit schriller Stimme gab sie sich zu erkennen, stemmte sich gegen die Tür und überrumpelte so den Mann, den sie eigentlich nie in ihrem Leben wiedersehen wollte. Er war größer als sie, wirkte aber schwächlich und alt in seinem dunkelblauen, schlabbrigen Jogginganzug. Die Verblüffung löste bei dem Mann einen Hustenanfall aus. Unter buckelnden Krämpfen ließ er sie eintreten, wandte sich immer noch hustend dem Balkon zu, setzte sich dort hinter einen verkratzten Plastiktisch, auf dem ein voller Aschenbecher stand, und deutete schwach auf den freien Gartenstuhl am anderen Ende des Tisches. Alles an ihm, an seiner Behausung und dem Balkon ekelte Peggy. Als der Husten in einem rasselnden Geräusch mündete und der Mann gleich darauf über die Brüstung spuckte, hätte sie sich beinahe übergeben.

Sie atmete tief ein, ließ ihren Blick über die Plattenbausiedlung schweifen, die mit ihren bunten, in der Sommersonne leuchtenden Fassaden und den Grünanlagen nicht mehr so trist wirkte, wie sie es zu DDR-Zeiten wohl noch gewesen war.

»Da liegt einem die Welt zu Füßen«, kam es vom anderen Ende des Tisches, »und das Beste ist: ein Abflug ist jederzeit möglich.«

Peggy hatte sich fest vorgenommen, sich nicht provozieren zu lassen. Seine Worte ließ sie abprallen. Dieser Mann ist ein Fremder, dachte sie, sein Schicksal ist mir egal. Aber nicht das von Tante Klara. Deshalb hatte sie ihn gleich auf den Kopf zu nach ihr gefragt.

»Tante Klara, Tante Klara ... Deine Großtante, *meine Tante,* wollte immer was Besseres sein. Und wenn mein Vater, dein Opa, und ich sie nicht beschützt hätten ... Ab nach Bautzen, sag ich nur! Aber davon weißt du ja nix mehr.« Er grinste schief und zündete sich eine weitere Zigarette an. Sein Blick wurde angriffslustig. Wie viel Hass musste in diesem Menschen stecken. Aber warum nur? Was war in der Familie geschehen, die doch eigentlich hätte zusammenhalten müssen angesichts ihres gemeinsamen Schicksals?

»Ich will dir sagen, warum.« Seine gelblichen Augen fixierten Peggy mit einem triumphierenden Blitzen. »Sie hat uns verraten. Ihre eigene Familie. Oder warum, glaubst du wohl, hat sie rübergemacht? Nein, nicht wegen ihrer Familie. Sie hat unser Vertrauen missbraucht, jawohl, das hat sie. Sogar als diese Idioten unser schönes Land kaputtgemacht haben, hätte sie keine Skrupel gehabt, uns ans Messer zu liefern.«

»Aber warum denn das?« Peggy verstand nichts von dem, was der Mann ihr sagte.

»Na, das hat sie bestimmt nicht erzählt, die feine Dame, da bin ich mir ganz sicher!« Er drückte die Zigarette so stark in den vollen Aschenbecher, dass sich Asche und ein paar Kippen auf dem Tisch verteilten. Es war ihm egal. »Wieso willst du das denn überhaupt wissen, wo sie doch jetzt mal glücklich unter der Erde ist?«

Peggy musste schlucken. Sie dachte an die Beisetzung, bei der sie die einzige Angehörige war, wich seinem Blick aus, denn sie ahnte, was kommen würde – und sollte recht behalten.

»Und? Hast du denn auch ein schönes Sümmchen geerbt? Oder hat sie alles für die *Facharbeiter* gespendet, für Muttis *Goldstücke*? Würde ihr jedenfalls ähnlich sehen ...« Er schnaubte und Peggy war klar, dass auch er zu denen gehörte, die aus Enttäuschung nur noch Hass kannten, Hass der Frustrierten gegen die Schwächsten: die Geflüchteten. Menschen wie er waren so leicht zu kriegen für die rechten Rattenfänger, die ihre Parolen wie Giftköder streuten und die ihr zunehmend Angst machten.

Plötzlich hatte sie eine Idee: Was, wenn sie sich gar nicht auf seine Ebene herabließe, ihn nicht anbetteln musste, sondern im Gegenteil er sie? Tiefer als er konnte kein Mensch mehr sinken. Wenn sie sich nicht täuschte, gab es etwas, mit dem sie ihn herumkriegen konnte – sie musste nur geschickt vorgehen.

»Du hast recht. Tante Klara war eine vermögende Frau.« Peggy beobachtete ihn genau, während sie ihren Köder auslegte, und sie spürte, dass sie den Mann zu packen bekam: Sie hatte seine ganze Aufmerksamkeit, über die er sogar das Rauchen vergaß. »Die Wohnung, in der ich jetzt wohne, gehörte ihr. Sie hat sie nach der Wende gekauft, als die Besitzverhältnisse geklärt waren. Auf dem Sparbuch liegt so viel Geld, dass ich die Wohnung noch mal kaufen könnte.« Peggy übertrieb etwas und erschrak, als seine Faust auf den Plastiktisch sauste und noch mehr Asche darüber verteilte.

»Ich wusste es! Sie hat uns alle betrogen, diese Hure!«

Peggy sprang auf, ballte beide Fäuste, sodass der Mann hinter dem Tisch instinktiv die Hände hochnahm. Diese Geste ließ ihn so erbärmlich aussehen, dass sich Peggys Anspannung wieder löste und einem kaltblütigen Triumph wich, der sich in diesem Moment so gut anfühlte, dass sie zu ihrem entscheidenden Schlag ausholte.

»Du kannst es haben. Ich brauche das Geld nicht. Aber ich habe eine Bedingung ...« Peggy sah kühl auf den Mann herunter, der sich sichtlich unwohl fühlte, dessen gieriger Blick ihr dennoch nicht entging.

»Ich will alle Unterlagen über Tante Klara und alles, was du von ihr hast.« Ihre Stimme war vollkommen ruhig, sie kostete die Situation jetzt aus.

»Ich verstehe nicht ...«

»Lüg mich nicht an! Lüg mich nur einmal nicht an!« Jetzt bloß nicht weich werden, dachte sie. Sie pokerte hoch, doch was hatte sie zu verlieren? »Ich bezahle dich dafür, hörst du! Deine Frau will sich doch sicher auch mal was Schönes kaufen. Schön Urlaub machen ...« *Deine Frau* – hatte sie das wirklich gesagt?

Der Mann war zu verblüfft, um zu antworten; er wollte sich jetzt wohl auch keine Blöße geben. Langsam erhob er sich. Sie machte ihm Platz. Wie ein Tattergreis kam er ihr vor, als er sich an ihr vorbeidrückte, der beißende Körpergeruch des Alkoholikers in ihre Nase stieg. Sie folgte ihm, kam aber nicht weit, denn er bedeutete ihr zu warten und verschwand im Nebenzimmer.

Kurze Zeit später hörte sie das Geräusch eines Akkuschraubers. Sie musste grinsen, betrachtete noch einmal genauer die Bilder in den hässlichen Kunststoffrahmen. *Ich muss froh sein,* dachte sie. *Ein Leben ohne mich, aber eines, das ich auf gar keinen Fall vermisse.* Fast heiter wandte sie sich ab, als sich die Zimmertür öffnete und der Mann mit einer Aktentasche aus hässlichem, moosgrünem Kunstleder erschien. Ihr Herz schlug höher, doch noch zögerte er.

»Wie kann ich denn sicher sein, dass ...«

»Du kriegst dein Geld, keine Sorge. Ich brauche nur deine Kontonummer.«

»Bar wär mir lieber ...«, sagte er leise und fast schien es ihr, als befürchtete er, abgehört zu werden. »Muss ja keiner mitkriegen. Du verstehst. Und dann kriegst du auch den Rest von den Unterlagen. Ne kleine Sicherheit muss sein.« Er grinste verschlagen, schwenkte die Tasche hin und her.

Peggy fluchte innerlich. Ganz so einfach war es also doch nicht und wenn sie gedacht hatte, ihn nie wiedersehen zu müssen, hatte sie sich getäuscht. Außerdem scheute sie davor zurück, so viel Geld auf einmal abzuheben, noch dazu mit der ganzen Summe durch Leipzig zu fahren. Doch jetzt war sie so weit gegangen. Schweren Herzens willigte sie ein; ihre Übergabe sollte zwei Tage später stattfinden, am Hauptbahnhof, bei den Schließfächern. Wie abgegriffen! Wie in einem schlechten Thriller würden sie ihre Schließfach-Schlüssel tauschen. Wortlos entriss Peggy ihm die Tasche und machte, dass sie fortkam.

Kaum draußen, öffnete sie sie hektisch, erkannte tatsächlich Unterlagen, die amtlich aussahen, sah zu ihrem Erstaunen sogar einige Briefumschläge, erkannte Klaras Handschrift. Ihr Herz begann, wie wild zu klopfen, doch sie widerstand der Versuchung, den Inhalt der Tasche genauer zu untersuchen, und ließ sie kurzerhand in ihrem Rucksack verschwinden. Auf ihrem Weg zur S-Bahn fühlte sie sich einen Moment lang beobachtet. Als sie sich umdrehte, sah sie gerade noch eine Frau hinter einem Gebüsch verschwinden. Vielleicht täuschte sie sich, aber sie sah aus wie die Frau auf den Fotos im hässlichen Kunststoffrahmen. So wie ... Peggy wollte nur noch weg.

»Und du hast die ganze Zeit im Hotel übernachtet? Warum?« Ich sehe Peggy verwundert an. Sie nimmt einen großen Schluck aus ihrem Glas. Wir sitzen in einem Ausflugslokal. Die Sonne brennt immer noch, obwohl sich der Sommer allmählich verabschiedet.

»Ich brauchte Abstand. Auch von dir. Und meine alte Wohnung hab ich ja nicht mehr ...« Peggy sieht zu den anderen Gästen, die fast alle im Rentenalter sind. Ich muss an meine Eltern denken. Bestimmt hätte es ihnen an diesem friedlichen Platz im Grünen gefallen. Er erinnerte mich an unsere Sonntagsausflüge zum Landgasthof, wo Flo und ich uns den Bauch mit roter Brause und Schnitzel vollschlugen, die größer waren als unsere Teller - an das nachsichtige Lächeln meiner Mutter, die sich mit einem Salat begnügte, während mein Vater bierselig rülpste und gönnerhaft in die Runde blickte.

Peggy sieht traurig aus, sie tut mir leid, denn ihr fehlen wohl solche schönen Kindheitserinnerungen und vielleicht auch die schönen Erinnerungen überhaupt.

»Die Dinge haben mich so aufgewühlt. Verstehst du das?« Peggy sieht mich verzweifelt an. Sie ist so verletzlich und doch so stark. »In Berlin hab ich ja niemanden mehr getroffen. Die sind alle weg. Unser altes Haus hab ich gar nicht mehr wiedererkannt, da sind jetzt Luxuswohnungen drin. Leider habe ich in den Archiven auch nichts gefunden. Die haben ganze Arbeit geleistet und jede Menge Akten vernichtet. Und plötzlich hab ich es vor mir gesehen: wie Opa Hans sie genommen hat, wie er sie in seine Aktentasche gesteckt hat und nicht in den Reißwolf, wie er sie mit nach Hause genommen hat und später auch nach Leipzig. Die ganze Zeit waren sie da, ohne dass ich etwas geahnt habe. Wahrscheinlich immer in dieser hässlichen Tasche ...« Peggy schüttelt sich. Ich nehme ihre linke Hand, streiche sanft über ihre Innenfläche, an der Lebenslinie entlang, die, anders als meine, in vollendetem Schwung bis weit über ihren Daumenballen reicht.

»Huh, das kitzelt.« Peggy lacht und leert ihr Glas. »Lass uns gehen, dann erzähle ich dir den Rest. Und zuhause lesen wir wieder Tante Klaras Briefe. Dieser schöne Text über den Abschied, der wie eine Dichtung wirkt, erinnerst du dich? Vielleicht war das nicht erfunden, sondern ihr eigenes Erlebnis. Irgendetwas kam da noch ...«

Fluchtpunkt | *September 2018*

Wir reisen. Nur Peggy und ich, wie ein altes Ehepaar. Oder doch eher wie junge Backpacker: Wir haben uns günstige Rucksäcke gekauft, stopfen sie voll mit leichten und warmen Sachen, die auch einem jähen Wintereinbruch trotzen, obwohl wir damit im September noch nicht rechnen, auch nicht in Polen, am Frischen Haff, unserem Reiseziel. Peggy ist noch nie geflogen. Sie hat Flugangst. Deshalb fahren wir mit dem Zug.

Als ich unsere Reiseroute aus dem Netz gefischt habe, war ich mir bewusst, dass wir uns auf ein wahres Abenteuer einlassen würden. Ich solle mal bedenken, was Klara auf sich nehmen musste, entgegnete mir Peggy auf meinen letzten Versuch, ihr den Flug schmackhaft zu machen. Ihre Augen leuchteten, als ich ihr die Unwägbarkeiten aufzählte, die selbst im Jahr 2018 mit dem Landweg verbunden seien, die beschwerlichen Etappen, über 800 Kilometer, die wir auch mit dem Bus zurücklegen müssten, aber gerade Letzteres schien sie ganz besonders zu faszinieren.

Wir starten an einem wolkenverhangenen Tag, gar nicht mal besonders früh. Wenn alle Anschlüsse klappen, werden wir in etwa zwölf Stunden an unserem Ziel sein.

»Och, das geht doch«, sagt Peggy, und schmiegt sich an mich.

Schwer beladen stehen wir am Bahnsteig 11 des Leipziger Hauptbahnhofs. Dort, wo die überwölbten Gleise enden oder – je nach Reiseperspektive – beginnen, erhebt sich ein Sandsteinbau, der mich schon bei meiner ersten Ankunft in der Stadt fasziniert hat. Nicht so sehr die Fassade, sondern sein Innenleben. Ob ich wisse, dass der Kopfbahnhof der größte Europas sei und ursprünglich mal zweigeteilt war, fragte mich Peggy, als wir die lichte und großzügige Halle betraten. Ein Teil sei sächsisch und der andere preußisch gewesen, bis die Nazis alles *deutsch* gemacht hätten. Ich lasse Peggy dozieren, frage mich auch jetzt wieder, warum ich mich nicht öfter hier herumtrieb, das Flair von Fernweh und Ankommen genoss, die Läden auf drei Stockwerken, die wir links und rechts liegen ließen.

In der Luft liegt der Geruch von Frittiertem, ein asiatischer Schnellimbiss direkt am Kopf der Gleise scheint die meisten Reisenden anzuziehen, die schon vormittags Pappschachteln voll gebratener Nudeln vor sich hertragen und mit selbstverständlicher Ignoranz auch mit in den Zug nehmen.

»Fabian?« Ich drehe mich um. Aus dem Strom der Ankommenden am Gleis hinter uns löst sich ein Paar. Isa! Sie hat ihre Hand in der Armbeuge eines hochgewachsenen blonden Mannes mit gescheitelter Undercut-Frisur, der ihr Sohn sein könnte. Fast rechne ich mit einem solchen Bekenntnis, doch Isa stellt ihn mir als Verlagsvolontär vor, Friedrich heiße er. Ob sie ihn Fritz nennt?

»Das hier«, sie deutet mit dem Kopf zu mir, »ist einer unserer Autoren.« Sie würdigt Peggy keines Blickes.

Ich reiche dem jungen Mann die Hand. Er drückt sie ungewöhnlich kräftig, genießt meinen schmerzverzerrten Blick und zwinkert mir mit einem Siegerlächeln zu. Unwillkürlich sehe ich an ihm entlang: Sein hellblaues Hemd entspricht exakt seiner Augenfarbe, es steckt in einer beigen Hose, die eng anliegt, seine imposanten Oberschenkelmuskeln betont und über einem Paar nagelneuer brauner Bootsschuhe endet. Die Uniform der Yuppies. Das Wort *schneidig* kommt mir in den Sinn. Wie schon beim vermeintlichen Stasi-Spitzel befürchte ich auch jetzt wieder, laut zu denken. Nervös blicke ich zur Seite, sehe Peggy jetzt weiter hinten stehen, als gehörte sie nicht zu mir, und werde wütend. Ich blicke Isa an, die mich durchschaut und wissend angrinst, was mich noch wütender macht.

»Du verreist?« In ihrer Stimme liegt Spott. »Mit Rucksack sogar. Ganz umweltfreundlich. Braver Junge!« Sie blickt an dem blonden Hünen hoch, legt ihren Kopf an seine Schulter und sieht mich unverwandt an. »Wo geht's denn hin, wenn ich fragen darf?«

»Keine Angst ...« Meine Stimme klingt zittrig. »Ich liefere pünktlich ab, wenn es das ist, was du wissen willst.« Isa täuscht Überraschung vor, der Blonde sieht mich frech an.

Er ist ihr neuer Hengst, ganz klar. Wieder bin ich mir nicht sicher, ob mir meine Gedanken über die Lippen gekommen sind. Isa seufzt, zieht am Arm ihres Muskelmannes, der ihr zunickt und sich ebenso grußlos wie sie zum Gehen wendet. Ich gehe zu Peggy, sehe ihr trauriges

233

Gesicht, ihr besorgtes Stirnrunzeln – so verloren steht sie da.

»Ich hoffe, bald von dir zu hören. Die Zeit wird knapp!« Isas Worte stechen wie Pfeile in meinen Rücken, doch ich drehe mich nicht mehr um.

Als unser Zug einfährt, stehen wir immer noch schweigend da, Arm in Arm, mit unseren Rucksäcken wie Panzer auf unseren Rücken – wie zwei Schildkröten.

Als wir in Berlin ankommen, hat der Zug bereits über eine halbe Stunde Verspätung. Ich verfluche meinen Optimismus, frage mich, warum ich nie aus meiner Erfahrung mit Bahnfahrten lerne. In der App sehe ich, dass wir unser Ziel heute nicht mehr erreichen, sondern eine Zwischenstation einlegen müssen. Vielleicht ist es doch besser, nach Danzig zu fahren und dort zu übernachten, statt die eigentliche Route über Tczew nach Braniewo zu nehmen, die genau besehen eine Schnapsidee war. Von der Hafenstadt aus würden wir mit Sicherheit besser vorankommen und sie auszulassen kommt mir jetzt ohnehin wie ein Versäumnis vor. Peggy ist nicht nur einverstanden, sondern begeistert über die unerwartete Wendung. Über die Umbuchung macht sie sich keine Sorgen, in ihrem Geldbeutel ist ein dickes Bündel Geldscheine.

Dann wolle sie aber unbedingt zum Hafen, vielleicht könnten wir da auch übernachten, schlägt sie vor und denkt dabei wohl an die Station zwischen Hoffen und Bangen auf Klaras Flucht. Ich verstehe sie, obwohl es mich eher in Danzigs Altstadt oder auf die Speicherinsel ziehen würde. Aber das ist eine andere Reise. Hier geht es um Peggys

Familiengeschichte, um die große Liebe – die von Klara und Karl, die von Peggy und mir. Wie konnte ich nur glauben, dass man auch ohne Liebe über Liebe schreiben kann? Ich bin nicht *nur ein ganz gewöhnlicher Autor*. Über die Liebe zu schreiben, ist, als erschaffe man eine Welt.

Du bist ein hoffnungsloser Schwärmer. Was findest Du an der Maus? Und was soll die Reise? Ich muss jetzt deutlich werden: Wenn Du bis 15. Oktober nicht lieferst, bist Du raus! Klar?
19:36

Isas Nachricht leuchtet ausgerechnet in dem Moment auf, als ich im Restaurant auf der Toilette bin und mein Smartphone offen auf dem Tisch liegt. Bei meiner Rückkehr in den Schankraum sieht mich Peggy sorgenvoll an. Sie deutet auf mein Handy, hat den ersten Teil der Nachricht natürlich gesehen. *Was findest du an der Maus!* Zornig öffne ich den Messenger. Peggy legt ihre Hand auf meine, schüttelt den Kopf und sieht mich beschwichtigend an. Wie viel mehr Größe hat diese Frau als jene, die sie schlecht macht, ohne sie zu kennen. Verdammte, selbstgerechte Isa! Dass mein Bruder sie nicht durchschaut. Offensichtlich ist er sogar geneigt, ihr mehr zu vertrauen als mir.

Ich blicke in Peggys bekümmertes Gesicht. Wie billig, die Deadline auf den Tag nach der Frankfurter Buchmesse zu setzen; ich sehe Isas spöttischen Gesichtsausdruck vor mir, höre sie sagen, dass sie vorher einfach keine Zeit für mich habe.

Den Gefallen einer Antwort tu ich ihr nicht. Soll sie ruhig zappeln. Im Grunde ist sie doch auf *mich* angewiesen. Aber statt mich zu motivieren, geht sie auf Konfrontation. Warum? Spürt sie vielleicht meine wahren Gefühle, meine neue Unabhängigkeit, auch von ihr?

Nein, ich bin kein ganz gewöhnlicher Autor. *Ich gehöre nicht dir. Magst du mit anderen deinen Appetit stillen, du wirst trotzdem hungrig bleiben, dich weiter nach etwas sehnen, das du niemals kriegen wirst. Du nicht!*

Peggy drückt meine Hand. Kann sie meine Gedanken lesen? Ich schalte mein Smartphone aus und stecke es in die Tasche meiner Jacke, die über der Stuhllehne hängt. Dann beuge ich mich vor, nehme Peggys Kopf in beide Hände und küsse sie. Sie umfasst meinen Hals, öffnet ihre Lippen, und so versinken wir ineinander, sind ganz bei uns. Als wir uns endlich lösen, ist es, als setzten wir die Welt wieder in Gang. Gerade noch sehe ich den verträumten Blick des Kellners, der aus seiner Starre erwacht und wie ertappt zu einem der Nebentische geht, an dem drei Männer, offensichtlich Hafenarbeiter, sitzen und sich wieder wegdrehen. Einer von ihnen sagt etwas auf Polnisch, worauf alle lachen. Der Barmann schüttelt grinsend den Kopf, macht sich an dem Zapfhahn zu schaffen und zwinkert uns über die chromblitzenden Armaturen zu. Die Geräusche kehren zurück, die Erde beginnt, sich wieder zu drehen wie ein Karussell auf der Kirmes. Jahrmarktmusik. Popcornduft. Gebrannte Mandeln. Das Jauchzen der Kinder auf den Schaukelpferden, ihr Winken, der Schwindel und der Wunsch, die Fahrt würde ewig dauern.

Als wir das hafennahe Lokal verlassen, beschließen wir das deftige, aber gute Essen mit einem Spaziergang zur Mole zu verdauen. Es dämmert bereits und ich bin mir nicht sicher, ob wir viel zu sehen bekommen werden. Anders als vielleicht in der Danziger Altstadt.

Der Fußweg an der Straße ist alles andere als ein schöner Spazierweg, die Umgebung gleicht bis auf eine backsteinerne Kirche und einigen geduckten, grauen Wohnhäusern einem Industriegebiet. Firmengebäude mit mehr oder weniger bekannten Namen wechseln sich mit Plattenbauten ab, in denen immer mehr Lichter angehen. Menschen sehen wir kaum hier draußen, auch die Straße ist wenig befahren. Je weiter wir westwärts gehen, desto einsamer und trostloser wird die Gegend. Hinter Gebüsch und Bäumen vermuten wir die Hafenanlagen, erkennen die Spitzen von Verladekränen, doch nirgendwo können wir dorthin abbiegen. Einige Male zweigt ein kleiner Weg ab, um doch nur an einem Mietshaus oder einem Firmengebäude zu enden. Wir fühlen uns unsicher, die Gegend wirkt verwahrlost; weder stört jemanden offensichtlich der achtlos im Gebüsch entsorgte Müll, alte Matratzen und zertrümmerte Möbel, *noch würde sich irgendjemand darum scheren, sollten wir hier überfallen werden.* Dieser Gedanke lässt meine Schritte schneller werden. Ich ziehe Peggy mit, zurück zur Straße, die wenigstens halbwegs belebt ist. Ein Bus fährt vorbei. Er ist leer. Ich wäre mit ihm gefahren, doch Peggy will die Strecke zu Fuß gehen. *Ihre Vorfahren mussten das schließlich auch.*

Nach Norden hin gibt es endlich Zufahrten zu den Docks. Sie sind aber alle versperrt oder werden kontrolliert.

Als wir kaum noch daran glauben, öffnet sich die Straße zu einer großen Kreuzung; ein Schild weist auf eine Fähre hin. Wir folgen dem Weg, kommen an Parkplätzen und Bürogebäuden vorbei. Peggy zeigt auf einen rotgeziegelten Leuchtturm hinter dem Industriegebäude. Wir rennen jetzt, ärgern uns über die verbummelte Zeit. Natürlich liegt der Turm schon verlassen da. Die Gittertüren sind geschlossen; am Zaun hängen Infotafeln. Keine Menschenseele ist zu sehen. Traurig sieht Peggy hinauf; ich folge ihrem Blick, sehe die Galerie, auf der wir jetzt gern stehen würden, und an der Spitze den Zeitball, der vor der Rundfunkära immer zur selben Stunde fallen gelassen wurde, damit die Schiffsbesatzungen ihre Chronometer danach stellen konnten. Der historische Zeitball wurde erst 1984 neu installiert, seit 2008 funktioniert er auch wieder, steigt immer zur Mittagszeit auf und fällt pünktlich um 12 Uhr herunter. 27 Meter hoch ist der Turm – hoch genug für eine schöne Aussicht auf die Westerplatte und die Danziger Bucht.

»Oh, ich weiß noch mehr, soll ich?« Als ob meine Klugscheißerei aus dem Internet helfen würde. Als ob das wichtig wäre. Sieben Tage haben die Polen dort drüben dem deutschen Trommelfeuer widerstanden. Noch konnten sie nicht auf Alliierte hoffen. Gerade erst hatten die Deutschen Polen überfallen. Gegen den hellgrauen Saum des Horizonts erkenne ich das steinerne Denkmal, das aus den schwarzen Bäumen der Halbinsel ragt. Weiter östlich die Schemen der Hafenkräne wie knöcherne Dinosaurier.

Peggy springt die flachen Stufen zur Anlegestelle hinunter. Alles wirkt sauber und gepflegt – touristisch erschlossen. Nichts erinnert an das, was hier zum Ende des

Zweiten Weltkriegs geschehen ist. Vielleicht, weil Gotenhafen, das heutige Gdynia, der eigentliche Sammlungspunkt für die Flüchtlinge war. In Klaras Aufschrieben ist jedoch immer die Rede von Danzig. Es ist einerlei, nicht wichtig.

Peggy nimmt meine Hand. Gemeinsam treten wir an die Hafenkante, die an dieser Stelle nur von zwei Eisenketten begrenzt ist. Für einen Moment spüre ich, wie Peggy wankt. Das schwarze, sanft an den Rand schlagende Wasser hat eine seltsam anziehende Wirkung. Ich weiß, dass Peggy an das Tagebuch ihrer Großtante denkt, dass sie an diesem menschenleeren Ort in *Nowy Port* (*Neufahrwasser*) zurückreist in die Zeit, als hier wie in Gotenhafen und Pillau Abertausende Schutz suchende Menschen ausharrten und auf eine Rettung durch anlandende Schiffe hofften, während die Front im Landesinneren zusammenbrach und *die Russen immer näherkamen*. Klara, ihre Eltern und die unzähligen Verzweifelten des Winters 1945 Richtung Meer blickten anders Richtung Meer, voller Angst und Hoffnung, dass in der Ferne ein neues Leben beginnen würde, zugleich bangend, es könnte jäh in der kalten See enden.

Hier, an der Danziger Bucht, hat diese junge Frau gestanden und hinausgesehen, den Schiffen entgegen und später, auf ihrem Schiff, zurückgeblickt nach Südosten, wo ihre Heimat langsam im Meer versank, und die Hoffnung nie aufgegeben.

Viel weiter noch als dort, wo ich glücklich war, muss meine große Liebe sein. Tief in meinem Herzen spüre ich, daß Karl lebt. Ich weiß, solange ich ihn nur unbeirrt weiter liebe und auf Gott vertraue, werde ich ihn eines Tages wiedersehen.

Klara | *1947/1953*

Münster, im September 1947
Mein allerliebster Karl,

immer noch kein Lebenszeichen von Dir. Oder vielleicht doch? Denn etwas hat meine Seele berührt, ganz sanft, heute Morgen auf der Milchfuhre. Ob es die Landschaft war, die der unseren manchmal gleicht, oder der Nebel, der sich wie ein dicker Teppich über Felder und Wiesen legt wie bei uns im Ermland? Wir haben dieses Spektakel nie zusammen gesehen, denn als der Herbst kam, warst Du schon fort. Er kam früher als sonst, auch die Kälte und der strenge Winter. Und ich habe mich so oft gefragt, ob Du es wohl warm hast oder ob Dir Kälte und Hunger zusetzen. So traurig sind die Bilder – vom Schnee, von den müden Soldaten auf dem Rückzug, den vielen Opfern und Gefangenen.

Aber sie haben uns noch viel schlimmere Bilder gezeigt. Was haben wir nur getan? Waren die Geschichten doch wahr, die man sich erzählte und die man so wenig glauben konnte wie alles andere, was die Deutschen angerichtet haben. Nein, Du nicht, da bin ich mir sicher. Du hast nur Deine Pflicht getan. Du hast ein gutes Herz. Deshalb bist Du auch am Leben. Ich weiß es einfach – und heute Morgen habe ich es umso deutlicher gespürt.

Der Nebel über den Wiesen, die Pferde, die nur halb heraus-

ragen, als badeten sie in Milch, als tränken sie davon, obwohl sie doch bloß grasen und manchmal aufblicken - das Funkeln der aufgehenden Sonne, die mit ihren goldenen Strahlen wenigstens noch etwas Wärme in diese schweren Zeiten bringt und den Nebel jetzt noch zu lichten vermag. Wie ich solche frühen Stunden bei uns geliebt habe! Weißt Du noch? Einmal habe ich Dir davon erzählt und Du hast dieses alte Lied gesungen:

„Wie deine Felder – von Ähren Meer an Meer, wie deiner Wälder Bogen sich wölben hoch und hehr!"

Ich weiß nicht mehr, wie es weitergeht. Unsere schöne Heimat - der Sommer mit Dir! Die Worte schmerzen, sie kamen mir wieder in den Sinn, als ich durch diese Landschaft fuhr. Es wird Herbst und wieder werde ich schwermütig. Ich fürchte, wenn ich mich gleich hinlege, wird sich kalter Nebel auf meine Brust legen, mich schwer atmen lassen, hier in der klammen Scheune, wo ich im Schein der Funzel kaum lesen kann, was ich auf dieses Stück Packpapier kritzle, immerhin, mit einem Bleistift, den ich mir heimlich ausgeliehen hab und mit einem Messer spitze. Es ist ein Wunder, daß ich wieder schreibe. So lange war meine Seele verstummt. Trotzdem ich befürchte, daß es bei diesem Stückchen bleiben wird. Es bleibt eben kaum Zeit. Alle schlafen schon lange, aber ich kann nicht, so sehr meine Knochen schmerzen und nach Ruhe verlangen.

Ach, mein liebster Karl, wirst Du jemals diese Worte lesen, die sich unweigerlich dem Ende dieses Papiers nähern, das ich umseitig frei lassen will, wer weiß wofür ... Alles geht zur Neige, das Leben meines armen Vaters, die Welt, wie wir sie kannten. Doch wir sind noch jung und etwas Neues entsteht.

Und Du wirst sehen, eines Tages, früher, als wir es vielleicht erahnen, werden wir uns wiedersehen. Dann wirst Du mich in den Arm nehmen wie an unserem letzten Tag – und das Ende wird der Anfang sein.
In unendlicher Liebe
Klara

Es waren traurige Jahre in Münster. Aber es blieb keine Zeit zu hadern; jede helfende Hand wurde gebraucht. In dem Maße, wie die westfälische Stadt zu neuem Leben kam, verloren sich die Anfeindungen gegenüber den Flüchtlingen. Einmal war Klaras Mutter auf offener Straße bespuckt worden. Es hatte nicht viel gefehlt und Klara wäre der fremden Frau an die Kehle gesprungen. Welche Laus war der feinen Dame denn in ihren Pelzkragen gelaufen? Die Frau sah keineswegs so aus, als fehle es ihr an irgendetwas – ganz im Gegensatz zu Klara und ihrer Mutter, die ums tägliche Überleben kämpfen mussten.

Mit Glück waren sie auf einem kleinen Bauernhof außerhalb der Stadt untergekommen. Dort schufteten sie von morgens bis abends. Als sich die Lage besserte, durften sie von der notdürftig eingerichteten Scheune in ein Zimmer im Haupthaus ziehen. Von dort schafften sie schließlich den Absprung in einen kleinen Ort südlich der Stadt. Sie bekamen Arbeit in einer Fabrik für Baustoffe und Farben. Lange hielten sie es dort nicht aus, überdies wurde Klaras Mutter krank. Binnen Kurzem hustete sie ihre Taschentücher blutig, um wenig später qualvoll zu ersticken. Klara war jetzt ganz allein.

In ihrer einsamen Trauer verstärkte sie ihre bereits im dänischen Lager unternommenen Anstrengungen, wenn nicht Karl, so doch wenigstens ihren Bruder Hans zu finden. Aber alle ihre Gespräche, ihre unzähligen Schreiben – ob an den Suchdienst des Roten Kreuzes, die deutschen Ämter, ob nach Polen oder an die offiziellen Stellen der Alliierten – blieben ohne Ergebnis.

Anfang der Fünfzigerjahre geschah ein kleines Wunder: Klara arbeitete inzwischen als Verkäuferin in einem Textilgeschäft, und als sie an einem warmen Frühlingsabend nach Hause kam, fand sie einen in Maschinenschrift adressierten grauen Umschlag vor, der in Ostberlin abgestempelt war. Ihr Herz setzte aus, noch im Treppenhaus riss sie den Umschlag auf. Ein handgeschriebener Brief kam zum Vorschein. Im ersten Moment glaubte sie an ein Lebenszeichen von Karl, doch es war nicht seine Handschrift. Auch war das Schreiben kurz, fast wie ein Telegramm. Als sie die Unterschrift sah, rief sie laut seinen Namen: Hans!

Ihm gehe es gut, er wohne in Berlin und arbeite bei der Regierung der *Deutschen Demokratischen Republik*. Gerne könne sie ihn und Anni besuchen. Eine offizielle Einladung folge in den nächsten Tagen. Klara war enttäuscht und froh zugleich. Hans lebte und offensichtlich ging es ihm gut, sogar mehr als das. Hatte er sich also doch den Kommunisten angeschlossen, auch wenn er nicht in Polen bleiben konnte oder wollte. Klara musste an das letzte Gespräch vor ihrer Flucht denken, daran, wie ihr Vater beinahe verzweifelt war. Anders als er hatte sie ja geahnt, dass Hans nicht mit ihnen gehen wollte. Jetzt war ihr Bruder ein gemachter Mann, ein Beamter in der Ostzone. Und er hatte eine Frau.

Plötzlich wurde Klara bewusst, dass sie nicht nur Hans wiedergefunden hatte, sondern mit ihm womöglich auch einen neuen Weg, an Informationen über Karl zu kommen. Wer wäre dazu in der Lage, wenn nicht ein Beamter der DDR, der sogar imstande war, sie im Westen aufzuspüren? Oder hatte er einen ihrer Briefe bekommen? Wie viel einfacher wäre für ihn der Zugang zu den Archiven der Roten Armee oder der Ämter in der Sowjetunion? Bei dem Gedanken wurde Klara ganz fiebrig. In der Nacht allerdings träumte sie, dass sie vor einer von Schnee und Eis bedeckten Grabstätte steht, und obwohl nirgendwo ein Name steht, weiß sie, dass darin ihr geliebter Karl liegt. Der Traum ging ihr nach; ihr bis dahin so fester Glaube an ein Wiedersehen bekam Risse. Verzweifelt klammerte sie sich an jede noch so kleine Spur von Karl. Wann immer es die Arbeit und andere Herausforderungen ihres harten Alltags zuließen, suchte sie nach ihm, ließ sich auch nicht von der Unzahl an Verschollenen entmutigen, die das Rote Kreuz listete, nicht ahnend, dass noch 70 Jahre nach Kriegsende 1,3 Millionen Deutsche vermisst wurden. Auch die späten Heimkehrer sprach sie an, in der Hoffnung, dass vielleicht einer von ihnen sein Kamerad, Mitgefangener oder auch nur entfernt Bekannter sein mochte. Von Mitleid bis zu unwirscher Ablehnung reichten die meist wortkargen Reaktionen, wenn sie ihnen ein Foto von Karl zeigte.

Im Frühsommer des Jahres 1953 reiste Klara das erste Mal über Köln nach Berlin. Noch immer kam es ihr wie ein Wunder vor, dass sich ein Teil Westdeutschlands mitten in der DDR befand. Eine Insel in einem feindlichen Meer. In der Wochenschau hatten Klara und ihre Mutter gesehen, wie die Luftbrücke die Versorgung der Westberliner sicherstellte; damals schien ihnen ein weiterer Krieg unausweichlich.

Als der Interzonenzug DDR-Gebiet erreichte, empfand Klara das erste Mal seit Langem wieder nackte Angst. Erneut sah sie sich jener fast schicksalhaften höheren Gewalt ausgesetzt, die sie noch in ihrer Heimat, auf der Flucht und auch in den Jahren danach erleben musste. Die Männer in den blauen Uniformen, die sogenannten Transportpolizisten, erinnerten sie an die deutschen Soldaten im Ermland – dieselben starren Mienen, die Herablassung, hart und herzlos. Ganz anders später die Westalliierten.

Als Klara an der Reihe war, zitterte sie. Der Beamte, ein noch junger, hagerer Mann, streckte ihr fordernd seine Hand entgegen und schnappte wie ein Raubtier zu, kaum dass Klara ihren Ausweis und das Schreiben ihres Bruders aus ihrer Tasche geklaubt hatte. Der Uniformierte blickte abwechselnd sie und den Pass an, faltete das Begleitschreiben von Hans auseinander und stutzte. Klara wusste nicht, was das zu bedeuten hatte: Mit ihren Papieren in der Hand drehte sich der Beamte um und verließ das Abteil. Wie gelähmt verfolgte sie, wie er draußen auf dem Bahnsteig zu zwei weiteren Uniformierten ging, die ihre Papiere ebenfalls musterten und dabei mit ernsten Mienen zu ihr ins Abteil starrten. Endlich löste sich der Beamte von den beiden anderen und kehrte an ihren Platz zurück. Mit versteinertem Gesichtsausdruck klatschte er Klara die Papiere in die Hand. Ihren kleinen Koffer musste sie nicht mehr öffnen.

Auch die Kontrolle der anderen Fahrgäste dauerte nur noch kurz.

Als Klara endlich in Berlin aussteigen konnte, war es bereits dunkel. Sie wusste, was sie tun musste, Hans hatte sie genauestens instruiert. Tatsächlich wurde sie draußen bereits erwartet, und noch ehe sie überhaupt einen Eindruck von Berlin gewinnen konnte, saß sie bereits auf der Rückbank eines Autos. Zu ihrer großen Enttäuschung bog der Fahrer gleich in eine Nebenstraße ab. Nicht nur, dass sie ordentlich durchgeschüttelt wurde, sie sah auch nichts als schwach beleuchtete Straßen, geparkte Autos und graue Fassaden, von denen nicht wenige noch immer kaputt waren. Je öfter sie abbogen, desto bewusster wurde ihr, dass sie das reizvolle Berlin, den schmucken Westen der Stadt mit dem Kurfürstendamm, dem neuen *KaDeWe* nicht zu Gesicht bekommen würde. Der Fahrer lenkte den Wagen schweigend – ein stiller Schatten.

Schon bald näherten sie sich einem Kontrollpunkt mit zwei Männern in Militäruniform, die sie einfach durchwinkten. Hans muss ein mächtiger Mann sein, dachte Klara fröstelnd.

Die Straßen in Ostberlin schienen noch schlechter zu sein als im westlichen Teil. Der Wagen fuhr jetzt langsam, bahnte sich offenbar nur mühsam seinen Weg, denn die Scheinwerfer leuchteten kaum fünf Meter weit. Noch immer sagte der Fahrer nichts, seine Silhouette hob sich jetzt kaum noch von der dunklen Umgebung draußen ab, war kein Schatten mehr, sondern ein Teil der Dunkelheit. Dann ein Flackern, gleich darauf eine graue Rauchfahne, die nach hinten zog. Klara musste husten, wedelte mit ihrer

Hand den Tabakqualm weg. Es schien den Fahrer nicht zu interessieren; er zog stark an seiner Zigarette, und schon bald war alles voller Rauch. Wie bei Dreitürern üblich, ließen sich die Fenster hinten nicht öffnen. Gerade als Klara den Fahrer ansprechen wollte, hielt der Wagen abrupt an. Die Beifahrertür öffnete sich, der Sitz wurde vorgezogen, eine Hand streckte sich zu ihr aus. Sie griff nach ihr, in der anderen Hand ihren kleinen Koffer, und stieg mithilfe eines Mannes aus, der nicht der Fahrer war. Es war Hans.

Der Empfang war alles andere als herzlich. Keine Umarmung – hatten sie sich jemals umarmt? Nein, als Kinder nicht und auch nicht zum Abschied in ihrer Heimat. Auch jetzt: ein kühler Händedruck, eine Geste, doch bitte in den schwach beleuchteten Hausflur zu treten. Erst nach der ebenso förmlichen Begrüßung durch Anneliese, die sich selbst Anni nannte, als sie im hellen Licht des Wohnzimmers auf dem braunen Sofa Platz genommen hatten, fand Klara etwas Ruhe. Aber jetzt traten ihr Tränen in die Augen, und so konnte sie über Weingläser, Bierflaschen und einem Teller mit Schnittchen hinweg ihre Gastgeber anfangs nur durch einen Schleier ansehen. Sie betrachteten Klara schweigend – Anni, deutlich jünger als Hans, zierlich, spitzes Gesicht und streng nach hinten gekämmte dunkle Haare, eine Krähe mit ausdruckslosem Blick, und Hans, ihr Bruder, den sie so lange nicht mehr gesehen hatte, der sie so kühl wie früher ansah, noch kühler sogar, fand Klara. Das Glasauge, dachte sie. Aber immerhin: Er lebte – anders als vielleicht Karl ... Der letzte Überlebende ihrer Familie, der im Gegensatz zu Klara, wohl eine neue Heimat gefunden hatte, dem es gut ging, der sogar gut aussah, dem jungen

Mann noch ähnlich, der im Ermland zunächst zurückblieb und der hier und heute ganz offensichtlich alle Privilegien eines höheren Beamten besaß, in einem komfortablen Einfamilienhaus wohnte, von dem Klara nur träumen konnte.

Viel sprachen sie nicht an diesem Abend, trotz der langen Zeit, trotz ihrer Schicksale und des Verlusts ihrer Eltern, auf den ihr Bruder mit keiner Silbe einging. Vielleicht war die Familie für ihn gestorben, als sie das Ermland verließ. Ihn verließ. *Nein*, dachte Klara, *er hat sie doch ziehen lassen, hat ihnen keine Träne nachgeweint. Am wenigsten sicher dem Vater, dessen preußische Unerbittlichkeit ihn so früh in den Krieg zwang, ihn wieder ausspuckte, verletzt an Leib und Seele, gezeichnet und gebrochen.* Darüber zu sprechen, war unmöglich, das war Klara bewusst. Auch Anni mochte nicht alle Umstände kennen. Vielleicht schätzte sie seine kühle Überlegenheit, seine Disziplin, ohne die er es bestimmt nicht so weit gebracht hätte. *Ach, Hans, wenn du wüsstest, wie ähnlich du doch dem Vater bist.*

Als Klara nach einer fast schlaflosen Nacht erst gegen Mittag aufwachte, sich fremd und am falschen Ort fühlte, war Hans schon lange weg. Anni saß am Küchentisch, das Radio lief. Sie hatte keine Zeit für Klara, deutete auf den Tisch, auf dem noch das Frühstück stand, starrte mit abwesendem Blick zum Fenster, an dem einige Tropfen in der Sonne glitzerten. Klara erkannte einen Garten mit gepflegtem Rasen und Blumenbeeten und sie traute ihrem Bruder zu, sozialistischen Prinzipien zum Trotz einen privaten Gärtner zu beschäftigen.

Sollte sie Anni fragen, was los war? Da brach die Musik im Radio ab, eine strenge Männerstimme ertönte, Klara erstarrte. Es herrschte Ausnahmezustand. Der Radiosprecher las einen Befehl des sowjetischen Militärkommandanten vor: Ab 13 Uhr galten für den Sektor strenge Regeln, ein Versammlungsverbot und eine nächtliche Ausgangssperre. Klara hatte von Protesten und Streiks gelesen, ihnen aber nicht so viel Bedeutung beigemessen, zumal sie über die Hintergründe nicht viel wusste. Offenbar ist die Lage eskaliert. Die Stimme des Radiosprechers erinnerte sie an die Rundfunkansprache Hitlers und den nächtlichen Streit zwischen ihrem Vater und Hans. Diesmal stand Hans auf der Seite der Machthaber.

Die Türklingel schrillte; Anneliese sprang auf und eilte aus der Küche. Gleich darauf erschien sie mit einem Mann in Lederjacke, der Klara höflich die Hand gab. Er hatte ein freundliches, pausbäckiges Gesicht mit wachen Augen, die sie kurz anstrahlten, alsbald aber sorgenvoll auf das Rundfunkgerät blickten, während er sich an den Frühstückstisch setzte und wie Anneliese und Klara dem Sprecher im Radio lauschte.

Es seien Panzer aufgefahren, T34, sagte der Besucher, Anneliese drehte das Gerät leiser. Die Stadt sei abgeriegelt, Menschen, streikende Arbeiter, drängten sich in den Straßen, einige mit Steinen, sodass man das Schlimmste befürchten müsse; es werde Tote geben. Er habe sich auf schnellstem Weg hierher begeben.

So erlebte Klara jenen denkwürdigen und traurigen 17. Juni 1953 aus nächster Nähe, der einen Wendepunkt in der noch jungen DDR-Geschichte markierte und im Westen

bis zur tatsächlichen Wiedervereinigung als *Tag der Deutschen Einheit* gefeiert wurde.

An diesem Tag lernte Klara Heinz kennen.

Spurensuche | *September 2018*

»Onkel Heinz war ein Glücksfall.« Peggy rekelt sich in ihrem Sitz neben mir. Wir haben das Zugabteil für uns. Obwohl wir uns vorgenommen hatten, früh zu starten, sind wir viel zu spät aufgewacht. Die Reise strengt uns doch mehr an, als wir wahrhaben wollen. Für mich ist sie mindestens so aufwühlend wie für Peggy, wenn auch mehr für meinen Kopf, in dem mein neuer Roman auf das Ende hin fiebert, so wie ihr Herz sich danach sehnt, endlich zu erfahren, ob Klara ihre große Liebe wiedergesehen hat. In den Stasi-Unterlagen, die erst Peggys Großvater und dann ihr Vater gehortet hatten, finden sich keine Hinweise auf ein Wiedersehen mit Karl. Nur vage Andeutungen und Vermutungen über Ort und Zweck der Reise. War er dann doch gestorben und hatte sich Klara danach mit Heinz getröstet?

»Nun ja, sie hat ihn geheiratet«, gebe ich zu bedenken.

»Das muss aber später gewesen sein. Ende der Siebziger, glaub ich. Auf ihrem Hochzeitsbild sehen sie jedenfalls älter aus.«

»Vielleicht eine Zweckehe. Wirklich geliebt hat sie doch wohl nur ihren Karl, oder?«

Peggy sieht nachdenklich aus dem Fenster. Die bereits herbstliche Landschaft Polens zieht an uns vorbei. In zwei Stunden werden wir Olsztyn, das frühere Allenstein, erreichen, wo noch zwei Stunden Busfahrt vor uns liegen werden. Gerne hätte ich das *Museum für Ermland und Masuren* in der Burg besucht. Doch wir befinden uns nun mal nicht auf einer Kulturreise. Außerdem will ich endlich dorthin, wo alles begann und vielleicht auch endete.

»Leider haben uns Tante Klara und Onkel Heinz nicht hinterlassen, wen sie in Braniewo getroffen haben und warum sie genau dorthin gefahren sind.« Peggy schüttelt den Kopf. »Dass sie Karl gefunden haben, ist unwahrscheinlich, wären sie sonst weiter zusammen gewesen? Womöglich haben sie aber eine Spur von ihm entdeckt. Oder sogar die Gewissheit erhalten, dass er nicht mehr lebte. So sehr wir uns auch ein anderes Ende wünschen: Wie passt das denn bitte sonst mit ihrem Leben in Leipzig zusammen? Wie hätte Tante Klara ihren Frieden machen können?«

»Hat sie das denn?«

Peggy zuckt mit den Schultern und blickt weiter aus dem Fenster. »Jedenfalls hätte ich echt nicht gedacht, dass die Stasi dazu nichts herausgefunden hat.«

»Vielleicht hat sie das, aber die Unterlagen vernichtet. Andererseits war Polen damals gar nicht so gut auf die DDR zu sprechen. Die haben die deutschen Streber gehasst, genauso wie den großen Bruder Sowjetunion, wollten ihren eigenen sozialistischen Weg gehen und fühlten sich, so gesehen, zwischen allen Stühlen, wie so oft in der polnischen Geschichte.«

»Und da kommt Onkel Heinz ins Spiel.« Peggy hebt triumphierend den Zeigefinger, wirkt dadurch unfreiwillig altklug. Sie bemerkt meinen amüsierten Blick, lacht und gibt mir einen Kuss. »Ich weiß nicht wie er das gemacht hat und warum sich ihm alle Türen geöffnet haben. Er hat mir auch nie erzählt, was er beruflich gemacht hat. Ich nehme an, er war so eine Art Doppelagent oder beim Auslandsnachrichtendienst, der HVA, auf jeden Fall ein hohes Tier in der DDR. Mächtig und unantastbar – und trotzdem überwacht. Total verrückt, oder? Immerhin war er ja mal mit meinen Großeltern befreundet. Sehr eng sogar. Hab ich aber auch erst jetzt erfahren. Meine Großeltern haben so wenig über ihn gesprochen wie über meine Großtante – wie über die ganze Vergangenheit. Die Stasi hat Tante Klara und damit auch Onkel Heinz auf Schritt und Tritt beschattet – nur in Polen war das wohl schwieriger, eigentlich unmöglich.« Peggy redet ohne Punkt und Komma, ihre Wangen glühen. »Die haben da total im Dunkeln getappt. Auch die Briefe von Tanta Klara, die mein Stasi-Vater mir so hämisch ausgehändigt hat, haben ihnen wohl nicht viel gebracht.« Peggy seufzt. »Die sind echt nicht vergleichbar mit ihrem Tagebuch. Da ist kein Gefühl erkennbar. Vielleicht Sorge. Alles nur Suchanfragen, Anträge auf Akteneinsicht – Briefe, die die Stasi, womöglich mein Großvater höchstpersönlich, abgefangen hat. Wie krank! Übrigens findet sich in den Akten kaum noch was nach 1972 und rein gar nichts mehr aus den Achtzigern. Tja, und die beiden *Zielobjekte*, die ich so spät erst kennenlernen durfte, die wollten die Vergangenheit ja immer *ruhen lassen*. Aber irgendwas muss da passiert sein. Anders kann ich mir nicht erklären, warum es zum Bruch mit meinen Großeltern kam.« Peggy schüttelt sich.

Ich spüre, dass die kleine heile Welt ihrer frühen Kindheit, die gute Erinnerung an ihre Großeltern, die sie auch im Heim und nach deren Tod in ihrem Herzen bewahrte, immer mehr Sprünge bekommt und nun vollends zu zerbrechen droht. Wenigstens die Geschichte ihrer Großtante, die große Liebe, soll sich am Ende erfüllen, nichts mehr wünscht sich Peggy. Ich lese es in ihren Augen, spüre es in ihren heißen Händen und fiebere mit ihr.

Am frühen Abend erreichen wir endlich Braniewo, wo wir uns in einer kleinen Pension etwas außerhalb der Stadt einmieten. Peggy hat das Haus auf Anhieb gefallen, als wir die Buchungsplattform durchforsteten. Anscheinend sind wir um diese Jahreszeit die einzigen Gäste. Nein, sie habe nur dieses eine Zimmer, mehr schaffe sie nicht mehr, sagt die Besitzerin auf Deutsch, als wir die Diele des alten Backsteinhauses betreten, das zwischen einem ausgedehnten Stoppelfeld und einem kleinen Wäldchen liegt. Die alte Dame hat sich bei unserem Eintreten aus einem alten Ohrensessel erhoben. Sie wirkt rüstig, obwohl ich ihr Alter auf etwa das von Klara schätze. Sie sieht ihr ähnlich. Peggy starrt wie gebannt auf die Frau; auch sie scheint die alte Dame an ihre Großtante zu erinnern. Vielleicht lässt uns aber auch die Begegnung mit der Vergangenheit so empfinden, die Hoffnung, dass diese Frau eine Bekannte von Peggys Ahnen sein könnte.

Bevor Peggy mit der Tür ins Haus fallen kann, frage ich nach einem Speiselokal in der Nähe, worauf die alte Dame verschmitzt lächelt. Bisher habe sie noch keinen Gast hungrig ins Bett geschickt. Wir sollen schon mal die Sachen aufs

Zimmer bringen, es befinde sich gleich oben an der Treppe, daneben das Badezimmer, sie bleibe lieber unten – »die alten Knochen wollen nicht mehr so recht« – und bereite uns derweil das »Abendbrot« zu.

Nicht nur, dass sich die gesamte obere Etage als Gästebereich erweist und sogar noch ein Lese- und Fernsehzimmer für uns bereithält, auch das *Abendbrot* ist weitaus mehr, als es das Wort vermuten lässt.

Als wir uns im Esszimmer des Hauses satt und zufrieden zurücklehnen, kommt unsere Gastgeberin mit einer Flasche Schnaps und drei Gläsern und setzt sich zu uns an die Stirnseite des Tisches. Peggy will das Geschirr abräumen, doch die alte Dame meint, wir sollen es in die Mitte schieben, das hätten sie früher auf dem Hof auch immer gemacht, allerdings um am Tisch ein Nickerchen zu halten.

Jetzt kann Peggy nicht mehr ruhig bleiben. Noch während der Schnaps, ein Selbstgebrannter aus der Nachbarschaft, unsere Speiseröhren entzündet, springt Peggy auf und kommt wenig später mit einer Mappe zurück, in der sich die Fotos ihrer Großtante befinden. Peggy ist aufgeregt, ihre Hände zittern, ihre Wangen haben eine rosige Farbe bekommen. Unsere Gastgeberin lächelt. Wortlos breitet Peggy einige wenige, aber aussagekräftige Schwarz-Weiß-Fotos vor ihr aus. Die alte Dame greift unter den Tisch, zieht eine Schublade heraus, in der sich ihr Brillenetui befindet. Kaum hat sie die Brille aufgesetzt und das erste Bild in Augenschein genommen, erstarrt sie. Ein leises Stöhnen kommt über ihre Lippen. Kurz mache ich mir Sorgen um die Frau. Doch dann kommt wieder Bewegung in ihren Körper; sanft streicht sie mit zwei Fingern über das Bild, das Klara in Nahaufnahme zeigt. Es ist, als fotografierten meine Augen nun diesen magischen Moment; ihr krummer Zeigefinger berührt das Papier gar nicht, er schwebt darüber, ganz ruhig und sicher, scheint sich zu strecken, während sie das Mädchen auf dem Bild betrachtet, das Foto zu einem Spiegel verwandelt, in dem sie sich vielleicht selber sieht, wie sie früher war. Der Anblick rührt mich, Tränen steigen mir in die Augen. Peggy geht es genauso. Und als die alte Dame ihre Hand zurückzieht und noch die anderen Bilder betrachtet, ohne sie vom Tisch zu nehmen, langsam, bedächtig und ohne merkliche Regung, wischen wir verstohlen über unsere Augen und sehen unsere Gastgeberin fragend an.

»Klara ... Sie war eine Schulkameradin, keine sehr enge. Außerhalb haben wir uns nur selten gesehen. Wir wohnten ja nicht so nah am Haff wie Klara.« Sie räuspert sich, sieht Peggy direkt an. »Ist sie Ihre Oma?«

Peggy schüttelt wie in Trance den Kopf, ihre Augen glänzen, fast mechanisch kommen die Worte über ihre Lippen: »Meine Großtante. Sie ist vor kurzem gestorben.«

Die alte Dame nickt nur. »Klara hat es geschafft.« Wir sind irritiert, sie bemerkt das. »Ich meine damals. Wie erging es ihr, ihren Eltern, ihrem Bruder?«

»Mein Urgroßvater ist im dänischen Flüchtlingslager gestorben, seine Frau, also meine Urgroßmutter starb später in Westfalen. Tante Klara lebte zuletzt in Leipzig. Ihr Bruder, also mein Großvater, war ein hohes Tier in Ostberlin. Er ist damals nicht geflüchtet, als einziger der Familie. Er hatte Glück. Hans im Glück.«

»Erstaunlich ...« Die Frau schüttelt den Kopf. Ihr Blick verdüstert sich. »Es war eine schlimme Zeit. Die Russen haben uns überrollt, haben auf alles geschossen, was sich bewegte. Wir sind einfach zu spät aufgebrochen. Wie Vieh haben sie die Menschen zurückgetrieben, die Männer gefangen genommen oder gleich ermordet, meinen Vater ... Die Frauen wurden ...« Sie kann nicht mehr weitersprechen. Peggy greift nach ihrer Hand, nimmt sie zwischen ihre und sieht mich traurig an. Wir wissen beide, was damals mit vielen Menschen passierte, die nicht mehr rechtzeitig fliehen konnten. Die alte Dame atmet tief durch.

»Auch ich hatte Glück. Tagelang hab ich mich versteckt. Immer nachts bin ich gelaufen. Zum Glück war es nicht mehr so kalt. Aber die Bombenangriffe waren schlimm. Unser schönes Braunsberg, die Altstadt und die Speicher – alles brannte. Ich hielt mich abseits. Aber fast hätte es mich doch noch erwischt. Ausgerechnet meine Nachbarn. Die hatten mich erst nicht erkannt. Polnische Freunde versteckten mich außerhalb der Stadt. Ich habe mich geschämt, denn dort, wo ich fast zwei Monate bleiben musste, war vorher eine jüdische Familie versteckt.«

»Und trotzdem sind Sie im Ermland geblieben?« Peggy streichelt immer noch ihre Hand.

»Wo sollte ich denn hin? Von drüben hab ich nur Schlimmes gehört. Und es wurde ja besser. Ich durfte bleiben, musste mich aber unterordnen. Heute trage ich einen polnischen Namen, spreche polnisch und komme gut mit allen aus. Aber im Herzen bleibe ich eine Deutsche.«

257

»Sie sprechen auch noch wie eine Deutsche.« Ich erschrecke, denn Peggy wirft mir einen tadelnden Blick zu. Doch die alte Frau lächelt mich dankbar an.

»Darauf bin ich auch stolz, junger Mann. Die alten Bücher haben mich am Leben gehalten. Einige kenne ich auswendig. Und heimlich habe ich weiter Deutsch gesprochen. Heute ist das alles kein Problem mehr.«

Peggy ist ungeduldig. Sie lässt meine Hand los und zieht das Foto von Karl aus der Mappe, legt es auf den Tisch wie einen Trumpf beim Kartenspiel. »Darf ich Sie fragen, ob Sie diesen Mann hier kennen?«

Die alte Dame stößt einen Überraschungslaut aus, greift nach dem Foto und mustert es ausgiebig. »Das ist doch ... Natürlich ist er das. Ich weiß nicht mehr, wie er heißt, aber damals haben alle Mädchen für ihn geschwärmt. Nach der Schulzeit habe ich ihn noch einige Male am Strand gesehen. Was ist mit ihm?«

»Nun ...« Peggy zögert. »Er war mit Tante Klara zusammen; sie waren ein Paar. Wie das klingt ... Sie haben sich ... nun ja ... geliebt.«

Unsere Gastgeberin greift zur Schnapsflasche, schenkt nur sich ein und trinkt. Mit einem lauten Knall stellt sie das Glas auf den Tisch und ruft zeitgleich: »Karl!«

Wir zucken zusammen und können kaum fassen, was hier passiert. Das kann doch alles kein Zufall sein.

»Karl ... Ja, so hieß er ...« Sie nimmt die Brille ab und reibt sich die Augen. »Soso, geliebt haben sie sich ... So ein Glück hatte ich leider nie.« Mit einem Ruck steht sie auf, ihr Stuhl quietscht über den Boden.

»Bitte!« Peggy sieht sie flehend an. »Können Sie mir sagen, was aus ihm geworden ist? Es ist wichtig!«

Doch die alte Dame will nicht mehr. Mit starrer Miene stellt sie das Geschirr und die Gläser auf das Tablett, das sie von der Anrichte genommen hat.

»Bitte«, flüstert Peggy wieder und starrt ihr fassungslos hinterher.

Ich stehe auf und umarme Peggy. »Morgen ist auch noch ein Tag. Vielleicht hast Du sie überfordert - einen wunden Punkt getroffen. Gib ihr Zeit. Lass uns schlafen gehen.« Am nächsten Morgen wache ich früh auf. Draußen wird es gerade erst hell. Das Bett neben mir ist leer. Von unten höre ich Geräusche. Der Duft von Kaffee und Brötchen dringt bis zu mir. Als ich meine Sachen nehme, sehe ich, dass Peggys Kleidung fehlt. Erleichtert stelle ich fest, dass ihr Rucksack noch da ist. Sicher ist sie spazieren gegangen. Ich mache eine Katzenwäsche und begebe mich hinunter ins Esszimmer. Der Tisch ist gedeckt, aber unsere Gastgeberin lässt sich nicht blicken. Was ist denn nur los? Missmutig schleiche ich um den Tisch, schaue aus dem Fenster. Nebel liegt über dem Feld. Vorne am Gras lassen sich einige Krähen nieder. Ich bin unentschlossen. Soll ich warten oder auch rausgehen und Peggy suchen? Dann fällt mein Blick auf die Anrichte. Wenn ich mich nicht täusche, liegt dort ein Album. Es sieht altmodisch, aber edel aus; der Umschlag scheint aus echtem Leder zu sein. Ich widerstehe dem Impuls hineinzusehen. Gestern Abend lag es noch nicht da, warum jetzt? Will uns die alte Dame doch etwas zeigen? Hat sie ihre Meinung geändert? Weiß sie etwas?

Die Tür geht auf. Peggy. Sie ist außer Atem. Ihre Nase ist rot vor Kälte. »Jetzt verstehe ich Tante Klara.« Peggy zieht ihre viel zu dünne Jacke aus, hängt sie über den Stuhl. Sie haucht in ihre Hände und reibt sie gegeneinander. »Selbst an so einem Tag ist es herrlich hier, leider viel zu neblig am Haff, die Nehrung ist gar nicht zu sehen. Wollen wir nachher noch einmal hin?« Peggy ist wie ausgewechselt. Ohne eine Antwort abzuwarten, setzt sie sich an den Tisch und beginnt mit dem Frühstück.

Unsere Gastgeberin verwöhnt uns auch diesmal. Die Erdbeermarmelade ist selbst gemacht und schmeckt köstlich.

»Die ist von meiner Nachbarin. Sie verkauft sie auch, wenn Sie welche wollen.« Die alte Dame steht lächelnd in der Küchentür. Hat sie sich dort etwa versteckt? Jetzt bin ich doppelt froh, dass ich das Album nicht angerührt habe. Was für ein Vertrauensmissbrauch wäre das gewesen. Ganz abgesehen davon, dass wir damit jede Chance verspielt hätten, von ihr noch mehr über Karls Schicksal zu erfahren.

»Wenn Sie fertig sind, zeige ich Ihnen etwas.« Damit dreht sie sich um und verschwindet wieder in der Küche.

Peggy bekommt große Augen. Sie verschlingt die letzten Bissen, stürzt ihren Kaffee hinunter und sieht mich ungeduldig an. Ich zwinkere ihr zu und schmiere mir in aller Ruhe noch ein Leberwurstbrötchen.

»Du bist so gemein!« Peggy meint es ernst.

»Jetzt warte doch. Ich glaube, ich weiß, was sie uns zeigen will.« Mit dem Kopf deute ich auf die Anrichte.

»Ist es das, was ich glaube zu sehen?«

»Was siehst du denn?« Ich feixe auf ihre Kosten. Fast tut sie mir leid. Unsere Wirtin kommt mit einem Tablett aus der Küche. Diesmal springt Peggy auf und hilft ihr. Noch ehe ich meine Tasse geleert habe, ist der Tisch wie leer gefegt.

Wenige Minuten später beugen wir uns über das Album, das die alte Dame beinahe feierlich aufschlägt. Die Fotos seien nicht wichtig. Zu persönlich. Und dieser Karl sei auch auf keinem von ihnen. Da müsse sie uns enttäuschen.

»Aber ...« Unsere Gastgeberin scheint unsere Spannung auszukosten. Nervös beißt sich Peggy auf die Unterlippe. Wie ich sie liebe! Sie ist mir so vertraut. Meine große Liebe. Und die vergangene, über die ich schreibe, werde ich jetzt zu Ende erzählen. Denn das, was uns Klaras alte Schulfreundin in diesem Haus bei Braniewo, an diesem herbstlich-grauen Morgen aus einem vergilbten, in einer Klarsichthülle eingeklebten Zeitungsartikel übersetzt, führt uns endlich auf die richtige Spur.

Hoffnungsjahre | *1953/1961*

In den Jahren nach der Niederschlagung der Aufstände im Ostblock schien Klara, die wohlbehalten nach Münster zurückgekehrt war, ihrem Ziel ein Stück näher zu kommen. Nicht Heinz, erst recht nicht Hans und Anneliese, bauten Klara eine schmale, recht wackelige Brücke in ihre alte Heimat, sondern Menschen, die ihr Schicksal teilten und die Erinnerung an Ostpreußen wachhalten wollten. Das ging so weit, dass die Stadt Münster, inzwischen Klaras Wahlheimat, 1954 eine Patenschaft über Braunsberg übernahm. Was für eine wunderbare Fügung! Klara hatte seit längerem Kontakt zu Flüchtlingen aus dem Ermland und Masuren.

An den Vertriebenentreffen nahm sie eher widerwillig teil. Sie mochte es nicht, wenn zu fortgeschrittener Stunde Heimaterinnerungen zusehends schwermütig wurden, wenn zu den alten Liedern so manche Träne floss. Selbst das hätte sie ertragen, hätte sie jemanden von damals wiedergetroffen. Doch sie blickte in lauter fremde, verschlossene, von schweren Schicksalen gezeichnete Gesichter. Wenn Klara ihren Namen nannte, von ihrem Gut erzählte, nickte manch Älterer kaum merklich, als ob er sich erinnerte, doch sie alle schwiegen. Obwohl diese Menschen Klara als ihresgleichen akzeptierten, blieben gerade ihre drängendsten Fragen, nach ihrem geliebten Karl nämlich, unbeantwortet. Überhaupt schienen ihre Landsleute die letzten schicksalhaften Tage und auch alles, was mit den Nationalsozialisten zu tun hatte, zu verdrängen. Insgeheim mochte man sich belauern, sich fragen, wer von den Anwesenden wohl wie viel Schuld auf sich geladen hat, doch niemand wollte schmutzige Wäsche waschen. Also rührte man nicht an den alten Geschichten, beklagte den Verlust der Heimat und ließ sie hochleben – Nostalgie, die alle einte.

Klara setzte große Hoffnung darin, wenigstens einen Zugang zu einer offiziellen Stelle im Ermland zu bekommen, über den Kontakt zu Münsters Paten. Jetzt war Klara froh, in Münster geblieben zu sein. Auch wenn Heinz anfing, um sie zu werben und dazu ausgerechnet ihre Suche nach Karl auszunutzen gedachte. Mehrmals und immer drängender legte er ihr eine Übersiedlung nach Ostberlin nahe: In der DDR würde sie doch so viel näher an ihrer alten Heimat sein, an möglichen Kontakten zum sozialistischen Ausland, Polen. Er könne Klara helfen. Was sie denn noch in Münster halte, so allein, ohne ihre Familie – ohne ihn?

Doch nicht nur in ihrem Herzen tobte ein Kampf, auch ihr Verstand sagte ihr, dass sie nicht ein weiteres Mal fliehen durfte. Nicht noch einmal in eine ungewisse Zukunft. Erst recht nicht nach drüben. Zu brutal war ihr die Situation während ihres Aufenthalts in Berlin erschienen. Und auch wenn sie es Heinz und eben nicht ihrem Bruder zu verdanken hatte, dass sie heil wieder in den freien Westen hatte ausreisen können, schließlich noch das moderne Berlin zu sehen bekommen hatte, das sie unmittelbar faszinierte, empfand sie zwar Dankbarkeit, aber nicht den Grad an

Zuneigung, erst recht keine Liebe, um es darauf ankommen zu lassen.

Bei all dem Toben in Kopf und Herz war sie zutiefst erschrocken über die Härte, mit der der Ostblock die Menschen kleinhielt, gerade so, als hätte dieser Teil der Welt nichts aus all dem gelernt, was sie hinter sich zu lassen und ideologisch zu bekämpfen glaubte. Und so war sie lieber einsam und frei als bei ihrem Bruder und seiner Frau, die sie ohnehin nicht mit Wärme empfangen hatten. Lediglich Heinz nahm sie aus, auch wenn sie ihn nicht gut genug kennengelernt hatte, um ihm vertrauen zu können. Sie hielt ihn auf Abstand, denn sie spürte, dass dieser Draufgänger in der Lage war, einen Platz in ihrem Herzen zu erobern, auch wenn er Karl daraus nie verdrängen würde.

Klara schaffte es, als Verkäuferin in einem Buchladen unterzukommen. Sie musste sich zwar noch mehr einschränken, dafür öffnete sich ihr eine neue Welt. Der Besitzer, ein gutmütiger, gleichwohl geschäftstüchtiger älterer Herr von schlanker, geradezu wächserner Erscheinung hatte im Hinterzimmer des Ladens ein Antiquariat, das er mit Ankäufen und Erbschaften ständig erweiterte, vor den Blicken seinen Kunden aber verbarg. Auch Klara durfte anfangs nicht hinein, sie betrat den muffigen Raum heimlich, wenn der Ladenbesitzer unterwegs war; sie kannte ja das Versteck für den Schlüssel. Obwohl sie in den alten Büchern und Dokumenten nicht fand, was sie suchte, tröstete sie die Beschäftigung damit. Und sie bildete sie.

Sehr bald bemerkte ihr Chef die Lesebegeisterung, aber auch das Geschichtsinteresse Klaras – und ihr organisatorisches Talent, das er ja schon im Verkauf gerne in Anspruch nahm. Bald erhielt Klara nicht nur mehr Gehalt, sondern auch Verantwortung. Über Einladungen bekam sie Zugang in die bildungsbürgerlichen Kreise der Stadt. Der eine oder andere Mann, Junggeselle oder Witwer, mal jünger, mal älter, umwarb sie. Sie fühlte sich geschmeichelt und hielt sie dennoch allesamt auf Distanz.

An einem Tag gegen Ende Oktober 1956, als es im Ostblock abermals rumorte und der Volksaufstand in Ungarn wieder Hoffnungen auf demokratische Reformen weckte, fand sich in der Geschäftspost ein Umschlag, der an sie persönlich adressiert war. Das Herz schlug ihr bis zum Hals, als sie den polnischen Stempel erkannte. Sie zwang sich, ruhig zu bleiben, nahm den schweren Brieföffner und schnitt den Umschlag behutsam auf. Ein amtliches Schreiben kam zum Vorschein. *Braniewo* las sie. Braunsberg! Der maschinengeschriebene Brief war in polnischer Sprache abgefasst. Klara eilte in den Archivraum, zog ein altes Wörterbuch aus dem Regal und begann mit wachsender Ungeduld zu übersetzen. Auch wenn sich ihr die Grammatik nicht erschloss, las sie immerhin den groben Sinn aus den Worten heraus – und war enttäuscht.

Einen Mann mit dem angegebenen Namen habe man nicht verzeichnet. Die Beantwortung ihrer Anfrage sei auch insofern nicht einfach, als es kaum Unterlagen gebe. Klara hatte davon gehört, dass die Stadtoberen und auch die einfachen Leute jede Menge Dokumente, Akten und Wertgegenstände, wenn nicht verbrannt, so doch versteckt und vergraben hatten. Viele der Vertriebenen hatten wohl die Hoffnung gehabt, eines Tages zurückzukehren und ihre

Erinnerungsstücke oder ihr Vermögen wieder in Besitz zu können. Manches sei später entdeckt worden, doch gerade die offiziellen Papiere sind über die Kriegswirren wohl für alle Zeiten verloren. Man könne der Antragstellerin jedenfalls nicht helfen. Sie möge sich aber gerne an die Behörden der Sowjetunion wenden. Dies müsse sie aber selber tun. Der Brief schloss mit einer bedauernden Grußformel, die Klara aufrichtig erschien.

Die Jahre vergingen, ohne Hoffnung auf Tauwetter im Osten und ohne weitere Informationen über Karl. Der Buchhändler starb und weil er keine Nachkommen hatte, erbte Klara völlig unerwartet das Geschäft samt dem Haus. Sie konnte ihr Glück kaum fassen. Zugleich war es ihr nicht geheuer, hatte sie doch zuletzt in ihrer Kindheit und Jugend so etwas wie Besitz und sorgenfreies Leben gekannt. Nicht wenige neideten ihr den neuen Wohlstand. Die Damenwelt auch ihre Schönheit, die sie mit modischen Kleidern zu unterstreichen verstand. Die eifersüchtigen Frauen konnten ja nicht wissen, dass Klara bei aller Gunst des Schicksals den einen großen Verlust weder verwinden noch akzeptieren konnte. Ihr Herz gehörte eben nur dem einen, den sie sich mehr denn je an ihre Seite sehnte. Was würde sie ihm jetzt alles bieten können, über die reine Liebe hinaus. Würde Karl ein solches Leben mit ihr wollen? Ihr Herz klebte nicht daran; sie würde sofort alles verkaufen und zu Karl ziehen, egal wohin. Wo und wie lebte er, wenn er noch lebte?

Unablässig suchte sie weiter nach ihm und scheiterte doch immer wieder. Einige wenige Freundschaften entwickelten sich, sie waren ihr bald viel näher als ihre einzige verbliebene Verwandtschaft in der DDR. Der Kontakt zu ihrem Bruder blieb kühl. Hans schrieb brav zu Weihnachten, steif und unbeholfen, erwähnte fast beiläufig die Geburt seines Sohnes; viel wichtiger war ihm der Sozialismus, für den er brannte und der ihn auf eine Weise auszufüllen schien, die nichts Warmes, nichts Menschliches an sich hatte. Ein gefühlskalter Apparatschik war er; vielleicht war er das dem Wesen nach schon gewesen, als er damals mit dem Granatsplitter im Kopf zurückkehrte und sich fortan ganz in eine eigene Welt zurückzog, unzugänglich für jeden, selbst für die eigene Familie.

So schickte Klara in all den Jahren zwar Geschenke »für den Kleinen« in die »Zone«, wählte die Kinderbücher mit Bedacht, was ihr nicht leicht fiel, weil sie ahnte, dass die DDR-Behörden auch hinter den einfachsten Geschichten Infiltration mit westlicher Ideologie vermuteten. Der Kalte Krieg ließ sie bei jeder Nachricht, ob von hüben oder drüben, frösteln. All diesen Umständen war es geschuldet, dass sie kein einziges Mal wieder nach Ostberlin reiste. Ihr Bruder fragte auch nicht danach. Ein anderer Mann dagegen schon. Er schickte Briefe, immer wieder. Liebevolle Briefe waren das, nicht aufdringlich, eher amüsant, fast heiter. Klara mochte seinen Humor. Sein Bemühen um sie schmeichelte ihr.

Im Frühjahr 1961 reiste Klara doch wieder in die DDR, geschäftlich – zur Buchmesse nach Leipzig. Ein westfälischer Verleger hatte sie dorthin eingeladen, und obwohl Klara ahnte, dass er ein Auge auf sie geworfen hatte, ging sie auf sein Angebot ein.

Vor Ort aber hatte er kaum Zeit für sie. Immer wieder vertröstete er sie, eilte ohne sie von Termin zu Termin und versetzte sie auch noch beim Abendessen. Klara fühlte sich verloren; alles in Leipzig erschien ihr unwirklich und fremd. Als sie am nächsten Morgen abreisen wollte, hörte sie aus der Hotellobby ihren Namen. Ein Mann erhob sich aus dem Sessel und eilte breit lächelnd auf sie zu. Heinz.

Gewissheit | *1961/2018*

»Kannst du mir sagen, warum du mir das die ganze Zeit verschwiegen hast?« Meine Stimme überschlug sich. Peggy schlich an meinem Wohnzimmer vorbei. Sie hatte ihr Gepäck von oben geholt. Es war der Tag vor unserer Abreise nach Polen.

»Nun mal langsam. Alter!« Ich spürte, wie mein Bruder sich wand am anderen Ende der Leitung. »Du hättest doch jederzeit Einblick nehmen können. Weiß ich denn, was dir daran wichtig ist.«

»*Einmal* nachdenken! Eins und eins zusammenzählen! Ist das zu viel verlangt? Echt jetzt!« Die Wut ließ mich zittern. Wofür hatte ich ihn denn mit Recherchen beauftragt, wenn er diese so schlampig und oberflächlich erledigte?

Ich hatte Flo sofort angerufen, als ich die überraschende Information realisiert hatte. Peggys Notar hatte sie erst kürzlich erhalten, zusammen mit den Unterlagen zu einem Schweizer Konto. Welch eine Fügung: Klara hatte ihr Haus mit dem Buchladen keinem Geringeren verkauft als unserem Großvater. Das war im Juni 1961. Die Puzzleteile fügten sich auf geradezu magische Weise zusammen. Das war kein Zufall mehr, sondern Bestimmung: So wie mich das Schicksal vor einigen Monaten zu Peggy geführt hat, hatte

es unsere beiden Familien schon einmal zusammenge-
bracht, wenn auch auf eine nüchterne, rein geschäftliche
Weise. In meiner Phantasie reichen sich Klara und mein
Großvater die Hand, die er, kultiviert, wie er immer tat,
andeutungsweise küsst; sie prosten sich mit einem Glas Sekt
zu, und während meine Großmutter Schnittchen bringt,
sieht mein Opa Klara tief in die Augen, was sie nur mit
einem höflichen Lächeln quittiert. Klara ist nervös. Ihre
Gedanken kreisen um den bevorstehenden Umzug, ein
Haus mit Garten, außerhalb der Stadt, den nahen See, den
Wäldern und Bächen – um Heinz. Sie hat sich entschieden.
Für Heinz. Für Ostberlin. Und während sie an dem Sektglas nippt, denkt sie wieder an ihre alte Heimat. An Karl,
den sie immer noch über alles liebt. Wie passt das zusammen?

Es ist kompliziert. In vielen schlaflosen Nächten hat sie
mit sich gerungen und eines Morgens stand ihr der Plan so
klar vor Augen wie der sonnige Tag vor ihrem Fenster: Um
endlich Gewissheit zu haben, würde sie sich auf Heinz einlassen, dem Mann, der ihr jetzt der einzige Garant war,
jemals an ihr Ziel zu kommen. Er wusste um seine Rolle,
denn sie hatten in aller Offenheit miteinander gesprochen.
Trotz allem wollte Heinz diese Frau, in die er sich an jenem
denkwürdigen Tag in der Küche ihres Bruders unsterblich
verliebt hatte. Klara war bewusst, dass Heinz ihre Sehnsucht nach Karl ausnutzte, aber sie empfand es als ausglei-
chende Gerechtigkeit: Er hatte sie bei sich, sie hatte seine
Unterstützung, mehr noch: Er trug sie auf Händen.
Mochte er von Liebe sprechen, sie brachte nicht mehr auf
als Zuneigung – aber sie waren ehrlich zueinander. Dass

Heinz sie aufrichtig liebte und wohl hoffte, sie würde ihn lieben lernen, irgendwann, wenn sich die Gewissheit von Karls Tod nicht mehr leugnen ließe, betrübte Klara, aber sie war realistisch: Er würde aus seiner Motivation ebenso hartnäckig an der Wahrheitssuche arbeiten wie sie, mit demselben Ziel, aber eben doch entgegengesetzten Erwartungen über das Ergebnis. *Entweder Karl lebte oder er war tot, etwas dazwischen gab es nicht,* Klaras Sehnen beschwor das Leben, das von Heinz den Tod. Unversöhnlich. Aber so schmerzhaft ihr das bewusst war, so realistisch sah sie an seiner Seite ihre einzige Chance. Heinz hatte die Macht, sie sein Herz. Entgegen der rechnerischen Wahrscheinlichkeit hielt sie diejenige, dass Karl lebte, für größer. *Nein, die Waage ist nicht im Gleichgewicht.* Hatte sie mit all ihrem Schmerz, ihrem jahrelangen Sehnen, ihrer einzigen, großen Liebe und tiefen Verbundenheit mit Karl nicht viel mehr einzubringen als Heinz, musste ihre Waagschale also nicht viel schwerer wiegen? *Es sei denn …* Sie wischte den Gedanken beiseite. Dass Heinz sie aus Eigennutz betrügen könnte, mit falschen Dokumenten etwa, traute sie zwar seinen hochrangigen Beziehungen zu, nicht aber ihm als Mensch, schon gar nicht seiner Liebe, deren Bedingungs- und Arglosigkeit sie spürte. Nichtsdestoweniger wäre sie beim leisesten Zweifel tief in ihrer Seele wieder weg von Heinz und der überaus fremdartigen DDR, zwar vom Leben enttäuscht, aber frei – bereit für ein ruhiges, aber selbstbestimmtes Leben, mit dem Vermögen aus dem Verkauf, das sicher in der Schweiz lag.

Doch die Dinge kamen anders. Wieder einmal bestimmte die große Geschichte über das kleine Schicksal der Menschen. Gerade als Klara sich in ihrem neuen Leben mit Heinz eingerichtet hatte, den Sommer in der Natur in vollen Zügen genoss und Heinz' Kontakte nach Polen und zu den Sowjets schon vielversprechend schienen, schloss sich die DDR mit all ihren Bürgern ein.

An jenem 13. August 1961 war Klara in die Stadt gefahren und hatte gleich bemerkt, dass etwas anders war. Schon am Ring wurde sie besonders streng kontrolliert, das Papier von Heinz misstrauisch beäugt. Und als sie sah, was an der Grenze zum Westteil der Stadt passierte, schnürte es ihr die Kehle zu. Sie stand in einem Pulk von Menschen, deren Blicke fassungslos nach Westberlin gerichtet waren, das Stein um Stein verschwand, mitsamt den winkenden Menschen dahinter. Einige hilflos, andere weinend und wieder andere aufmunternd. Weiter links gehe noch was, riefen sie, sie sollten rüberkommen, solange es noch möglich wäre. Klara dachte nicht lange nach. Wie einige andere auch rannte sie los, sah die Lücke, allerdings auch den Stacheldraht. An einer Stelle schien er niedrig genug zu sein, um ihn mit einem Sprung überwinden zu können. Klara traute ihren Augen nicht: *Der tut es – ein Grenzpolizist! Soll ich hinterher?* Drüben klatschten die Menschen, johlten, feuerten sie an. Doch das Fenster schloss sich jäh, ein Militärwagen fuhr vor, Uniformierte sprangen heraus, schwärmten aus und trieben Klara und die anderen zurück. Weitere Polizisten sicherten die Grenze. *Aus.*

Heinz sah sie betrübt an. Ein langer Blick wie der eines Lehrers, der sie ohne Worte tadelt. Klara weinte, mehr aus Wut als vor Verzweiflung. Ob er es gewusst habe, wollte sie wissen, als sie sich endlich beruhigt hatte und Heinz mit dem Rücken zu ihr am Fenster stand, ein schwarzer Schatten. Was er denn gewusst haben solle, murmelte er, weniger fragend als vorwurfsvoll, angriffslustig. Was sie denn in Dreiteufelsnamen dort an der Grenze zu suchen gehabt habe? Nur mit Mühe habe er den Kommandanten von Klaras Unzurechnungsfähigkeit überzeugen können, sie sei ja offensichtlich verwirrt gewesen. Und wie peinlich es doch gewesen sei, gerade für ihn in seiner Position, seine Lebensgefährtin von der Polizeiwache zu holen. Einen Aktenvermerk werde er nicht verhindern können. Und so würde wohl auch ihr Bruder davon erfahren. Klara traute ihren Ohren nicht. Wie konnte Heinz sie nur so bloßstellen? *Unzurechnungsfähig!* Hatte er das wirklich gesagt?

Wütend rannte sie aus dem Haus, durchstreifte stundenlang ziellos die Gegend, vermutete hinter jedem Baum einen Uniformierten. Und doch war da nichts, nur das Camouflage der Birkenstämme. Klara weinte, fluchte und schrie. Je stärker sie sich verausgabte, desto mehr wich ihre Wut einer grenzenlosen Enttäuschung. Über Heinz, über dieses Land, über ihr Leben. Sie fühlte sich so erbärmlich wie nie seit den Tagen ihrer Flucht. Abermals hatte sie das Schicksal auf völlig ungerechte Weise bestraft, wieder war sie gefangen und sie ahnte, dass sie es für lange Zeit sein würde.

Warum hatte sie seinem Drängen so schnell nachgegeben? Heinz war es wichtig gewesen, ihren Status in der

DDR zu legalisieren und sie einzubürgern. Denn anders wäre nicht daran zu denken, nach Polen zu reisen, jedenfalls nicht zu zweit. Außerdem hatte sie sich doch für ein Leben mit ihm entschieden.

Heinz schmerzte die Trauer Klaras und schon bald setzte sich seine Gutmütigkeit durch. Auf jede nur erdenkliche Weise versuchte er die verstörte und gedemütigte Frau an seiner Seite aufzumuntern. Und obwohl Klara etliche Male daran dachte, sich an die Behörden zu wenden, über irgendeinen Weg doch noch auszureisen, kam am Ende ihrer Zerrissenheit der Pragmatismus zurück. Was war denn wirklich wichtig, wenn nicht die Liebe zu Karl? Was wäre ein Leben im Westen wert, wenn sie sich dort nur wieder von ihrem Ziel entfernte, endlich Gewissheit zu haben, ihn vielleicht doch in die Arme zu schließen, selbst wenn Heinz auf das Gegenteil spekulierte? *Der Vertrag gilt*, dachte Klara, aber anders als Heinz es sich wünschte, kam eine Heirat nicht in Frage. So weit würde sie für eine Legalisierung als Volksgenossin nicht gehen.

***

Wir sitzen am Haff. Der Nebel hat sich tatsächlich gelichtet, doch die Sonne kann sich nicht durchsetzen. Peggy schmiegt sich fröstelnd an mich. Der Ausblick auf die Nehrung lässt mich wieder an die große Flucht denken. Dieser friedliche Ort mit dem sanften Schlagen der Wellen, dem leichten Rascheln des Windes im Schilf, war am Ende des Krieges die letzte Hoffnung für Tausende Menschen, eine eisige Brücke nach Westen, ein schmaler Grat zwischen

Leben und Tod. Davor und danach war dieser Landstrich vor allem eines: die Heimat von glücklichen Menschen. Wie schön muss es hier im Hochsommer sein. Als die jungen Leute das Leben kaum anders genossen als meine Freunde und ich im Freibad oder am Badesee. Dasselbe Turteln, Balzen und Necken, ein erster Kuss, das unbeschreibliche Gefühl vollständiger Entgrenzung und überirdischen Glücks. Ich werde meinen Text noch einmal überarbeiten, die Magie dieses Ortes darin aufnehmen, beschließe ich und drücke Peggy fest an mich.

Wir haben erst für den nächsten Vormittag einen Termin im Pflegeheim bekommen. Ob wir Journalisten seien, hat die Frau am Telefon in schlechtem Englisch wissen wollen. Offensichtlich haben sich die Zeiten geändert, andere Themen beherrschen die Öffentlichkeit und auch hier wird über Missstände und Unzulänglichkeiten diskutiert. Als sich Peggy als entfernte Verwandte eines ehemaligen Bewohners ausgibt und unsere Zimmervermieterin als Bürgin nennt, erhalten wir nach einigen Rückfragen den Termin bei der Leiterin. Sie spreche fließend Deutsch, wir würden uns also gut verständigen können.

In unserer Pension gehen wir früh zu Bett.

Am nächsten Tag erlaubt uns die Gastgeberin, den Zeitungsartikel mitzunehmen, und legt eine Notiz dazu. Wir sollen der Leiterin einen Gruß ausrichten; sie möge uns ruhig alles erzählen, denn schließlich habe ja niemand einen Nachteil davon, eher im Gegenteil.

Das Pflegeheim ist ein unansehnlicher Plattenbau aus den Fünfzigern, dafür ist seine Lage bestechend. Er steht auf einer kleinen Anhöhe. Sämtliche Zimmer sind auf das Haff gerichtet, mit einem unverstellten Ausblick über Bäume und Strand auf die Nehrung, die an diesem Morgen von einer blassen Herbstsonne beschienen wird. Die Leiterin des Heimes ist eine schlanke Frau mit rotgefärbtem, hochgestecktem Haar und blasser Haut. Ihr Gesicht wirkt wie aus Stein gemeißelt, hart, streng. Sie begrüßt uns in einer zurückhaltenden, fast schüchtern wirkenden Art, aber mit fester, metallisch klingender Stimme. Sie bittet uns, auf den zwei Stühlen vor ihrem Schreibtisch Platz zu nehmen. Ihr Büro ist spartanisch eingerichtet, passend zu ihrer asketischen Erscheinung. Unwillkürlich schließe ich von meinem ersten Eindruck auf die Philosophie des Pflegeheims und bedauere ihre Schützlinge.

»Unsere Gäste haben es hier sehr gut, wissen Sie.« Die Leiterin fixiert uns mit wasserblauen Augen. »Sicher ist Ihnen die schöne Aussicht nicht entgangen.«

Wir nicken zustimmend.

»Dobrze.« Sie lächelt dünn. »Jede Woche verirren sich Touristen hierher, weil sie glauben, dies wäre ein Hotel. Auch wenn es lästig ist: Ein schöneres Kompliment können wir wohl nicht bekommen. Da wundert es nicht, dass unsere Plätze auf Jahre ausgebucht sind. Das heißt aber auch, dass kaum welche frei werden. Unsere Gäste leben eben gerne und lange. Was wiederum für unser Heim und unser Personal spricht, nicht wahr?«

Wir sagen nichts. Es wird still in dem kargen Büro. Auch von draußen dringt kein Geräusch herein. Nur das Ticken einer alten Uhr an der Wand hinter uns. Die Leiterin räuspert sich.

»Also, was kann ich für Sie tun?«

Peggy zieht die Hülle mit dem Zeitungsartikel aus ihrem Rucksack und legt sie ihr auf den Schreibtisch. Die Leiterin sieht kaum hin, wendet den Blick gleich ab zum Fenster, das zum Meer hin liegt. Fast scheint es, als ringe sie um Worte und als sie endlich wieder spricht, starrt sie weiter nach draußen.

»Mein Gott ... In all den Jahren habe ich nie wieder etwas so Bemerkenswertes erlebt. Etwas so Schönes ... Trauriges ... Damals hatte ich gerade hier angefangen. Als Pflegerin. Ich war eine junge Frau. Wir waren fassungslos. Alle haben geweint, besonders Marianka, Gott hab sie selig. Sie hat ihn gepflegt. Nur sie hatte Zugang zu dem armen Mann.«

»Dieser Mann ... Er hieß Karl, richtig?« Peggys Stimme ist kaum mehr als ein Wispern. Unruhig beugen wir uns vor, sehen die Leiterin gespannt, beinahe ängstlich an. Sie starrt weiter aus dem Fenster. Lange. Sie spannt uns auf die Folter. Oder empfindet sie die Erinnerung als eine solche? Unvermittelt blickt sie Peggy an.

»In welcher familiären Beziehung, sagten Sie, stehen Sie zu unserem ehemaligen Patienten?« Ihre Stimme klingt plötzlich streng, wie in einem Verhör.

»Sie ist meine Großtante. Ich meine, die Frau, die ihn ... den Patienten besucht hat. Damals ... Also, was da in dem Zeitungsartikel steht.« Peggy deutet vage auf den Schreibtisch. Sie ist nervös, ich lege beruhigend meine Hand auf ihren Arm, spüre, wie sie innerlich bebt. Die Frau starrt auf die Mappe mit dem Zeitungsartikel. Sie schluckt ein paarmal. Täusche ich mich oder kämpft sie mit den Tränen? Im nächsten Moment wischt sie sich über die Augen und dreht sich wieder zum Fenster.

»Eine Weile war die Geschichte in aller Munde.« Sie seufzt. »Und auch im Lokalblatt, wie Sie sehen. Seltsamerweise sind weitere Nachforschungen ausgeblieben. Auch diese Frau hat sich nie wieder gemeldet. Wäre damals bekannt gewesen, was ich heute weiß – keine Ahnung was mit dem Heim und mit uns allen passiert wäre. Aber ich will Ihnen die Wahrheit sagen. Sie haben ein Recht darauf.«

Erfüllung | *1945/1972/2018*

Wenn du gehst

Wie oft wird es mich an diesen Platz ziehen, genau dahin, wo wir gerade sind? Jetzt hältst du mich noch, streichst mit deinem Daumen zärtlich, fast unmerklich über meine Hand im Sand. Obwohl ich den Blick abgewendet habe, spüre ich deinen weiter auf mir ruhen. Das letzte Mal, als ich dich angesehen habe, war die Farbe deiner Augen genau die des Wassers, an dem wir gerade sitzen - sie sind eins geworden. Jetzt schaue ich auf das Haff, versuche mich einzuschwören auf die Zeit ohne dich, mir einzureden, dass die tanzenden Lichtreflexe auf der blauen Oberfläche deine zauberhaften, mal träumenden, mal lustvollen Augen sein werden. Dass die Ufergrashalme, die meine entblößten Waden umschmeicheln, deine zärtlichen Finger seien, die mich heute ein letztes Mal und dann auf diese Weise immer streicheln werden. Dein Haar, das wie unser Kornfeld die milden Sonnenstrahlen auffängt, es wird auch dann noch nach Sommer riechen, wenn du fort bist, wenn nur noch das Heu im Hinterland seinen Duft bis hierher schickt, den ich dann wohl unersättlich tief in mich einsaugen werde, so wie jetzt ein letztes Mal den männlich-betörenden Geruch deiner Haut. Deine Lippen, die meine noch einmal berühren, ganz behutsam, nichts mehr fordern, sich langsam lösen, den Abschied besiegeln, es werden nur noch meine sein, die den Hauch des Windes spüren, seine sanfte Brise schmecken, als wäre es dein Atem, der sich dann immer noch mit meinem vereint. Jetzt spüre ich das Gras an meinen Beinen, den Sand auf meiner Hand, den Duft von Heu in meiner Nase, den warmen Sommerwind auf meiner Haut, auf meinen Lippen den letzten Kuss, sehe das Blau der See - in meinen Augen verschwimmen. Jetzt bist du weg.

Noch immer kann sich Peggy nicht beruhigen. Auch meine Kehle schmerzt. Wie nach dem Tod meiner Eltern, als Flo und ich endlich trauern konnten und hemmungslos weinten. Wie damals kann ich keine Berührung ertragen. Wohl wissend, dass es dem lieben Menschen neben mir genauso geht wie mir, will ich ihn nicht umarmen. Es sind noch die Worte Klaras, die uns aufwühlen, der poetische Brief, den wir, nach allem, was wir gehört und noch kaum verarbeitet haben, wieder gelesen haben und der sich jetzt ins Gesamtbild fügt. Erst jetzt erschließt sich uns die ganze Tragweite ihrer Worte, dieses schönen und zugleich unfassbar traurigen Briefs an ihren Geliebten, der ihn nicht mehr erreicht hat.

Wir sitzen wieder am Haff. Hier, auf der kleinen Holzterrasse in der Düne, haben sich Klara und Karl wiedergesehen. Elf Jahre nach dem Mauerbau und kurz bevor Heinz seinen Einfluss verlor und einen weniger wichtigen Posten in Leipzig antreten musste.

Unzählige Male hatte Klara Heinz zu einer Reise nach Polen, ins Ermland gedrängt. Heinz beschwor sie jedes Mal, Geduld zu haben. Man könne nicht einfach dorthin reisen, erst recht nicht ohne triftigen Grund. Den bekamen sie 1972, als sich die politische Lage zwischen beiden Deutschlands und auch Polens entspannte. Im Archiv der Roten Armee hatte Heinz den entscheidenden Hinweis gefunden, sich wie ein Spürhund auf Karls Fährte begeben. Klara erzählte er zunächst nichts, zu heikel waren seine Bemühungen. So sehr, dass sie wohl zu seiner Abstrafung führten.

Nach allem, was Heinz schließlich herausfand, war Karl nie in russischer Gefangenschaft gewesen. Wenn die Hinweise stimmten, lebte er immer noch in der alten Heimat. Die Spur führte zu einem schwer kranken Mann. Er war kurz nach dem Krieg als Angehöriger einer polnischen jungen Frau in ein Lazarett eingeliefert worden, das später zu einem Pflegeheim ausgebaut worden war und dessen Bewohner er bis heute sei. Die Beschreibung passe auf ihn, hieß es in dem entscheidenden Brief aus Braniewo, auch das alte Foto sei ein starkes Indiz. Allerdings wirke der Patient wesentlich älter, als der Gesuchte eigentlich sein müsste, was schlechterdings der körperlichen Verfassung geschuldet sein dürfte. Der Patient habe das apallische Syndrom, befinde sich seit seiner Einlieferung unverändert im Wachkoma und werde rund um die Uhr gepflegt.

Heinz erschrak über die Zeilen. Sein Gefühl sagte ihm, dass es sich um Karl handelte. Aber sicher konnte er nicht sein. Und wenn er Klara damit konfrontierte, würde sie sehr stark sein müssen.

Das war sie. Ohne zu zögern plante sie mit Heinz die Reise nach Braniewo, was wegen der Formalitäten noch einige Zeit in Anspruch nahm. Doch Klara war geduldig, denn sie wusste, dass sie Karl gefunden hatte.

***

Karl gehörte zu einem kleinen Trupp, der geschlossen desertierte, als die Ostfront eindeutig zerschlagen war. Er geriet mit seinen Kameraden zwischen alle Fronten. Sie trennten sich; wie die anderen schlug sich Karl allein durch Wälder, über Felder und Wiesen in Richtung Westen, immer haarscharf an einzelnen Gefechten vorbei. Im Unterholz stolperte er über die Leiche eines polnischen Partisanen, den er zunächst nach Waffen und Essbarem absuchte, ihn dann näher betrachtete. Der Hinterkopf war weggeschossen, auf der Stirn nur ein kleines Loch, darunter weit geöffnete blaue Augen – ein Mann so jung wie er, so groß wie er. *Ein Mann wie ich*, dachte Karl. *Ich. Wollen wir tauschen?* Kurzerhand zog er die Kleidung des toten Mannes an, keine echte Uniform, aber sie ließ ihn wie einen Partisanen aussehen. Wie er den anderen in seiner Uniform liegen sah, einem toten Deutschen gleich, traf ihn ein Gedanke mit Macht: Genauso gut hätte er dort liegen können. Was um Gottes willen haben wir getan? Was ist wert, einen Menschen zu töten? Was ist ein Mensch wert, der das tut? Wie gottlos sind wir geworden?

Kopflos hastete er weiter, vergaß den Hunger, die Kälte über den Hass gegen sich selbst, die Schuldgefühle, und stieß unversehens auf eine Gruppe polnischer Widerstandskämpfer, erschrak so sehr, dass er seine Waffe, das deutsche G43 in Anschlag brachte. Er wäre an Ort und Stelle erschossen worden, hätte sich nicht gerade noch rechtzeitig ein junger Mann aus der Gruppe gelöst, offensichtlich ihr Anführer, und ihn ungewöhnlich schrill auf Polnisch angeschrien. Die anderen senkten ihre Waffen, während er um Karl herumging, sein Gewehr an sich nahm, sich schließlich vor ihn auf die Zehenspitzen stellte und ihm mit ernster Miene in die Augen sah. Erst jetzt erkannte Karl, dass kein junger Mann, sondern eine Frau mit kurz geschorenen Haaren vor ihm stand. Überrascht und auch erleichtert konnte er sich ein Lächeln nicht verkneifen, während ihn die Frau weiter stumm ansah. Ihr Blick wurde allerdings weicher, was ihn hoffen ließ. Im selben Augenblick hörte er, wie einer der Männer lachte und die Frau fragte, ob sie Karl vernaschen wolle. Karl verstand und fasste sich. Die seien ja nur eifersüchtig, sagte er auf Polnisch und ohne groß nachzudenken, »kein Wunder bei einer so schönen Frau.« Erschrocken über seine eigenen Worte biss er sich auf die Lippen.

Ihre Reaktion kam aus dem Nichts. Sie stieß ihm den Gewehrkolben mit voller Wucht in den Bauch, sodass er augenblicklich zu Boden ging.

»Jetzt könnt ihr ihn meinetwegen erschießen«, sagte sie und trat zur Seite. Die Männer zögerten. Der unter Schmerzen sich krümmende Unbekannte war doch offensichtlich ein Landsmann, ein Kamerad sogar. Zwei der Männer erbarmten sich schließlich, halfen Karl auf und schleppten ihn zu ihrem Lager.

Es dauerte nicht lange, bis sie Vertrauen fassten. Und es schien die Männer auch nicht zu stören, dass die einzige Frau in ihrer Gruppe zu seiner Geliebten wurde. Für die Partisanin war es Liebe auf den ersten Blick, für *Karol,* wie er sich nun nannte, die Rettung.

»Wo kommst du wirklich her?«, fragte sie ihn, als sie das erste Mal allein waren, noch beseelt von ihrem Liebesspiel. Karl setzte alles auf eine Karte und sagte die Wahrheit. Er schloss die Augen. *Jetzt wird sie dich töten – oder sie liebt dich wirklich.*

Die Pause dauerte eine Ewigkeit. Keiner von ihnen wagte zu atmen. Dann spürte er etwas Spitzes auf seiner nackten Brust. Etwas Warmes. Ihren Finger. Er bohrte sich spielerisch zwischen zwei Rippen, da, wo sein Herz heftig schlug und einen Freudenhüpfer machte, als er ihre sanfte Stimme hörte.

»Ach, Karol«, seufzte sie und legte ihren Kopf in die schmale Kuhle seiner Brust, lauschte dem Trommeln seines Herzens, das langsamer und leiser wurde, je länger sie so friedlich dalagen.

»Du sprichst gut Polnisch, aber anders als die dummen Burschen hab ich dich an deinem Akzent erkannt.« Sie komme auch aus dem Ermland, fügte sie hinzu, allerdings habe sie sich geweigert, Deutsch zu lernen, obwohl sie schon als Heranwachsende für die Deutschen gearbeitet habe.

Er habe die Polen immer geschätzt, sagte Karl, »als Freunde, nicht als Untergebene«, deshalb habe er auch ihre Sprache gelernt. Wann immer er gekonnt habe, sei er nach der Arbeit auf dem Hof bei ihnen gewesen, dort sei es immer sehr lustig gewesen, sie hätten gesungen und getanzt.

»Ich weiß«, sagte sie und verlor ihr Herz vollends an *Karol*.

Schon bald gewannen die polnischen Widerstandskämpfer an Boden. Karl schmerzte es, auf die Menschen zu schießen, die einmal seine Kameraden gewesen waren und die oft schon nicht mehr kämpften, sondern verzweifelt einen Weg aus der Hölle suchten. Er traf absichtlich daneben, sodass die anderen fluchten und seine Geliebte ihn mehrmals in Schutz nehmen musste, dafür aber das tat, was er nicht konnte. *Verdammter Krieg!*

Dann kamen die Russen. Anders als Karl erwartet hatte, entwaffneten sie die polnischen Partisanen, die sie offensichtlich nicht als Verbündete gegen die Deutschen betrachteten, eher sogar als Feinde. *Warum?* Karl befürchtete das Schlimmste, doch schließlich ließ der sowjetische Offizier, der sich als weniger roh als seine Mannschaft erwies, sie ziehen. Die Widerstandsgruppe löste sich auf, Karl und seine Geliebte blieben zusammen.

Er wollte heim zu seinem Gutshof, hatte wie Klara über all die Monate die Hoffnung nicht aufgegeben, seine große Liebe wiederzusehen. Obwohl er seine wahren Gefühle vor seiner Geliebten verbarg, spürte sie, dass etwas zwischen ihnen stand. Sie begleitete ihn, hatte ja auch denselben Weg, und hoffte auf eine gemeinsame Zukunft. Während sie in scheinbarer Eintracht nach Westen zogen, die Nächte eng umschlungen auch in den schäbigsten Lagern verbrachten, wurde sie jedoch immer trauriger. Sie würde ihn verlieren, das spürte sie, denn sie hörte, wie er nachts im Schlaf nach

Klara rief. Auf Deutsch und so herzzerreißend, dass es ihr die Tränen in die Augen trieb. So weinten sie beide, Karl von Klara träumend und sie hellwach an seiner – *Karols* – Seite.

Nur einen Tagesmarsch von Braniewo entfernt, wurde Karl schwer krank. Zum Glück entdeckten sie einen verlassenen Schuppen, in dem sich sogar noch ein Lager aus Stroh befand. Völlig erschöpft ließ sich Karl fallen; sie deckte ihn mit seinen Sachen zu und schmiegte sich an ihn. In größter Sorge gab sie ihm den letzten Wasservorrat, an dem er sich zu allem Unglück noch verschluckte. Gerne hätte sie selbst noch etwas abbekommen, doch *Karol* war jetzt wichtiger. Karl schwitzte und zitterte am ganzen Leib, stammelte wirres Zeug. Immer wieder rief er nach seiner Klara. Wie Dolchstöße bohrten sich seine Rufe in ihr Herz. Sie hielt sich die Ohren zu, weinte und betete, dass dieser Albtraum ein Ende haben möge. Erschöpft schliefen sie ein, doch als er wieder hochschreckte und noch lauter schrie als zuvor, hielt sie ihm instinktiv den Mund zu. So groß wie die Sorge war ihre Angst, entdeckt zu werden, man wusste ja nicht, an wen man geriet. Karl wehrte sich nicht. Sie spürte, dass die wenige Kraft, die er noch hatte, schnell nachließ. *Warum schrie er dann noch so laut? Warum immer den Namen dieser Frau? Warum nicht ihren? Hatte er ihr nicht immer wieder gesagt, wie sehr er sie liebte?* Er hatte sie angelogen, schoss es ihr in den Sinn, er hatte sie nur benutzt. Sie spürte eine ohnmächtige Wut, ein Gefühl, das sie zuletzt hatte, als ihr Bruder verschleppt und ermordet worden war. Aus Hass auf die Deutschen hatte sie sich dem Widerstand angeschlossen. Es war Karl, der ihre Verbitterung aus dem Herzen verdrängt und es mit Liebe erfüllt hatte. *Karol?*

Sie erschrak, riss die Hand von seinem Mund. Er rührte sich nicht mehr. Ängstlich beugte sie sich über ihn. Er atmete auch nicht mehr. *Karol!* Was hatte sie getan? Sie fing an zu weinen, versuchte Karl wachzurütteln, ohrfeigte ihn, küsste ihn, hämmerte auf seine verschwitzte Brust, presste ihren Mund auf seinen, ihren Atem in seine Lunge. Es half alles nichts. Als der Morgen bereits graute, schlief sie trotz aller Verzweiflung und Trauer ein.

Der Ruf einer Amsel weckte sie. Sonnenstrahlen fielen durch die Ritzen der Bretterwand, auf Karls Gesicht. Es war, als schliefe er nur. Doch sofort fiel ihr wieder ein, was in der Nacht geschehen war. War alles nur ein Traum? Gleich würde er seine Augen aufmachen, sie anlächeln, schwach nur, aber lebendig. Sie rüttelte an ihm, rief laut seinen Namen. Da wurde die Schuppentür aufgerissen.

»Marianka?«

Eine wohlbekannte Stimme, was für ein Glück! Es war ihr Onkel. Zwei junge Männer standen hinter ihm, die sie als ihre Vettern erkannte. Zu jeder anderen Zeit wäre Marianka ihnen vor Freude um den Hals gefallen, doch jetzt brach sie in Tränen aus. Und während sie einer der beiden Vettern aus dem Schuppen zu einem Pferdewagen führte, beugten sich die anderen beiden Männer über Karls leblosen Körper. Sie trugen ihn hinaus, legten ihn auf die leere Ladefläche.

Es war ein holpriger Weg zum Hof. Marianka kniete neben Karl auf dem schaukelnden Wagen, hielt sich ein letztes Mal an dem Körper fest, der sich so oft an ihren geschmiegt hatte. Er wirkte immer noch seltsam lebendig, gar nicht kalt und steif wie eine Leiche, sein Gesicht nicht blass, seine Lippen nicht blau. Die Sonne blinkte durch die Äste der Allee, ließ seine Augen flimmern. Es war, als bewegten sich seine Lider und plötzlich hob sich sein Brustkorb, sein Oberkörper bäumte sich auf, der ganze Körper begann zu zucken und Marianka schrie aus voller Seele.

Später auf dem Hof legten sie Karl in das Bett eines der Neffen. Der Mann, den Marianka glaubte erstickt zu haben, lebte. Er hatte sich geregt, heftig sogar, und trotzdem war er nicht zu Bewusstsein gekommen. Was Marianka zunächst wie ein Wunder erschien, machte ihr jetzt Angst. Und so sehr sie sich freute, ihre Verwandtschaft wiederzusehen, so sehr belastete sie, was mit Karl geschah. Sie wusste nicht mehr weiter und sie hatte keine Kraft mehr. Schicksalsergeben wartete sie darauf, dass Karl erwachte. Was dann geschehen würde, sollte ihr Schicksal sein. Was war ein Leben mit dieser Bürde noch wert?

Drei Tage später schlug Karl die Augen auf. Marianka war bei ihm, rief nicht nach ihrer Tante, wollte erst einmal sehen, wie er reagiert. Aber anders als sie es erwartet hatte, lag kein Erkennen in Karls Augen. Sie blickten starr nach oben, durch sie hindurch, rollten manchmal ziellos hin und her. Marianka sprach ihn an, aber nichts geschah. Sie gab ihm zu trinken, stützte dabei seinen Kopf, so wie zuletzt im Unterschlupf. Jetzt reagierte er, trank mit gierigen Schlucken aus dem Glas, musste husten, nur um wieder zurückzusinken und reglos weiter ins Leere zu starren.

Tage und Wochen vergingen, ohne dass sich etwas an seinem Zustand änderte. Er ließ sich füttern, sein Körper verdaute, schied die Nahrung auf herkömmliche Weise aus, aber sein Geist erwachte nicht. Wie ein seelenloser Mensch lag Karl in dem Bett, zu keiner Reaktion fähig als zu den rein körperlichen Reflexen und Ausscheidungen. Die Familie duldete die Umstände. So lange der Krieg noch andauerte, teilte sie das Leid mit Marianka.

Und schließlich endeten die Kampfhandlungen. Die Sowjets kontrollierten Polen, was das Land aber nicht befriedete, sondern neue Konflikte heraufbeschwor. Immerhin trieb Mariankas Onkel endlich einen Arzt auf, der Karl untersuchte und nach allem, was ihm der Onkel zuvor berichtet hatte, zu einem vernichtenden Urteil kam: Nie wieder würde der junge Mann der sein, der er war. Sein Gehirn habe mit größter Wahrscheinlichkeit einen irreparablen Schaden erlitten, offenbar durch Sauerstoffentzug. Beinahe hätte Marianka alles gebeichtet, froh, endlich ihre Seele erleichtern zu können, als der Arzt fragte, ob Karl zusammengebrochen oder krank gewesen sei, ob er hohes Fieber gehabt habe. Marianka schüttelte erst wie abwesend den Kopf, nickte dann heftig. *Ja, ja, genauso ist es gewesen!* Sie habe ihn kaum beruhigen können. Die Worte sprudelten aus ihrem Mund. Der Arzt legte seine Hand beruhigend auf ihre Schulter und nickte wissend. Er machte es ihr leicht. Sie habe sich überhaupt nichts vorzuwerfen, zumal unter den Umständen. *Armes Ding*, murmelte er nur und zückte ein kleines Heft. Spätestens jetzt hatte sich Marianka endgültig entschieden: Sie verschloss die Wahrheit tief in ihrem Herzen. Treuherzig gab sie im Weiteren an, sie wisse über den Mann nur, dass er Karol heiße und Pole sei. Er habe sie begleitet, sei wie sie im polnischen Widerstand gewesen, worüber der Arzt die Stirn runzelte und Marianka unsicher verstummte. Zu wenig wusste sie, über die neuen Machtverhältnisse in Polen und darüber, was die Kommunisten mit den eigenen Landsleuten machten. Ihr war es nur darum gegangen, ihre Heimat von den Deutschen zu befreien, über die Zeit danach hatte sie sich nie Gedanken gemacht, überhaupt war sie nie politisch gewesen.

Der Arzt schaute sie weiter durchdringend an. Marianka beeilte sich, ihre Geschichte zu Ende zubringen. Woher der Mann namens Karol stammt und wie seine Familie heißt, sei ihr nicht bekannt. Was denn nun mit ihm geschehe? Jetzt zuckte der Arzt mit den Achseln, brummte nur etwas von einem Lazarett am Frischen Haff an einem ehemaligen Vorposten der Wehrmacht; dort würden auch Helferinnen gesucht. Marianka zögerte nicht lange, packte ihre wenigen Sachen und ließ sich und Karl von ihrem Onkel ans Haff fahren.

Es sollte noch einige Jahre dauern, bis direkt neben dem Lazarett ein Pflegeheim gebaut wurde und Marianka, die bald zum festen Stamm der Pflegerinnen gehörte, mit ihrem Dauerpatienten, den sie in der Folge als ihren Ehemann ausgab, umziehen konnte. All die Jahre hatte sie seine wahre Identität verheimlicht – bis Klara kam und ihn eindeutig als ihren Karl erkannte. Doch was in den letzten Kriegsmonaten wirklich geschehen war, warum Marianka sich all die Jahre so aufopferungsvoll um Karol alias Karl gekümmert hatte, darüber schwieg sie bis zu dem Tag, an dem sie im Sterben lag. Da war Karl schon lange tot. Gestorben in seinem Rollstuhl, in den Armen seiner Klara.

***

»Es war, als wäre sein Geist zurückgekehrt. Für diesen einen Moment des Wiedersehens.« Die Leiterin steht immer noch mit dem Rücken zu uns am Fenster. »Diese Frau – Klara – hat ihn von den Toten erweckt. Getötet hat ihn lange vorher schon jemand anders. Wohl nicht einmal absichtlich. Was sich hier zugetragen hatte, war nichts anderes als eine Erfüllung. Der Moment größter Liebe hatte sein Herz zum letzten Mal schlagen lassen. Als Ihre Großtante ihn in den Arm nahm, hat er sie wiedererkannt. Sie haben sich wiedergefunden. Und sie, Ihre Großtante, hat noch einmal das größte Geschenk empfangen, das ein Mensch einem anderen geben kann: die Liebe.«

Also hat auch Karl all die Jahre auf Klara gewartet. Sein Körper hat von der Hoffnung auf ein Wiedersehen gezehrt und so lange durchgehalten, bis sie erfüllt wurde. Ob er eine Chance gehabt hätte, wäre Klara früher gekommen? Auf diese Frage wird es niemals eine Antwort geben, aber ich weiß, sie wird Peggy beschäftigen. Irgendwo ganz tief in Karl muss jedenfalls noch ein wacher Geist, eine Seele gewesen sein, die sein Herz weiterschlagen ließ – für Klara. Die Liebe zu ihr gab ihm die Kraft, auch wenn Marianka ihn auf ihre Weise am Leben hielt, ihm so die Erfüllung erst ermöglichte – wie Heinz letztlich Klara. Was für eine schicksalhafte, traurige, unfassbar schöne Liebesgeschichte.

Wir sind dankbar für die Offenheit der Heimleiterin. Sie gehe bald in den Ruhestand, vertraut sie uns beim Abschied an. Sie wolle ein geordnetes Haus hinterlassen, frei von jeglichen Schatten der Vergangenheit; unser Besuch

291

sei gerade recht gekommen, nein noch mehr: Er sei ein Geschenk. Jetzt könne sie ihren Frieden machen. Sie sei eine fromme Frau und lange habe sie geglaubt, die Beichte Mariankas, welche zuletzt selbst pflegebedürftig war, würde sie auf ewig zum Schweigen verdammen. Doch sie sei ja keine Geistliche, sie habe der armen Seele auch keinen Segen geben können. Immerhin hoffe sie, mit der Wahrheit, wenn schon nicht ihrer Tante, so doch wenigstens ihrer Nachfahrin einen schuldigen Dienst erwiesen zu haben. Möge Peggy glücklich werden mit mir. Dabei sah sie mich wehmütig an und ein weiteres Mal wurde mir bewusst, was für ein Glück ich habe, jemanden von ganzem Herzen zu lieben.

Endzeit | *2020/2022*

Mein armer geliebter Fabian,
wo fange ich an, wo höre ich auf? Was passiert hier? Was pas-
siert mit dir, mit uns? Sie lassen mich nicht zu dir! Und ich
bin eingesperrt ... Wenigstens habe ich mein Handy. Mein
einziger Draht zur Außenwelt. Zu dir! Ich schreibe dir auf
meinem Handy. Vielleicht erreiche ich dich so. Pass nur auf,
das wird die längste Message aller Zeiten. Während ich das
hier in mein Handy tippe, sitze ich auf dem Bett in einem
winzigen Hotelzimmer, ich musste ja irgendwo hin und mich
isolieren. Wie das klingt ... Es ist heiß und stickig, die Kli-
maanlage geht nicht, das Fenster steht weit offen, doch nur
zwei Meter weiter ist die nächste Wand und unter mir wohl
der Küchenabzug. Draußen eine laue Sommernacht, aber
nicht für mich. Ich darf ja nicht raus. Alles ist plötzlich
anders. Ich höre kaum die Straße. Ok, es ist Mitternacht
durch, aber das ist nicht Berlin. Vorhin herrschte sogar völlige
Stille. In Mitte! Es wirkt alles so seltsam, wie Endzeit. Dabei
ist August, die Menschen müssten draußen sein, den Sommer
genießen. Nein, ich will nicht dramatisch werden, aber so
fühle ich mich gerade. Fremd und verloren ohne Dich ...
VERDAMMTES VIRUS! Ist das jetzt unser Schicksal?
Unser Krieg? Ohne dich kommen mir solche schrecklichen
Gedanken. Ach, wärst du doch nur hier bei mir! Ich habe sol-

che Angst um dich! Ich wollte, ich könnte was tun. Doch ich darf ja nicht zu dir. Ich verstehe es, aber ich begreife es nicht. Uns trennen nur wenige Hundert Meter und doch ist es so, als wärst du am anderen Ende der Welt. Unerreichbar. Immerhin hat sich dein Zustand nicht verschlechtert. Das hat mir der Stationsarzt gesagt. Er ist tatsächlich ans Telefon gekommen. Alles unter Kontrolle, hat er gesagt, dein Zustand sei stabil, die Sauerstoffsättigung werde ständig überwacht, man habe dich auf den Bauch gedreht – „das wollen Sie nicht sehen" – woher will er das wissen? „Morgen können wir mehr sagen." Morgen! Also in ein paar Stunden. Hoffentlich! Aber die Zeit will nicht vergehen. Ich soll mich erholen, hat er gesagt, mir Ruhe gönnen - so wie du, aber du liegst im Koma. Koma – dieses schreckliche Wort. Wie soll ich denn schlafen, wenn du da liegst wie Tante Klara? Ich kann nicht. Ich will auch nicht. Die Angst schnürt mir die Kehle zu. Wenigstens weiß ich, dass du in guten Händen bist. In einem besseren Krankenhaus könntest du gar nicht sein. Was für ein Glück, dass wir schon in Berlin waren und nicht mehr in Holland oder in Münster. Dort warst du wieder anders, fröhlicher und irgendwie zuversichtlich. So sehr ich mich darüber gefreut habe, es macht mir auch zu schaffen. Ich will ehrlich sein: Ich habe Angst, dass du zurückwillst. Also ganz. Versteh mich nicht falsch, Münster ist schön, aber alles an der Stadt ist mir fremd. Sie wird nie MEINE Heimat werden, so wenig wie damals für meine Großtante. Dein Bruder ist nett, ich bin froh, dass er die Dinge jetzt anders sieht, aber wir werden sicher keine Freunde mehr. Ich bin froh, dass du nicht darauf bestehst. Obwohl ich sehr genau gespürt habe, wie weh dir das tut. Aber hey, er ist

DEIN Bruder, nicht meiner. Euch verbindet so viel, dass du deinen Frieden mit allem machen kannst, was hinter euch liegt. Aber es hat eben auch mich betroffen - getroffen. Ich hab deinen Bruder natürlich angerufen. Er sagt, er kommt, aber was will er jetzt hier? Er darf ja auch nicht zu dir. Wie gern wäre ich es! Ich bin schließlich deine Frau! Die ganzen Schläuche und Apparate werde ich ertragen, ich weiß ja, dass sie dich am Leben halten, Hauptsache, ich wäre da, ich könnte dir die Hand drücken und mit dir reden, dir tausendmal sagen, wie sehr ich dich liebe. Ich bin sicher, du würdest es hören. Es würde dir Kraft geben. Wir würden wieder am Strand stehen, an unserem Strand, am richtigen Meer. Die Wellen würden bis zu uns kommen, unsere Füße umspülen, ich spüre es wieder, der Sand gibt nach, wir sinken beide ein, während das Wasser zurückweicht, uns hineinzieht. Vielleicht würden wir fallen, halb im Wasser, halb im Sand liegen, uns küssen wie damals an meiner Tür, als wir uns wiedergefunden haben. Ich will jetzt frech sein und deine Füße kitzeln. Vielleicht spürst du das dann und fängst an zu lachen. Aber es geht ja nicht. Es! Geht! Nicht! Du bist auf der anderen Seite. Keine Ahnung, wie stark die Wand ist, die uns jetzt trennt, wie dicht der Nebel, in dem wir uns beide nur verirren, uns vielleicht auf ewig verfehlen. Uns verlieren? Es ist schrecklich. Aber zu wissen, du bist da irgendwo, räumlich nah und doch so fern, lässt mich weiter suchen, hält mich am Leben – und meine Liebe ist so stark wie am ersten Tag. Wie die Worte sich ähnln. Sie haben sich in meine Seele gebrannt. Immer wieder muss ich an Klara und Karl denken. Und jetzt, in dieser stickigen, merkwürdig stillen Nacht sind ihre Schatten so groß. Sag mir bitte, dass sie uns beschützen. Sag mir, dass wir nicht dasselbe Schicksal haben wie sie! Oder sind wir jetzt Klara und Karl? Etwas tief in mir hofft wie meine Großtante, dass ich dich auch jetzt erreiche. Halte mich für verrückt, aber ich glaube fest daran, dass meine Gedanken zu dir kommen. Durch den Nebel, auf deine Seite. Erinnerst du dich, wie Klara so etwas Ähnliches geschrieben hat – oder du? Ich glaube sogar, dass dich meine Gedanken gleich doppelt erreichen, wenn ich sie aufschreibe und an dein Handy schicke - ich kann gar nicht so schnell schreiben. Sie rasen durch meinen Kopf, wollen raus – zu dir! Hast du dein Handy noch bei dir? Bei mir ist es nicht ... Es ist wahrscheinlich aus. Aber egal. Du hast oft meine Gedanken gelesen, weißt du noch? Wie süß du immer gelacht hast, wenn wir beide denselben Gedanken hatten, ihn zeitgleich ausgesprochen haben. Zwei Dumme, ein Gedanke – Quatsch! Dumm sind andere. Wir sind zwei Liebende! Zwei Menschen, die das Gleiche fühlen und denken, die sich umarmen, als könnte sie verschmelzen, eins werden, weißt du noch? Wieder Klaras Worte. Deine Worte? Wenigstens in der Vorstellung können wir das jetzt auch. Mit unseren geistigen Kräften. Irgendwo habe ich gelesen, dass jeder Gedanke eine Frequenz hat, auf der er gesendet und empfangen wird. Also schalte dein Radio ein, Peggy ist auf Sendung! :D Apropos Sendung: Es gibt nur ein Thema: die große Demo hier. Was würde ich dafür geben, dass etwas dran ist an diesen Geschichten – dass das Virus harmlos ist und alles nur Panikmache. Aber ich weiß es besser. Wir wissen es besser. Es ist alles so furchtbar real, ich sehe dich vor mir und weiß genau, das fiese Ding ist da, es hat dich erwischt! Aber wo? In Holland? Dieses Virus kann dich – nein, ich mag nicht daran denken. Wie gerne würde *ich es denen sagen, diesen Dummköpfen ins Gesicht schreien. Ich bin so wütend – und ich habe solche Angst! Um dich, Fabi! Um uns. Um alles. Es waren so viele, leider auch Nazis. Sie wittern Morgenluft. Was würdest du dazu sagen, wenn du jetzt hier wärst? Wären wir überhaupt hier? Habe ich dich überrumpelt mit der Idee? Ich dachte, Berlin würde dich ablenken. Nach dem Abschied aus Münster warst du wieder so schwermütig – wie so oft in letzter Zeit. Deine Seufzer die ganze Fahrt. Und dann, als du im Zug plötzlich so schwer geatmet hast, deine Maske wegreißen wolltest, deine Stirn war so heiß und dann warst du gar nicht mehr ansprechbar, da hab ich sofort den Notruf gewählt. Die Leute sind aus unserem Wagen gerannt, die waren total in Panik, eine Frau hat uns angeschrien. Wahrscheinlich hast du das gar nicht mehr mitbekommen – wie die schon am Gleis standen. Kalkweiß warst du, als sie dich in den Krankenwagen geschoben haben, du hast mir noch zugewinkt, ganz schwach, deinen Arm konntest du kaum heben, dein Blick war so starr, deine Augen so tief in den Höhlen - dann die Sauerstoffmaske, kurz bevor die Tür zuging. Wie weh mir das tut. Die Männer in Schutzkleidung, wie Außerirdische. Sie haben mir zugerufen, wo sie dich hinbringen. Aber ich darf auf keinen Fall kommen, haben sie gemeint, und dass ich schnellstens in Quarantäne muss, gleich hier am Hauptbahnhof, und mich testen lassen, was ich sofort gemacht habe, und wenn es mir schlechter geht, soll ich anrufen. Mir geht es aber nicht schlechter. Ich zittere nur, weil ich das Bild nicht aus dem Kopf kriege, du im Krankenwagen, so schwach, als müsstest du, mein Gott, ich will nicht dran denken ... Ich versuche, mich abzulenken, doch überall gibt es nur ein Thema: die*

297

Demo. Im TV und im Netz berichten sie rauf und runter, sie streiten sich, wie viele es waren. Zu viele, sag ich dir! Und die wenigsten mit Maske. Als ob es das Virus nicht mehr gibt, die ganzen Kranken, dich! Was für ein Hohn! Ich bin so sauer, dass ich den ganzen Idioten wünsche, sie würden an deiner Stelle da liegen. Aber vielleicht ist Dummheit ein Schutz- schild. Vielleicht sind wir beide, bist vor allem du zu sensibel für diese Welt. Ich habe das oft gedacht, wenn du dich über die Nazis aufgeregt hast. Und dann darüber, dass ich meis- tens ruhig blieb. Dabei hab ich genauso viel Schiss vor denen. Aber eben noch mehr um dich. Du steigerst dich viel zu sehr da rein. Doch wenn ich das sage, regst du dich nur noch mehr auf. Eigentlich dürfte ich dir gar nicht erzählen, was ich heute entdeckt habe. Oder vielmehr wen. Im Fernsehen. Ich dachte, ich sehe nicht richtig, aber sie waren es: Meli und Yudel! Sie waren mitten drin. Bei der Demo! Man sah sie direkt hinter den Idioten mit den Reichsflaggen laufen, sie riefen das Gleiche wie die Glatzen. Meli sogar direkt in die Kamera. „Lügenpresse" hat sie geschrien. Was bin ich froh, dass der Verlag dein Buch abgelehnt hat. Sogar auf eine Ent- schädigung haben die verzichtet. Die dachten, du würdest einen „Heimatroman" schreiben, haben sicher überlegt, was man daran ändern kann – und aufgegeben. Vielleicht auch wegen Florian. Er hat dann ja doch noch was gemerkt. Obwohl ich ja den Verdacht habe, dass er aus Kränkung plötzlich wieder an deiner Seite war, weil Isa ihn abserviert hat. Bestimmt hat sie ihn bis zum Schluss hingehalten, ihn sich warmgehalten. „Die werden sich wundern, diese reine Liebe wird ihnen nicht schmecken!" Hast du das nicht gesagt, auf unserer Rückfahrt aus Polen? Glaubst du wirklich, dass

er so erfolgreich wäre, wenn es nicht genau so ist? Die Glatzen lesen ihn garantiert nicht. Sie kennen nur Hass. Deshalb sind deine Tantiemen für deinen ersten Roman auch kein „Judaslohn"! Du tust dir nur selber weh, wenn du sowas sagst. Und macht das neue Buch nicht alles wett? Der andere Verlag hat dich mit Kusshand genommen, hat dich ein Jahr bestens unterstützt, bis zur Buchmesse 2019 alles grandios gemanagt. Dieser Lektor ist doch ein Traum. Was für eine Belohnung nach diesem harten Kampf. Wie du gleich nach unserer Polen-Reise abgetaucht bist, die Drohung Isas im Nacken. Wie du Tage und Nächte durchgeschrieben hast, nichts und niemanden um dich herum, nicht mal mich, wahrgenommen hast. Ich war schon etwas in Sorge, weil du kaum gegessen und getrunken, dann zwei volle Tage geschlafen hast, während ich deinen Text gelesen, nein, verschlungen habe, dich so sehr gespürt habe in deinen Worten – und später dann in mir. Spürst du mich jetzt in dir? In deinem Herzen? Kämpfe und du wirst sehen, wenn es hell wird, wachst du einfach auf. Dann rufst du mich an. Und dann werden wir uns bald wieder in die Arme schließen. Ach Fabian, lies erst gar nicht diese lange Nachricht! Du kennst sie ja jetzt schon. Über mein Gedankenradio. ;)
Ich liebe dich!
Ich umarme und küsse dich!
Und ich warte auf dich!
Bis morgen! Bis heute! Bis gleich!
Deine Peggy <3<3<3<3<3<3
Ich schick das jetzt ab ... :*
3:53

Oje! Fabi, lies dieses Chaos bloß nicht! Zu viele Gedanken, zu schwer alles. Ruf mich lieber sofort an ;)
7:36

Morgen müsste mein Testergebnis kommen. Vielleicht muss ich ja auch in Behandlung – und komme endlich in deine Nähe. ;) Fast wünsche ich es mir :o
7:45

Habs gerade auf der Station probiert. Geht keiner ran. Ich versuch es immer wieder
7:57

Alles wird gut, das spüre ich. Ich hoffe es so sehr. Ich liebe dich!!! <3<3<3<3<3
8:35

***

Den ganzen Tag nur gedöst, mich gewälzt. Es ist so öde! Mein Kopf ist leer. Keine Nachricht. Von niemandem :(
19:57

Ich kann nicht mehr. Das Warten macht mich fertig. Was kann ich nur tun? Ich brauche dich! Ich liebe dich!!!
2:17

Fabian, mein allerliebster Fabian! Heute meldest du dich, ja? Bittebittebittebittebittebitte ...
7:26

Juhu, jetzt wird alles gut. Mein Test ist negativ!!!!! Endlich darf ich zu dir. Bin schon auf dem Weg. Wach schnell auf! Ich warte unten auf dich!
8:46

[Fabian Müller]
Wollte dich nicht wecken. War n bisschen laufen. Brötchen? :*
9:18

Fabian!!!!!!!!!!!!!
9:19

[Fabian Müller]
omg. die war schon älter. ich hab fabians handy
9:20
hier ist florian. fabian ist
9:20

***

Fabian ist tot. Fast zwei Jahre schon. Für die meisten Deutschen hat die Pandemie ihren Schrecken verloren. Nicht für mich. Nicht mit diesem schmerzvollen Verlust.

Ich habe lange überlegt, ob ich den Roman meines Mannes noch einmal öffne, und mich dagegen entschieden. »Peggy, die Büchse der Pandora ist bereits geöffnet«, hat Florian gesagt. Jetzt sei es Zeit für die zweite Auflage »im

Lichte der aktuellen Entwicklung«. Ich verstehe seinen Impuls. Er mag immer noch aus seinem Schuldbewusstsein kommen. Er hat seinem Bruder geholfen, den zweiten Roman bei einem anderen Verlag unterzubringen, was nicht schwer war, denn Fabian Müller sei immer noch eine Marke, das habe er Isa entgegengeschleudert. Er, Florian, sei fertig mit dem Verlag, ein für allemal. Kein Buch von denen komme mehr in seinen Laden, nicht einmal, wenn ein Kunde eines wünsche.

Sie haben Fabians Roman von sich aus abgelehnt. Nach all dem Druck, den Drohungen haben sie ihn kühl abserviert, immerhin keine Entschädigung verlangt. Noch immer verdienen sie Geld an seinem ersten Roman, geben mir davon, was Fabian zugestanden hätte. Es soll mir recht sein. Denn ich bin durchaus schadenfroh: Sein zweites Buch ist ungleich erfolgreicher.

Es sei nicht allein Fabians Roman, das habe er spät, *zu* spät begriffen. Ohne mich wäre er nicht geschrieben worden. Ohne unsere Liebe. Erst nach Fabians Tod hat mich Florian in Leipzig besucht, mich in aller Form um Entschuldigung gebeten, sich mir als Freund angedient, was ich zunächst verweigert habe, heute aber mit aller Vorsicht annehme. Nein, er wird nie das sein, was Heinz für meine Großtante war. Florian ist Florian, ich halte ihn weiter auf Abstand. Auch wenn ich wahrnehme, dass er reifer geworden ist. Gleichwohl nicht so reif wie Fabian. Was würde er wohl dazu sagen, dass Europa, vielleicht sogar die Welt wieder vor einem Krieg steht, dass mich die russische Invasion in die Ukraine an den Überfall der Deutschen auf Polen erinnert, auch in ihrer verlogenen Vorgeblichkeit. Heute wie damals gibt es die Verharmloser, die Faktenverdreher und Verschwörungsgläubigen, die ihr Gift ins Volk spritzen, die jetzt, nach Corona, ein neues Thema haben, Futter für die sozialen Medien. Ich lese diesen Dreck nicht und doch lauert in allem der Spaltpilz, je mehr die Sorgen auch bei uns zunehmen. Aber all das verblasst angesichts dessen, was ich hier sehe.

Ich bin in Olsztyn, dem früheren Allenstein, Hauptstadt der Woiwodschaft Ermland-Masuren. Ich habe die Pandemie-Maßnahmen abgewartet, wollte – musste – jetzt aber endlich wieder nach Polen reisen. Als ich die Reise gebucht hatte, ahnte niemand, dass auf die eine Krise gleich die nächste folgen würde. Jetzt erst recht, habe ich gedacht und Florian nachdrücklich abgesagt. Er wollte mit, aber er kann seinen Bruder, meinen geliebten Fabian, auch als Reisebegleiter nicht ersetzen.

Fabian steht neben mir. Ich fühle ihn. Sehe, wie er den Kopf schüttelt. Wie sein Blick auf das Denkmal fällt, das sie hier *die Galgen* nennen und das sie 1954 aus *Dankbarkeit* für die *Befreier*, die Rote Armee, enthüllt haben: zwei Säulen, die mit ihren einseitig einander zugewandten Kapitellen einen offenen Triumphbogen symbolisieren sollen, so aber eher wie zwei steinerne Galgen wirken. Die Silhouette eines Soldaten, ein Panzer, verschiedene Szenen im Stil des sozialistischen Realismus sind in das Denkmal eingearbeitet. In Zeitzeugenberichten habe ich gelesen, dass die sowjetischen Soldaten Olsztyn im Januar 1945 brutal eingenommen haben. Wer nicht rechtzeitig fliehen konnte, musste befürchten, vergewaltigt oder ermordet zu werden. Klara ist geflohen, sie entkam der Roten Armee, die ihre Heimatstadt in Brand steckte und der Zivilbevölkerung Schlimmes antat.

Befreier? Es fällt mir schwer, in dem Begriff anderes zu sehen als grausamen Hohn. Aber auch wenn ich weiß, dass unzählige Sowjets im Kampf gegen die Nazis sterben mussten: Kann ein Verbrechen ein anderes rechtfertigen?

Das Denkmal ist von einem Bauzaun-Gitter umgeben, wirkt dadurch ebenso beschützt wie gezähmt, in Schach gehalten auch durch die Autos des angrenzenden Parkplatzes, der alltägliches Leben vermittelt, als ob die Stadt das Denkmal heute nur noch als stummes, nicht mehr erinnerungswürdiges, totes *Mal hinnimmt*, eine alte Narbe in einer modernen Stadt. Und dennoch wirkt es auf mich bedrohlich und kalt.

Mich fröstelt. Fabian auch, das spüre ich. Auch er hat die Hand des Soldaten entdeckt. Jemand muss sie mit roter Farbe beworfen haben. Eine blutige Soldatenhand. Gefärbter Stein nur und doch irgendwie lebendig – wie das Grün der Bodendecker zu Füßen des Monuments. Jetzt erst sehe ich die weißen Schilder, die aus dem Gesträuch ragen, einige sind umgekippt. Die Tafeln sind wie Todesanzeigen gestaltet. Ich lese Vornamen, Zahlen und einen gleichlautenden Kommentar darunter.

Langsam gehe ich um den Bauzaun herum. Fabian folgt mir. *Ach, könntest du mich jetzt stützen. Mich trösten ...* So flüstere ich ihm die Namen zu, lese die Zahlen, die wenigen Worte, die ich auch ohne Übersetzer verstehe. Aber ist das zu *begreifen?*

ś. + p. (spoczywaj w pokoju)
Witalij
10 lat
Zamordowany przez Rosjan w Mariupolu

Weitere Schilder mit Namen: *Roksolana, 3 Jahre, Sofia, 6, Daria 5, Anna, 12...*

Wo war ich mit 12? Schon im Heim? Von meinen Eltern nicht gewollt, abgeschoben, aber niemals unbehütet. War ich undankbar? Bin ich es heute?

Ich wende mich ab, sehe eine Gruppe Jungen hinter den Sträuchern hervorkommen. Sie nutzen den schmalen Durchgang wohl als Schulweg, sind so sehr mit sich beschäftigt, dass sie von der Gedenkstätte keine Notiz nehmen. Einer von ihnen schreit etwas und reckt die Faust nach oben. Alle lachen. Auf dem Parkplatz steigt der Wortführer in ein wartendes Auto, seine Kameraden winken zum Abschied und verschwinden hinter den abgestellten Fahrzeugen. Dieselgestank wabert zu mir herüber. Kein Lachen mehr. Als wäre es nie da gewesen. Für einen Moment herrscht vollkommene Stille. Darin nur Fabian und ich.

Epilog: Vollendung | *1972*

Klara zittert. Diese Welt ist zu groß für zwei Menschen, die nur eines wollen: zusammen sein. Zu feindlich für zwei Seelen, die nicht mehr und nicht weniger wollen als ihre Liebe. Was ist Heimat, wenn nicht der Ort, wo der geliebte Mensch ist - der Mann, nach dem sich Klara all die Jahre gesehnt hat? Sie kann immer noch nicht glauben, dass sie ihn heute wiedersieht. In ihrem Herzen ist sie wieder die junge Frau im Kornfeld – doch würde sie in Karl noch den jungen Mann erkennen, dessen Schatten auf sie fällt, während er sie fotografiert, der seine Blicke über ihren Körper wandern lässt, was sich anfühlt, als streichele er ihre Haut, die Knospen ihrer Brüste, die sich erregt aufstellen, ihm entgegen, dem einen Mann, der jetzt aus dem Schattenriss stürzt, sanft auf sie fällt, sie küsst und nimmt?

Klara wird ganz heiß. Sie steht auf einer kleinen Holzterrasse oberhalb einer flachen Düne nahe dem Strand am Haff. Doch nicht in die Ferne sieht sie, auf das glitzernde Wasser, den Streifen der Nehrung, sondern dem Haff abgewandt auf den trostlosen Plattenbau, zu dem die Terrasse hier auf der Düne gehört. Man hat sie nicht auf sein Zimmer lassen wollen. Das Personal ist genauestens informiert. In den letzten Monaten hatte sich das Heim unangenehme Nachfragen wegen eines Patienten und einer Pflegerin gefallen lassen müssen. Ein Dokument aus dem Archiv der Roten Armee war aufgetaucht, eine Personenfeststellung aus den letzten Kriegstagen. Auslöser dafür war eine geheimdienstliche Nachforschung aus der DDR gewesen. Zuletzt hatte sich die zuständige Behörde in Warschau eingeschaltet, mit einem Fotoabgleich und den Angaben Klaras schließlich überzeugen lassen, dass der Mann namens Karol kein Pole, sondern mit hoher Wahrscheinlichkeit der von Klara so lange vermisste Deutsche war, jener Karl, nach dem sie ihr halbes Leben lang gesucht und den sie endlich gefunden hat. Doch weil die Umstände seiner geistigen Umnachtung und die Beziehung zu seiner Pflegerin trotz einer Vernehmung derselben rätselhaft und widersprüchlich geblieben sind und sich darüber hinaus keine Verwandten des armen Mannes mehr gefunden haben, begegnet man Klara trotz ihrer offiziellen Besuchserlaubnis mit Misstrauen. Man verlangt ihren Ausweis zu sehen und obwohl sie von höchster Stelle legitimiert ist, behandelt man sie wie eine Verdächtige. Sie möge doch bitte hier warten.

Das Wetter sei so schön, ob sie nicht drüben auf der Terrasse warten könne, fragt Klara. Diese Bitte lässt die Pflegerin aufmerken und in gebrochenem Deutsch deutet sie an, dass der *Pacjent* dort auch gerne sitze. Das Wort sticht wie ein Dolch in Klaras Herz. *Karl, ein Patient. Aber natürlich ist er das.*

Klara ist nervös. Sie hat keinen Blick für die schöne Aussicht, das Haff, die Nehrung. An einem Ort wie diesem waren sie am Abend des Abschieds gewesen. Viel lieber denkt sie an ihre Stelle am Haff, ihren geheimen Ort, das Gewitter, den Stall und an die Koppel. Warum mag Karl so gerne hier sitzen? Denkt er an ihren letzten Abend? Vielleicht an ihre Flucht, wenn er je davon erfahren hat? Nein, Karl denkt wahrscheinlich gar nichts. Und woher will die Pflegerin wissen, was er mag. Klara muss sich zwingen, Karl als den Menschen zu sehen, der er heute ist. Sie weiß ja, dass er nicht mehr der Mann aus ihrer Jugend ist. Der Schock über sein Schicksal liegt schon hinter ihr. Tagelang hat sie geweint nach jener niederschmetternden Nachricht: Karl sei nicht mehr er selbst, sondern ein um Jahre gealterter Mann ohne jede Erinnerung. Es war, als wäre in diesem Moment das Band ihrer Liebe zerrissen, als wäre Karl nun doch gestorben. Doch er lebt ja.

Klara schwankt. Sie weiß, wie es um ihn steht und sie will ihn trotzdem sehen. Sie will die Hoffnung nicht aufgeben, ihn wenigstens für einen Augenblick zurückzugewinnen? Ein vages Erkennen, ein Anflug von Schärfe in seinen Augen, ein Blick, der sich aus der Leere löst und sie findet, als könne sich seine Seele aus tiefer Umnachtung doch noch einen Weg ans Licht bahnen – ist so etwas denn ganz unmöglich? Oder wird er bloß dasitzen, nur noch ein Körper mit lebensnotwendigen Funktionen, weniger als der eines Tieres, das immerhin fühlen und leiden kann? Leidet Karl? Fühlt er noch etwas tief in seiner Seele? Und wird Klara leiden, wenn sie ihn sieht? Will sie ihn wirklich sehen? Ja, das will sie.

Und Klara sieht ihn. Karl sitzt im Rollstuhl. Die Pflegerin schiebt ihn die Holzbohlen hoch, sichert das Gefährt und entfernt sich wieder. Wie kräftig die Frau wirkt – wie schwach dagegen Karl, ganz eingefallen, zusammengesunken, mit hängendem Kopf. Seine Haare sind weiß, seine

Haut blass, übersät mit Altersflecken. Obwohl sie mit dem Schlimmsten gerechnet hat, erschrickt Klara. *Bist Du das wirklich? Mein Gott, Karl! Was hat Dir das Schicksal angetan? Bist du da noch irgendwo? Bist du noch mein Karl?* Tränen schießen Klara in die Augen. Sie will nicht weinen. Sie weiß doch, wie es um ihn steht. Aber sie sieht diese traurige Gestalt – und sie leidet.

Klara weint. Verzweifelt sinkt sie vor ihm auf die Knie. Sie kann ihn nicht ansehen. Es ist ihr egal, was die anderen denken, die bestimmt an den Fenstern stehen und das Paar auf der Düne beobachten – einen Mann in einem Rollstuhl, vor dem eine Frau kniet. Ihr Kopf sinkt langsam auf seinen Schoß. An ihrer Wange spürt sie Wärme, immerhin. So verharrt sie, während der Wind das Gras zerzaust und eine Möwe schreiend über sie hinweg fliegt.

Klara beruhigt sich. Es ist schön, Karl zu spüren, seine Nähe, endlich! Wie viel schöner wäre es, wenn sie seine Hand spürte, nur eine winzige Regung, ein kleines Zeichen, dass er doch auf sie reagiert. So hat sie schon einmal mit ihm gesessen, ihren Kopf auf seinem Schoß, untröstlich, weil er am nächsten Tag nicht mehr da sein würde. Da hat sie seine Hand auf ihrem Haar genossen, warm und weich; immer wieder hat sie über ihr Haar gestrichen, und mit ihr der laue Sommerwind, der schon ein wenig nach Herbst gerochen hat. Wie lange sie später noch dagestanden haben, auf ihrer Düne ähnlich dieser, den Blick zur Nehrung hin, darin der sehnlichste Wunsch, sie könnten dorthin fliegen, gemeinsam, über den schmalen Streifen Land hinaus, aufs offene Meer, immer weiter in die Unendlichkeit. Wie gerne hätten sie die Zeit angehalten, erst recht, wenn sie geahnt

309

hätten, welches grausame Schicksal sie auseinanderreißen und erst so spät, so unglückselig wieder vereinen würde. Das Leben hat sie auf das Schäbigste betrogen. Wie kann Gott das nur zulassen? Warum führt er diese zwei Menschen, die sich doch so sehr lieben, nach so vielen Jahren der Trennung auf eine so teuflische Weise zusammen?

Klara spürt etwas. Hat sich seine Hand bewegt? Hat sie gegen ihre Wange gedrückt? Sie hebt den Kopf, sieht Karl an. Sein Blick ist leer. Die wie erblindet wirkenden Augen, die tiefen Falten, der eingefallene Mund – sein ganzes Äußeres erschreckt sie. Aber es ist Karl, ihr geliebter, so lange vermisster Karl. Jetzt nimmt sie seine rechte Hand, die sich schlaff anfühlt, ohne Kraft und ohne jeden Willen. Sie legt ihren Kopf wieder auf seinen Schoß, seine Hand auf ihren Kopf. Erst denkt sie, es sei der Wind, doch dann bemerkt sie, dass da mehr ist als ein Hauch auf ihrem Haar, fast unmerklich und doch spürbar. Klaras Herz beginnt zu klopfen. Ja, es ist eindeutig seine Hand. Sie bewegt sich ganz sachte hin und her.

»Karl«, flüstert sie. »Mein liebster Karl.«

Als reagierte er darauf, hört das Streicheln auf. *Nein, nein, nicht aufhören!* Klara hebt ihren Kopf und sieht Karl wieder an. *Sein Gesicht! War da nicht etwas?* Wieder sagt sie seinen Namen, sie lacht nervös. Ein Flackern in seinen Augen. Klara hält seine Hand, drückt sie an ihr Herz, sagt immer wieder seinen Namen, ruft ihn lauter, immer lauter. Plötzlich ein Geräusch; es scheint tief aus seinem Körper zu kommen, wie ein Seufzen. Aus seinem rechten Auge löst sich eine Träne, rinnt langsam über seine Wange. Sein Brustkorb hebt sich. Es ist, als wolle er tief einatmen, doch er ringt nur nach Luft. Seine Augen weiten sich, dann sinkt sein Kopf auf seine Brust. Sein Körper erschlafft.

Klara hält ihn. Sie setzt sich zu ihm in den Rollstuhl. Ein letztes Mal umarmt sie ihn, wiegt ihn sanft, hält seinen Kopf an ihrer Brust, streichelt seine Wange, sein Haar - und bleibt noch bei ihm, als die Sonne längst untergegangen ist.

Einige Bewohner und Beschäftigte des Heims erzählten später hinter vorgehaltener Hand, dass sich zur blauen Stunde eine Gestalt aus dem Rollstuhl gelöst, davor verharrt und einen Arm ausgestreckt hatte. An ihrer Hand hätte sich eine zweite Gestalt erhoben, die der Frau; beide hätten sie dagestanden wie ein junges Liebespaar, das auf die Nehrung blickt. Schon einen Lidschlag später wäre alles wie vorher gewesen.

Die Pflegerinnen bekreuzigten sich, tuschelten leise miteinander. Nur Marianka stand abseits und weinte, als Klara aus dem Dunkel der Düne trat und auf das Scheinwerferlicht eines Autos zuging, zu dem Mann, der auf sie wartete.